作者　**陶曉嫚**

生於一九八六年，台大經濟系畢業，小時候立志以文筆與畫筆描繪人生風景，長大後成為傳媒業的螺絲釘，曾參與網路媒體《沃草》創業，後在《新新聞》周刊任職，體制內生涯八年後，轉職為自由寫手與漫畫練習生。

熱愛閱讀、單車、登山與背包客式自助旅行，對好故事永遠飢腸轆轆，在鞭策自己克服懶散去創作的同時，與公民社會一起蜿蜒地進步。

性感槍手

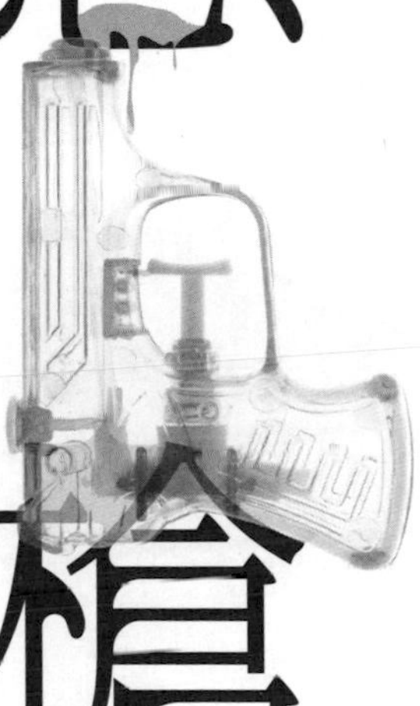

陶曉嫚

——淋漓暢快 · 好評噴發推薦——

「這本書會是一個起點，讓台灣大眾開始思考這群八大行業從業女性的生活、體驗和感受……我驚嘆於這本書對於細節的描述，對於人物在環境中的特殊思考，對於信仰以及價值的衝突下如何選擇，都讓我掩卷嘆息。」

——林立青｜作家、《做工的人》作者｜專序推薦

「『上班小姐』始終是個不會退燒的創作題材，因為它一直是這個社會的一部份……這類創作與書寫的價值之一，就在於它多少具有填補人們試圖瞭解性產業及其工作者，但又始終無法窺其堂奧的空隙……對於性工作勞動現場有生動的描繪。」

——陳美華｜中山大學社會學系教授｜專文推介

「直球對決，正面揭露社會底層艱辛、社會背面人們醜惡樣態的眾生相。」

——周芷萱｜女性主義者

「看A片不如起而行，實戰部分，請看《性感槍手》！」

——一劍浣春秋｜AV評論家、專欄作家

推薦序／寫出她們的故事，正視她們的存在

林立青｜作家、《做工的人》作者

《性感槍手》這部作品寫的是台灣的八大行業社會，故事主角是專門幫男人打手槍的小姐宋良韻，藉由她在「色情護膚店」中上班的故事，描繪出一幅台灣八大行業的眾生相。讀者可以從書中看到八大行業會遭遇到的景況：各形各色的奧客、爛人，討厭的臨檢和同為八大行業女性不同程度的抱怨私語，以及更重要的——她們的人生。

這是我印象中第一本以台灣「手槍護膚店」為主題的作品，全書許多價值觀的衝突皆透過對話來呈現，同時引領讀者一探台灣的地下社會，在書中諸多黑話如「人魚公主」、「體育課」、「音樂老師」等詞彙大量出現，也進一步形塑了全書的故事氛圍。在八大產業中這些黑話具有一些特質，例如「每個客人都會凹」以及像是做S（全套性服務）如何生存，故事中的各式俚語帶著韻腳出現，透露出的是這些第一線性工作者在職場和生活之間如何切換

及自娛，而那些遇到爛客人時的「奧爛雞」等名詞火爆生猛，讀起來更是趣味盎然。

台灣社會對於八大產業的態度多以沉默為主，不談不思考，至今連一個工會組織都沒有成立；對照在書中，小姐們有面臨經紀人和家庭雙重剝削，有遇到惡劣經紀人苛扣抽成而以借款動手術之名轉投其他老闆旗下，也有遇到變態勞點而飽受騷擾、不得不搬家的故事，作者透過堆疊生活細節，寫出了八大從業人員的困境和辛酸，更藉由這些細節為讀者勾勒出了小姐們較為清晰的生活輪廓。

針對這些八大行業從業人員書寫的文字一向不多，即便到了網際網路時代，依舊只是氾濫著以男性消費者為第一視角的體驗文字，內容嚴重誇大男性觀點，例如所謂的女友Fu，或充滿各種「比較」以及凹套凹全的CP值參考。偶有一兩篇文字討論女性從業人員的辛酸出現在網路上，也總是被淹沒在主流的「傳統價值」中，多數投以「就是愛錢」等回應，能被同情的若非家世可憐急需用錢，就是為了籌措學費生活費，徒然加重刻板印象。

任何創作者要破解刻板印象和歧視，最好也最有用的方法，就是要懂得比其他人多，讓更多人知道事實「原來和大眾的想像不同」，那需要工作中的細節、獨特的行業思維以及不同於他人的觀點來達到。作者在書中運用了諸多情節傳達出相關從業女性的真實感受：如何透過借貸轉換經紀，如何在檯面下選擇信任的雇主，如何存錢或者是找尋下一個工作機會。

透過這些鋪陳，讀者得以一窺八大行業的真實面貌，也才有可能破除原有對於八大行業的刻板印象。

在我看來這本書至少有幾個特殊性，例如書中赤裸地描述八大行業中的「內幕」，諸如店家中出不戴套的標準處理方式，轉檯轉單以及應對客人的技巧。再來是藉由這些小姐處理各種「性癖」，凸顯小姐們的特殊價值和專業能力。

這樣赤裸裸揭露八大行業「內幕」的作品，能出自於一個記者之手，這是令人欣喜，也是最合適不過的，小說中有許多情節，即透過書中記者角色視角來述說。沒有文字的紀錄，社會大眾就無從理解並且進行討論，特殊語言被社會理解是一個重要的過程，代表這些人的「存在」，也能從這些黑話中看得出產生的脈絡和聯想，維克多・雨果在《悲慘世界》中大規模的描述並且強調「黑話」的生命力，原因就在此。

用這樣的角度來看，這部作品就有很特別的價值了，無論是幾位小姐們口中所說的「奧懶叫想凹中出口爆」和「遇到天菜帥哥」，甚至那些帶有特殊性癖的「客人」，都真實存在於台灣社會，而那些小姐們遇到的保單、直銷現況，補財庫和各種養小鬼等傳聞，也都值得在閱畢本書後持續討論。

台灣的社會在近年來逐漸開放並且朝擁抱多元價值的方向前進，對於這些過去被認為是禁忌和避之唯恐不及的話題也逐漸被世人接受，《性感槍手》一書便是在這種社會氛圍下面世。我認為這本書會是一個起點，讓台灣大眾開始思考這群八大行業從業女性的生活、體驗和感受。

我相信盡可能寫出台灣性產業的故事，即為作者的初衷。我和作者陶曉嫚在二〇一七年時結識，那時候她表示，希望可以寫一本關於性產業的書，我們那天約在懷恩堂前的麥當勞討論了各種性產業和台灣階層的問題。這本書的完成，見證了曉嫚長時間的調查和思考，現將成果呈現在台灣人的眼前，作為一個讀者，我驚嘆於這本書對於細節的描述，對於人物在環境中的特殊思考，對於信仰以及價值的衝突下如何選擇，都讓我掩卷嘆息。

很高興她能夠寫完，作為這個時代的紀錄。

目次

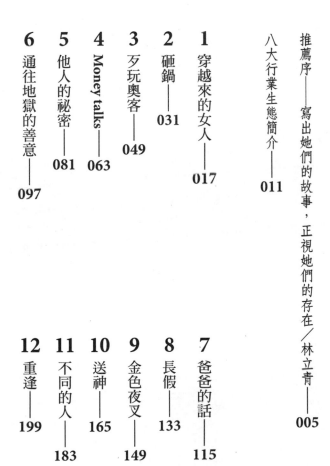

八大行業生態簡介

八大行業用語小辭典

1. **大框**：客人把酒店小姐一整天的上班時間都買下來，現在一般大框的行情是十小時（六十節）。
2. **自買全場**：小姐蹺班或臨時請假，必須以自己的檯錢抵扣酒店損失，或是由自己大框自己。
3. **小姐有哪些「配」**：
   a. 1/3：小姐穿著衣服幫嫖客手淫。
   b. 1/2：俗稱半套，小姐沒穿衣服或是上空，除了陰道性交以外，小姐替嫖客手淫以及進行其他服務。

c. 全：俗稱全套、做S，小姐與嫖客陰道性交。

d. 明配：性工作者在茶資、魚訊上寫明自己有哪些性服務。

e. 暗配：性工作者並未在茶資、魚訊上寫明的性服務，若嫖客想要進行未寫明的項目，由雙方私下協商。

4. **魚**：指個人工作室、援交妹、兼差賣春等個體戶，相關資訊統稱「魚訊」。

5. **茶**：即應召女子，隸屬於應召站旗下，相關資訊統稱「茶資」。

6. **茶店／茶行**：應召站的代稱，八大行業從業者俗稱的「公司」。

以下詞彙未出現在《性感槍手》小說中，是八大行業常見用語，供讀者參考：

- 茶溫：應召女子的年齡。
- 茶色：嫖客對應召女子外貌的評價。
- 茶杯：應召女子的胸圍尺寸。
- 茶價：各項性服務的交易價格。
- 茶味：嫖客對應召女子的總體服務評價。
- 回沖率：嫖客評斷該應召女子的服務是否值得再次捧場。

7. **喝咖啡**：酒店術語，指性交易，也就是全套S。

8. **勞點**：指經常預約特定按摩師的熟客，被八大行業衍伸為專門捧特定小姐場子的客人。

9. **看檯**：酒店、養生館的幹部或行政帶領客人，讓客人選擇自己喜歡的小姐服務，又稱為「秀檯」、「選妃」。

10. **抽風**：八大行業對警察臨檢的暱稱。

台北八大行業店別服務指南

便服店、禮服店

在台北市的大型便服店、禮服店，小姐們必須自理服裝儀容，通常以短裙小洋裝、短裙小禮服為主，兩者的穿著大同小異，差別在小姐的上檯方式有所不同。

便服店會有業績幹部指定小姐上檯、服務客人，禮服店則省去業績幹部的中介，由客人決定要點檯哪些小姐。店內主要的服務是小姐陪客人喝酒、聊天、唱歌、玩遊戲，性交易通常在店外進行。

制服店

由酒店提供小姐們統一的服裝，通常是一季更改一次主題，除了小姐陪客人喝酒、聊天、唱歌、玩遊戲等基本項目，有些會提供「秀舞」（小姐跳脫衣舞）、「手工」（幫客人打手槍）等便服店、禮服店沒有的服務。

手槍店／養生館／按摩店

《性感槍手》小說女主角宋良韻的本行，登門的客人不搞喝酒、唱歌、玩遊戲這一套，客人買下一段時間，點了小姐進入包廂後進行性服務，雙方可能以打嘴砲聊天的方式，度過性服務結束的時光，也就是俗稱的LDS（L＝拉，D＝低，S＝賽，台語「拉低賽」）。

日式酒吧

早年進軍台灣的日商都集中在台北市，讓林森北路條通一帶開設不少順應日式應酬文化的酒店，俗稱日式酒吧。

日式酒吧的包廂通常是半開放式，小姐穿著自備的便服，輕聲細語地服務客人，模擬文靜、溫柔的傳統日本女性樣板「大和撫子」。現在台灣日籍人士減少，不少日式酒吧也開始接待台灣客人。

Piano bar

標榜高度隱私、隱密，瞄準高端消費者的鋼琴酒吧，小姐的收入以日薪計算，額外抽成仰賴客人開酒，賣出單價越高的酒，比被客人框出場重要。

由於績效計算的設計不同，在鋼琴酒吧工作的小姐會戮力經營戀愛客，讓客人待在店裡，不斷點高價的酒。

1 穿越來的女人

宋良韻拎著一袋手搖杯，邊拭汗邊在虛掩的鐵門口踢掉水鑽涼鞋，搬家工人正把一箱又一箱的家私堆進這層分租公寓的空雅房中，新室友——林瑋書正俐落地指揮工人該將一二三四號書架配置到何處，宋良韻呼了口氣，虧林瑋書大學畢業後職場爆肝八年餘，逐水草而居搬了十次家，竟還有力氣揹上這許多不是錢的紙張。

奉長輩命令來協助姐姐喬遷的林道儒，手足無措地站在紙箱八卦陣之外，宋良韻塞給他一杯多多綠茶半糖少冰，讓這位插不上手的靦腆男孩，至少能插上一句話：「謝謝。」

宋良韻抬了抬眉毛，她工作場域遇到的男性幾乎不道謝，也不會臉紅，經紀人、看櫃檯的行政以及負責跑腿的老弟小弟，對小姐的溝通都是用虧的：「這件衣服好可愛啊，可愛到客人不會介意你嘴巴這麼機掰，就直接點你了。」

前來模擬選妃、淋浴完後赤裸裸趴在按摩床上，等待小姐來翻面的客人們則是千奇百怪：有的沉默異常，有的之乎者也掉書袋，有的會滑手機看猥褻的幼女ＡＣＧ圖片助興，也有不少喜歡叨叨絮絮，或問各種經典的蠢問題：「你為什麼要做八大？」「你媽知道你在當小姐嗎？」「你幫我做都不會爽嗎?!」

客人們拋出廉價的關心，無非不是要凹個免費的乳交口爆顏射內射，一名五十歲的阿伯堪稱奇葩，「妳不覺得，我的老二很漂亮嗎？」昏暗的燈光下，他捏著自己老二，洋洋得意地獻寶：「粉紅色的、又乾淨、形狀又好看、大小又適中，多少小姐想騎上來我都不讓她們騎，萬一弄髒了怎麼辦？」

「……」阿伯看自己的屌越看越美，宋良韻覺得自己已讀不回很給面子了。

「妳看到我的老二，都不會想騎上來嗎？」

這是宋良韻聽過最刷下限的騙砲臺詞，但她仍甜笑著回應：「真的耶，你這麼一說，它真的是很漂亮，要不要我拔下來送博物館參展？」

其實鬼扯嘴砲些什麼不重要，不說謝謝也不重要，出來玩就別忘了帶錢，千百句謝謝，不如從口袋裡掏出小費上道。

「你看我一身邋遢又沒化妝，但是去飲料店的路上，居然還可以遇到痴漢。」

「欸?!」林道儒這才正面轉向披掛著粉紅色薄開襟外套的宋良韻，即使已被允許打量個夠本，他的眼光還是立刻從低胸細肩帶的乳溝間彈回宋良韻臉上，沒來得及欣賞她的韓版寬褲、腰臀比〇．七的致命曲線，呵呵，是一本正經的男孩啊。

「上帝給男人兩個頭，血液只夠一個地方用。」忙著挪移家當的林瑋書，多年財金記者的訓練讓她成為優秀的逗點，比口齒笨拙的弟弟還有餘裕 men's talk：「那痴漢沒對你怎麼樣吧？」

「是沒怎樣，就是嘴砲多少錢給不給上，我叫他滾一邊去，別來煩我。」見林道儒瞪大了眼，宋良韻回以一笑：「我的才華就是吸引痴漢，但叫我真的給上？呷咖麥耶。」

這份輕描淡寫讓林道儒更不可思議，林瑋書指著紙箱山的頂端，一個被麥克筆龍飛鳳舞寫上「清潔工具」四個大字的箱子：「弟，幫我打開那一箱，我需要抹布。」

宋良韻正要伸手去拿，「我來就好。」林道儒急忙將飲料放到一旁，終於有個明確指令讓他捲起袖子，「怕你弄髒。」

「沒關係，這件舊外套不怕髒。」

宋良韻的粉紅外套袖口起了些毛球，這件二手衣是從另一位小姐手上接收過來的，外出能預防曬出肩帶痕、冷氣房內又好保暖，扔了可惜，宋良韻便不客氣地從休息室的垃圾桶中將它撿回家，洗一洗又是一件好衣服。大經紀人最看不順眼她這從少女時代養成的窮酸氣，總是咕噥：「一個月賺多少錢的女人，還穿得跟乞丐婆一樣？」

「你今天怎麼有空來幫你姐搬家？」

「剛好休假。」

「然後老爸老媽堅持要他來。」林瑋書顯然不太高興弟弟來充當爸媽的眼線，檢視她未來一年會待在什麼樣的環境，一邊當自由接案寫手一邊養病：「我可是全能極限搬家王耶！能自己搞定的好嗎？你好不容易休假，不是應該去約會？」

「呿，跟誰約啊。」

瞧林道儒被虧得訕訕地，宋良韻笑著答腔：「你做服務業？」

「呃……算是吧。」

「算是？」

「第一階段快結訓了，再一陣子要去實習。」

「連鎖店嗎？是餐飲？服飾？」宋良韻心想，做服務業臉皮卻這麼薄，以後可有他好受的了。

「都不是。」林道儒搔了搔臉頰：「……是警察。」

「什麼?!——」

宋良韻驚叫，只差沒加上京劇甩頭騰騰騰倒退三步，真是可悲的本能反應，畢竟做八大行業便註定得跑給條子追。昏暗的美容室遮掩小姐厚重的妝容、鬆弛的小腹或下垂的臀部，客人們則在幽暗中釋放自我，每回燈光大亮，就是警察登門臨檢了，大家像被遙控器按下快進一般，滑稽地八倍速套上衣服，搜查哪裡掉了胸罩內褲保險套，確保包廂內的尺度是普遍級，好避免大夥兒全被招待到警察局半日遊，「公司」方面有一份耳提面命的教戰守則，「我們都是做純的，今天來按摩的是熟客，我就多給他一些殺必死……」而眼前不過是隻將跳出條子育成所又容易臉紅的菜鴿，都足以把她嚇得寒毛倒豎。

比起宋良韻，更侷促不安的反而是林道儒：「啊啊，看來這個職業的社會觀感真的還滿差的。」

「不不不，不是那回事！」宋良韻連連搖手，慶幸林道儒道行淺，沒看出蹊蹺：「瑋書說你是念師範大學的，我還以為——」

「到處都是流浪教師，有開缺的學校都是代課，當萬年代課不是辦法啊。」

「小韻你吵死啦——」

隔壁房間的門忽然打開，飄出冰庫一般的冷氣，夾帶陳年煙草味混合香水味，凍得林道儒打哆嗦，一名蒼白的紙片女子裹在絨毛睡衣中，一雙鳥仔腳踏著繡花的羊毛止滑室內拖，她瞇著一雙大眼，盯著手上的 iPad Pro，在叮叮噹噹的遊戲配樂中，以肉眼難以捕捉的高速滑個不停。

「哇靠都幾點了？Tiffany 你睡到現在——」宋良韻顧忌一旁的林道儒，才把「是來得及做頭髮化妝打扮去上班嗎」吞回去。

「今天新室友喬遷捏！我要跟公司請假，等一會叫個外賣吃吃。」Tiffany 頭也沒抬，又將門關上了。

宋良韻吁一口氣，Tiffany 那一掛酒店妹最近瘋一款手機遊戲瘋到不要不要的，正式名稱不知道是叫什麼傳說，還是什麼對決的，打一個回合要十幾分鐘，玩到妹子們被點了檯，仍拖拖拉拉不肯出休息室，被偷時間的客人自然是抱怨連連，酒店方面隨即下了禁玩令，但上有政策下有對策，十六歲就下海的 Tiffany，什麼大風大浪沒見過？

遲到一分鐘扣五十元，換算一小時就扣錢三千元，遲到兩個小時，酒店就會要求小姐自買全場，一天不進公司的大框要萬把塊，這時 Tiffany 手機裡存的一長串恩客名單就派上用場了——

「大哥～Tiffany今天頭好痛、身體好不蘇胡，沒辦法去上班，但是經紀人好凶喔T_T奪命連環摳人家去公司」

「踢昏你妹妹還好吧」

「沒精神的Tiffany不能見人啦，大哥救救人家O_Q包人家今天嘛，人家下次放假時補償你～」

「好喔，但是今天哥哥沒空捏」

「今天人家醜醜不好看，感冒好了就補償大哥，放假一起出去玩～來，打勾勾嘛」

「打勾勾，約好下次囉，妳就在家好好休息」

「謝謝～～～下次來店裡玩，Tiffany請大哥桌面和果盤喔<3」

Tiffany倚著枕頭冷笑，幾通撒嬌訊息，就有冤大頭甘心一面不見，捧著白花花的銀子替她填坑，如此還不蹺班玩個夠本，對得起誰？

三人一邊閒聊一邊收拾約半個小時，客廳的門鈴大響，四個大披薩、炸雞桶薯餅拼盤、大罐可樂之外，魚貫進入家門擺滿桌子的食物，不只有知名水產店的生魚片握壽司拼盤、五碗鰻魚飯、日式小菜加上七八樣燒烤，還有老牌控肉飯的滷排骨便當、涼拌干絲加上酸辣湯餃，而林家姊弟沒見識過滷味攤也接外送訂單的，滷蛋滷海帶滷大腸滷肝連滷各式蔬菜，那位外送員還捎上六、七杯手搖飲料，熟門熟路地向 Tiffany 請款。

「這根本是十五人份吧！」林瑋書瞠目，她手上還有一杯宋良韻請她喝的珍珠奶茶：「我們只有五個人要吃耶。」

「不知道你們愛吃什麼，台式日式西式各來一點。」Tiffany 繼續滑平板，旁邊坐著她哈欠連連的男友，也是一手滑著手機，一手意興闌珊地用塑膠湯匙搗著鰻魚飯，Tiffany 面前排著另外四隻手機，嗡嗡嗡震動叮咚叮咚響個不停：「放心，今天我請客，都算我的。」

「這、這太不好意思了啦！」

「謝謝，讓你破費了。」

可能是林家姐弟道謝得太頻繁，讓 Tiffany 暫時從恩客金主的海量訊息分神：「哪這麼多可以謝的？不謝。」

「弟，芹菜可以給你吃吧？」林瑋書將涼拌干絲中的芹菜夾到小盤中。

「你不吃芹菜啊？」

「不吃，那個味道我實在沒辦法。」林瑋書笑道：「如果死後下地獄，要把生前不吃或浪費掉的食物吃光才能投胎，那我的噴桶裡面大概全部都是芹菜吧。」

「我的那桶裡面一定亂七八糟什麼都有，完全就是噴！根本不是人吃得下去的東西。」宋良韻嚼著披薩，偷瞄林道儒默默吃掉芹菜，一邊將紅蘿蔔絲夾給他姐姐。

「嗯，都涼了。」Tiffany 啃了十分之一的薯餅，隨即滿臉嫌棄地將它丟到桌上：「不好吃的就別吃了，反正晚一點天山童姥會幫我們清廚餘。」

「天山童姥？」林道儒愣了一下，沒料到賃居這間屋齡上看三十年的分租公寓的住戶們，竟然講究到請了打掃阿桑。

大門口傳來響亮的鑰匙轉動聲，Tiffany 翻了個白眼：「說人人到。」

玄關玻璃門口出現一名提著大包小袋的胖女人，桃紅色底加上鮮豔花紋的嬤嬤洋裝頂端，冒出一張汗涔涔的麻子圓臉，雙下巴差不多快抵住脖子上的民族風亮片項鍊，搭配染成栗子紅的鮑伯頭，扣除她違和感十足的服裝搭配，最為爆擊林家姐弟感官的，是她用上青少女口吻加娃娃音打招呼：「大家安安，喔哦~在吃飯啊。」

這間公寓的格局是三房兩廳兩衛浴，附帶前後兩個陽臺，前陽臺擺放了洗衣機和鞋櫃，狹長的後陽臺則與林瑋書的雅房相通。Tiffany 和她男朋友的主臥室有獨立衛浴，林瑋書、宋良韻的雅房共用一間浴廁，剩下是廚房、餐廳與客廳的公共空間。林道儒納悶，天山童姥是睡在哪裡？

這個謎底很快揭曉，天山童姥一進門，先將大包小袋扔在客廳沙發上，隨即撩起連身洋裝，反手到背後去解開胸罩的扣帶，再從領口伸手進去拉出那對巨大的罩杯，然後把那件洗得泛黃的白色內衣丟在大包小袋上，整個客廳都籠罩在她的汗味和體熱中。

「有客人欸，天山童姥你好歹也遮掩一下吧。」

「大家都是女森嘛。」胖女人一扭頭，目光落在林道儒身上：「唉呦，有帥哥，小韻終於交到男朋友了！」

「北七，他是瑋書的弟弟，來幫她搬家的。」宋良韻開始害怕林道儒會覺得這層公寓住的全是怪胎。

「你好，我是林瑋書，雙木林、玉部瑋、書法的書，今天起來當大家的室友。」林瑋書擠出採訪官員學者時配戴的職業笑容，好讓自己的表情不顯僵硬：「怎麼稱呼你？」

「新室友啊？我是美美，也可以叫我天山童姥呦。」

「……真的可以叫你天山童姥？」

「都沒見過你耶，你是上哪家的啊？是最近才下——」

「喂喂喂！天山童姥你嘴巴沒個門把的喔！」宋良韻白眼快翻到後腦杓了，林道儒無論多菜都還是個警察，在他面前大剌剌地問「在哪家酒店上班」，是不是「最近才下海」，敢情是嫌大家被《社會秩序維護法》課扣的「稅金」還不夠多？

「她是小韻的同事，人很天，跟住天山差不多。」

「你跟她也算同事好嗎?!」

不理宋良韻的嗆聲，Tiffany 用筷子插了一顆滷蛋，指著天山童姥吐槽：「別看她那張老臉，她才十九歲喔。」

「美美好年輕！以前我帶過暑假來實習的大學生，跟他們相處久了，覺得自己都青春起來了呢。」

「哇——太狂啦！原來瑋書姐姐已經當上媽媽桑了～」

「噗！」

林道儒和 Tiffany 的男友不約而同把飲料噴了一桌，當林道儒摀嘴嗆咳個不停時，Tiffany 的男友抽了張衛生紙，邊擦手機螢幕邊笑罵：「天山童姥你智障喔！人家是良家婦女啦。」

Tiffany 則是嚷嚷著「髒死了髒死了」，把半包衛生紙都倒到桌上胡亂抹拭。

「哈哈哈，還真的跟媽媽桑差不多喔。」林瑋書腦海中閃過在財金雜誌社八年來肝腦塗地的歲月，自嘲：「不只實習生寫的東西我得核稿，怎麼查資料、怎麼算匯率、怎麼用公開資訊觀測站，怎麼寫 email，連怎麼 Google 都要教。」

「那是什麼東東？」

「你對投資有研究啊?!」Tiffany 的男友眼睛一亮，開始嘰哩呱啦地問林瑋書最近該買哪支明牌，Tiffany 則是嗆他在政府開設的合法賭場股市中，不知道賠了幾個屁股進去，天山童姥坐到餐桌前，抱著炸雞桶大嚼起來，不時拋出蠢問題，但林瑋書就是有辦法讓話題動線不被打亂，也沒讓天山童姥覺得被冷落，看著熱絡起來的飯局，宋良韻與林道儒交換個眼色，除了全能極限搬家王的頭銜，真該頒給林瑋書「無敵冷場救援王」勳章。

這頓飯吃了三個多小時，在林瑋書的堅持下，原本要倒進垃圾袋的各種食物，全都分門別類裝到保鮮盒中，而滿冰箱的過期食物與調味料，通通被林瑋書掃進廚餘桶，她同時消滅了冰箱內所有的陳年汙漬，把該放冷凍櫃、該放冷藏櫃的東西排列整齊，並洗乾淨製冰器，得意地說以後就不用花錢去便利超商買冰塊了。

做完這些事情不夠，林瑋書竟然還有力氣，指揮肚皮脹成圓球的室友們下樓追趕垃圾車，連大懶人 Tiffany 都敵不過她的氣勢，拎著一袋塑膠類在隊伍最後哼哼唧唧。

將最後一箱紙類送上資源回收車後，林道儒說自己也該告辭了，林瑋書擺擺手，表示自己還有很多家當必須收拾，去捷運站可以靠宋良韻導航，她就慢走不送了。

「你姐真是猛，搬家搞了一整大都不會累。」

「看不出來她前陣子還躺在加護病房吧？」林道儒無奈地笑：「她是工作狂，如果醫師沒有威脅她再不好好養病，恐怕會翹辮子的話，她大概這時候還在加班趕稿。」

「她有跟我抱怨過！說住在家裡就會被爸媽一個勁催去睡覺，也不管她稿子寫完了沒，工作晚歸也念、應酬也念，坐在電腦前面太久也念，還每天逼她去考公務員，煩得她出社會才幾個月就搬出家門。」宋良韻忽然想到，林道儒就是聽話去考警察特考的乖乖牌，連忙補上一句：「只是工作到身體出問題，何必？」

「她剛進媒體的頭幾年很辛苦，抓不到業界的潛規則，後來終於上手一些，所以打死都不肯辭職。」

「潛規則」這組關鍵字擊中宋良韻心尖，她想起自己窮得要命的少女時代，每天打四份黑工，薪水加起來才堪堪破萬；大學時租給她破爛雅房的房東，認為瓦斯費應該從「偷窺女房客洗澡」的樂趣中抵扣；立志好好找份正經工作，老闆們卻都想要「潛」她——每天睜開眼睛，信箱都有新塞進的帳單或催繳通知，宋良韻將那些帳單拋到鞋櫃上，不一陣子鞋櫃上就堆出一座岌岌可危的峭壁，崩潰的她在心中吶喊：「既然你們都想上我，那就付錢啊！」

「而且，她也不是捧鐵飯碗的個性嘛……雖然她看起來和以前一樣精力充沛，但我和爸媽還是滿擔心她的。」

宋良韻恍神了一段，想不到捷運站已經近在眼前。

林道儒停下腳步，正色道：「我姐就拜託你照顧了，謝謝，麻煩你了。」

「你這麼正式道謝，我反而不好意思啦！」宋良韻連連搖手。

「對了，是不是該陪你走回去？」林道儒搔了搔臉頰：「已經這麼晚了，如果又有人騷擾你……」

「沒關係不用啦！我家離捷運站比飲料店還近，真的不用啦！」

「那個……」林道儒又搔了搔臉頰：「可以跟我換個 LINE 嗎？回到家報個平安。」

這種情況下，宋良韻實在說不出「不要」。

2 砸鍋

燒腦寫稿一上午的林瑋書伸了個懶腰，她最愛的工業金屬搖滾樂團剛剛唱完一場演唱會，藍芽音響傳來 YouTube 的插播廣告，代表她應該起身鬆弛雙眼與思緒，並且吃個午飯。林瑋書滑著推薦歌單，她需要轟鳴的極度重音，不然蓋不住 Tiffany 男友滔滔不絕的投資經。

「小品啊，如果你想弄清楚 Fintech 和區塊鏈，還有相關的投資機會，你真的該聽我的，好好地研究美股……」Tiffany 的男友一邊繞著客廳中央天山童姥的雜物堆打轉，一邊喋喋不休：「雖然說還債第一，但有臺車子做什麼事都方便，上次勇哥推薦的那幾個型號，小品你覺得怎樣？」

林瑋書吁了口氣，這幾天只要 Tiffany 不在，她那位從頭到腳潮牌、還會按衣服花色換搭不同紳士名錶的同居男友，就會纏著自己報明牌、討論保單，不然就是分析匯率美股期貨選擇權，煩得她頭頂冒火。

一開始林瑋書還誠惶誠恐：「確定要問我？賠錢我可承擔不起。」而 Tiffany 的男友每上完一堂投資課，就會立馬傳 LINE 打電話給其他妹子，帶勁地學著她的口吻分析一遍，附帶吹噓自己最近如何眼光獨到、賺了多少多少云云。搞了半天，原來是要在妹子面前冒充投資達人，幾次後林瑋書也就不花大腦，隨口轉述前同事貼在臉書上的看盤動態，加上幾個財金名嘴朗朗上口的新穎名詞，把這個學舌精打發走。

「真的啦，定存要放到什麼時候？你說要買投資型保單，還是買儲蓄險？我真的覺得那些都太慢了——」

睡眼惺忪的宋良韻頂著一頭亂髮，打開房門走去廚房倒水喝，順道白了 Tiffany 的男友一眼：「吵死了，小聲點。」

「良韻早安，你今天起得真早。」

「早啊。」

半個月下來，林瑋書差不多摸透幾名室友的作息時間，在按摩店擔任「槍手」的宋良韻、天山童姥都是值晚上八點到隔天早上六點的晚班，在酒店上班的 Tiffany 也差不多，幾位八大行業女子清晨時回到家，就躺平到下午一、兩點，接著窩在電腦前追劇、玩手機，不然就是對堆積如山的髒衣服唉聲嘆氣，把洗衣機塞到快要吐奶後，就出門覓食去，相較宋良韻獨鍾巷子口蛋餅水煎包，Tiffany 是不吃星巴克以外的早餐的。

只是除了宋良韻，另外兩人都回來的有一搭沒一搭，林瑋書好奇問起這兩人幹嘛有家不歸，「被客人框出去睡了。」相對講起 Tiffany 的一派淡定，談到天山童姥，宋良韻的眉頭就糾結成一團：「唉，那個笨蛋還在跟前室友糾纏不清吧。」

「瑋書大大，可以借我兩千元嗎？」Tiffany 的男友忽然出現在門口，用令人毛骨悚然的撒嬌口吻拜託。

「欸?!」林瑋書瞪著眼睛，滿身潮牌的三十歲男人，剛才還在電話中對妹子話唬爛自己投資好棒棒，現在竟然連兩千元都得調頭寸？

「不好意思公司還沒匯薪水進來，中午要去吃飯，身上又沒現金，信用卡預借利率太高了，請瑋書大大給我個方便吧！」像是回應林瑋書的心思，Tiffany 的男友很老練地堵上她滿腦疑問：「下午我要去棚拍，會見到大經紀人，晚上就可以還你了。」

跑得了和尚跑不了廟，無言的林瑋書打定主意，如果這男人賴帳不還，她就找 Tiffany 討債，饒是如此，她從錢包裡抽出兩張小朋友的速度，還是比去超市結帳時慢很多。

Tiffany 的男友跑回房間換衣服，換成宋良韻面無表情地站在林瑋書房門口滑起手機。

「我寫稿時放音樂，有沒有吵到你？」

「沒有，我睡死了。」

Tiffany 男友講電話是吵死了，林瑋書寫稿的背景音樂是有「惡魔嗓音」之稱的樂團，結果宋良韻竟睡死了？正納悶這個落差是怎麼回事，林瑋書的手機開始密集震動，是一大串宋良韻的訊息——

「以後別理那個無用男，誰沾上他誰倒楣」

「那個吃軟飯傢伙每天喊著怎樣能投資賺錢，誇下海口明年就存夠錢買房什麼的，真是笑死我 LOL 他花的還不是女朋友的皮肉錢？」

「書沒念出個名堂，班也不好好上，工作沒兩天就喊累，連跟店長辭職都沒有，就直接不幹了」

「那時店長還追殺到 Tiffany 那，說無用男幹走業務用的筆電，再不還就報警」

「神扯的是，無用男把那臺業務筆電拿去經銷商回收，再騙其他傻妹替他刷卡買新電腦，好搭上促銷檔期，可以換三千元百貨公司禮券，夠天才吧 XDDD」

「後來 Tiffany 出錢擺平這件事，才沒讓無用男去吃牢飯」

「總之，那個男人和失敗拜了把」

「千萬不要跟他一起投資三小的，也絕對不要借他錢，借了也別讓他欠，照三餐找他討就是」

要在這麼短的時間內打出這麼長的故事，顯然不可能，林瑋書思忖，宋良韻早就警告過其他人，只是把這些訊息原封不動地轉給自己。

「要不要跟我一起吃中飯？我簡單煮個咖哩。」

「咖哩？咖哩哪裡簡單了？」

「……你不是要出門吃飯？下午還要棚拍？」

眼前是熱騰騰的土鍋白飯、涼拌黃瓜與香辣濃郁的牛肉咖哩，但林瑋書的頭上掛滿斜線，連解辣解渴的冰涼氣泡飲料都無法壓下她的惱火，無用男自動拿了一個麵碗坐下來，把剩下的汽水都倒在自己的啤酒杯中，並替自己添了超大一碗飯。

「聞到咖哩這麼香，就忍不住坐下來了，唉呀，瑋書大大的手藝真好！」

「……我只是按照盒子上的配方做。」

「跟瑋書大大結婚的男人一定超幸福啊。」

「輪不到你啦。」Tiffany不在，宋良韻嗆無用男嗆得毫不留情：「中午先吃一頓免錢的再出去，口袋裡還有兩張大鈔麥可麥可的。」

「是學妹要棚拍定裝照，我在旁邊陪著就好，沒這麼急。」無用男滑溜地閃過這淋頭狗血：「瑋書大大早上在忙什麼？寫稿嗎？」

「對。」

「什麼樣的稿？」

「書。」

「寫書嗎？太厲害了，哪裡接到這種工作？」

「以前跑線時認識了一些出版社編輯。」

「這樣寫一個早上能賺多少錢啊？」

「看要算字數還是統包一個案子囉。」

「一個字有沒有五元？」

「……五元的夢幻行情，是魯迅或張愛玲那些大文豪拿的。」

「啥，這麼少！」

「賺錢本來就很困難嘛。」林瑋書笑歸笑，但額頭上的青筋跳個不停。

「瑋書大大想不想賺點外快？」

「滾啦你，少在那邊打良家婦女的主意。」

「唉呦，小韻姐姐生氣了，罰一杯罰一杯！」無用男以牛郎店頭牌的架式，灌了一大口氣泡飲料：「我說真的啦，一個早上賺不到小韻做一檯的錢，實在滿悲慘的。」

「悲慘你老師啦，瑋書是靠才能賺錢的，才不需要碰那些奧懶叫咧。」

「對對對，年輕貌美的小韻姐姐不用吹也不做S，下海五年還是處女，是雞界的聖女貞德呢。」

「我的數學可沒差到算不過來，被客人幹起碼拿得到錢，付錢養男人幹我，是嫌上班被幹不夠嗎？」

吵架是一種很難收尾的溝通方式，莫過於兩造都執著於飆出最後一句話才算「贏了」。宋良韻與無用男你一言我一語，默默咀嚼的林瑋書也懶得去提醒雙方留點口德，只祈禱別掃到颱風尾，饒是如此，和一切菜餚百搭的土鍋白米飯都變難吃了，當她抽身把空碗盤拿去廚房水槽時，忽然砰乒匡啷啷一陣亂響，一回頭，只見無用男一拳擂在餐桌上，氣勢洶洶地站起身——

「姓宋的，我忍你很久了！」

「是誰忍誰很久?!搶我臺詞啊——」宋良韻豁然起身，嗓音也跟著高了八度，面對身高超過她半個頭的無用男，她絲毫沒有懼色：「兔子都不吃窩邊草了，你是還要騙我幾個朋友才爽？」

「黃婉婷有少付你房租嗎？沒有的話就惦惦啦！」

「你好意思提房租？王信為，你敢講，我還不敢聽咧！三十歲的男人吃女友的、用女友的，賴在女友家裡打別的女人主意──」

林瑋書吞了口口水，宋良韻直呼無用男的本名，看來真的是怒不可遏，這也讓她清楚確認，那些署名「黃婉婷小姐」、「王信為先生」的信用卡費催繳通知、電信公司帳單、健保費、國民年金繳款單乃至於超速罰單，都是來追殺 Tiffany 和無用男的，但是這對情侶檔總把這些重要單據隨手亂丟，散亂在公共空間的各個角落，林瑋書拿廣告單摺裝垃圾的小紙盒時，順手整理了一大疊，但問起 Tiffany 時，她連眼角餘光都沒從手機螢幕上分出來，只是冷冷地說：「隨便找個地方丟著就好。」

「閉嘴！我平常是不動女人的──」

無用男暴吼，振臂一揮將桌上的碗盤全部掃到地上，包括林瑋書那個上蓋有粉紅色櫻花圖案、日本原產的手工萬古燒土鍋。

「我的土鍋──」

「這……這個鍋子很貴吧?!」一頓飯就這麼砸鍋砸得徹底，宋良韻也慌了：「喂！向瑋書道歉啊！」

無用男像小學生一樣指著宋良韻：「是、是她先惹我的！」

「唉，你們都不要碰。」

林瑋書戴上橡膠手套、抄起掃把和畚箕，來收拾滿地狼藉，宋良韻急忙去找抹布和塑膠袋，無用男此時倒是相當聽話，說不要碰就不碰，他躍過食物殘渣和餐具碎片，抓起沙發上的 LOUIS VUITTON 男士斜背包，隨即腳底抹油溜之大吉，宋良韻朝他的背影大吼：「你真是個人渣！」無用男回敬一個中指，砰地甩上門。

下午的寫稿進度因為收拾殘局而延宕，心煩意亂的林瑋書將歌單換成流行龐克樂團。主唱謳歌在碎夢大道上，只有影子陪伴自己，讓林瑋書回想起宋良韻去上班之前，向她道歉不下一百萬次，保證會去物色一個圖案與大小都激似的土鍋做賠償，林瑋書苦笑著說不用，「跟前男友分手時，我的確有想過要把這鍋子砸了。」

瞧宋良韻一臉難以置信，林瑋書便交代了粉紅櫻花土鍋的來歷。大約是去年年尾，她與前男友多次比對行事曆，好不容易把時間湊在一起，才鼓起勇氣去向上司遞假單，展開一趟期待已久的日本自助旅行。依照旅遊達人的推薦，兩人在本地料理店嚐到這輩子吃過最香甜的山藥泥蓋飯，怎麼會這麼好吃呢？林瑋書說，大概是師傅用土鍋慢煮了白米，在飄雪的冬季，還能夠以陶土的餘熱溫暖著米飯，前男友提議，就買個土鍋當伴手吧，以後在家裡開伙一定也會同樣美味，每日土鍋料理可是幸福的象徵呢。

林瑋書帶著陶醉的餘韻回國，想著以後就會與這個男人同吃一個鍋裡的飯時，卻被婚前體檢報告嚇了一跳，低劑量電腦斷層掃描結果顯示，她的肺部有一個大約〇．六公分的黑點，研判是第零期肺癌，醫師建議立刻開刀。

離開手術室的午後，覺得土鍋象徵幸福的男人在加護病房的會客時間來到病床邊：「我家不能接受……我的新娘有癌症的基因……」林瑋書那位論及婚嫁的前男友，就這樣有效率又坦白地把她甩了。

「所以，留著那個土鍋幹嘛呢？我就是想不開，才沒在搬家時把它扔了，總之，感謝無用男幫我一個忙。」

宋良韻半晌才擠出一句話：「……真希望 Tiffany 和你一樣。」

× × ×

即使醫生警告林瑋書，繼續過勞下去不好好調養，就做好去見上帝的心理準備時，她都對自己的現況沒有實感，直到出院返家休養的那一刻——

「叫他負責啊！他耽誤你多少青春？婚怎麼能說不結就不結?!」

「你是瞎了眼，跟他在一起這麼多年，都沒發現他這麼無情無義？」

「你怎麼會這樣？我們家都沒人得癌症。」

「年紀輕輕怎麼會得癌症？叫你少加點班，你不聽。叫你不要熬夜，你不聽。叫你不要吃炸的，你不聽——」

「以後去相親時，千萬不要講這件事！」

「你這樣還能當記者嗎？聽我的話，趁休養時去考個公務員……」

林瑋書的父母和親戚們組成盟軍，當頭丟下一連串問句的燒夷彈。悲慘的故事有一種藝術特性，當事人自己多講幾次會變好笑，但被家族長輩們重複幾次，悲慘程度就會等比級數上揚，悲慘到林瑋書在每一口呼吸都還會胸痛時，就逞強逃回自己租賃的小套房，獨自躺在床上後悔——後悔太早告訴房東自己要結婚不續租套房，讓精打細算的房東很快找到新的承租者簽約，以致她得火速找個新的單身巢穴。

於是就在病假結束的那一天，林瑋書晃遊到大學同學小黑創立的服裝工作室，癱坐在試衣鏡前的小凳子上，對鏡子裡的自己講話：「套房馬上就要租約到期了，但我絕對不要回家住。」

「你又要搬家啦？」手上忙著修改訂做服腰身的小黑頭也不回地問：「那要幫你找房子嗎？」

「走路可到捷運的套房優先，雅房也可以，不用限性別，屋齡舊一點沒關係，希望有廚房，預算一萬元左右。」

「這種條件要一萬？」

「你一直住家裡當然對租金無感啊。」

「那你介意跟人分租嗎？小韻最近在找室友。」小黑在排滿各式絲帶的牆面，摘下一捲寬版的白色蕾絲：「你還記得她吧？就是上回你來找我抬槓，同時間來試衣服的小姐，做八大的。」

「應該是她介不介意跟記者一起住吧？啊，更正，是前記者，我剛剛向總編遞辭呈，總編說休養得差不多後會發外稿給我，讓我不會餓死，希望他沒唬爛。」

「反正你跑財金，又不會寫地方社會新聞，應該沒關係啦。」小黑忽然噗哧笑道：「小韻聽到你是記者的時候說：『我才不要跟記者講話呢！』結果最後你們聊到我拉鐵門，我們三個一起去吃麻辣鍋，居然又聊到關店。」

「啊～麻辣鍋～好想吃麻辣鍋——」

「那就打電話啊。」

「你不是要趕件？還有空陪我去吃火鍋?!」

「不是啦，打給小韻說你要看房啦！」

×　×　×

這間公寓的住戶雖然吵吵鬧鬧地有點煩，起碼大家有脾氣都直來直往，不會狂踩別人的痛腳還美其名是關心。忽然間，有一個影子從眼前晃過，林瑋書從電腦螢幕中抬起眼，「哇！嚇死人——」三七步站在房門口、一臉怨毒的 Tiffany 嚇得她寒毛倒豎，林瑋書的直覺告訴自己，趕快收回前面天真的想法。

「小韻是不是跟你講我的壞話?!」

「……為什麼這樣問？」

「別瞞我，威廉都跟我講了！」

威廉又是誰呀？林瑋書的腦袋當機了〇・五秒，才會意過來威廉是無用男王信為的女友專屬暱稱，而嬌小紙片人Tiffany的嗓門，跟拔了消音器的摩托車差不多，震得她耳膜嗡嗡作響：「全天下女人都不能給男人幹，被幹過的就智障又犯賤，不配當她朋友——是不是?!」

「沒沒沒……事情不是這樣的。」

「那她到底講了什麼？你說啊！」

「就——威廉跟我借兩千元，她看不過去，跟威廉吵起來，威廉摔破我從日本帶回來的土鍋就閃了。」

「幹，威廉這廢物，生雞卵的無，放雞屎的有！」Tiffany埋怨起自己的男朋友竟也是這麼刀刀見骨，林瑋書正錯愕間，Tiffany再次厲聲追問：「所以，那又關宋良韻大小姐什麼事?!她憑什麼講我壞話？」

「她是覺得威廉一個大男人，不管闖禍還是借錢，最後都靠你收拾，你這樣太辛苦了，不值得啦。」

「覺得我太辛苦？呿，講得真好聽。」Tiffany走進林瑋書房內，倚著衣櫃雙手抱胸：「你知道住你這間的前房客，是怎麼搬走的嗎？」

見 Tiffany 的語速緩下來，並且主動走近，場面應該不會失控了，林瑋書比著自己的床鋪：「站著說話多辛苦？請坐。」

Tiffany 雖然冷著一張臉，但還是依言坐下：「以前住這間的是個小護士。」

「這樣啊。」

「受不了醫院壓力大薪水少工時長三小的，但助學貸款沒還完，家裡又一堆人要張嘴吃飯，便跑來下海了。」

「原來如此，真辛苦啊……」

「小韻有跟你炫耀她是處女，這輩子還沒交過男朋友吧？」同樣是眉毛眼睛嘴巴鼻子，Tiffany 就可以做出「是在了不起什麼」、「沒看過誰這麼呆」、「何苦跟錢過不去」等超複雜表情，林瑋書真想在她頭上加上跑馬燈註釋，「那個小護士也是一個樣，兩個處女一下子就姐姐妹妹地熱絡起來。」

「喔。」

「她們兩個耍清高的，是瞧不起我們這些人魚公主的。」

「人魚公主？」

「就是我們這掛下了海，就上不了岸的小姐啦。」Tiffany 翹起二郎腿，繼續說下去：「這間公寓是小護士和小韻一起簽下來的，說什麼以後老了，就這樣住一起互相照應，但這裡是三房兩廳的格局，房間空著也是空著，才問我要不要一起租，你就知道她們倆是怎麼好得不得了的。」

「嗯。」

「結果小護士上了一陣子，就和客人談起戀愛，嚷著要辭職去結婚，小韻那個交不到男友的嫩屄，當然很不是滋味啊。」Tiffany 嘴角漾起冷笑：「閨蜜不就是要當連體嬰，怎麼可以為了男人讓姐妹孤單寂寞哩？為了阻止小護士，小韻什麼下三濫的話都講了，什麼那男人一副魯蛇樣，他不愛你、只愛你的錢啦。」

「喔……嗯，所以小護士跟那男人結婚了？」

「誰知道呢？反正她們大吵一架，小護士就連夜搬去跟男朋友同居了。」

「這樣啊……」

Tiffany 哼哼笑得一抖一抖地：「女人嘛，友情比保險套還薄。」

「我很好奇一件事，Tiffany 會想要和威廉結婚嗎？」

「提那廢物幹嘛？我才不要，每天幫他擦屁股就飽了。」

「那 Tiffany 你喜歡他哪一點？」

「無聊嘛，湊合湊合。」Tiffany的眼神飄開了，改為打量林瑋書掛在椅背上的MICHAEL KORS牛皮托特包：「對了，那廢物砸碎的鍋子要多少錢？他又跟你借了多少？」

「鍋子就算了，他跟我借了兩十元。」

「以後那廢物再跟你借錢，立刻傳訊息讓我知道，我來罵他。」Tiffany從限量款CHANEL長夾中抽出兩張小朋友遞給林瑋書，在大包中翻找「家人密友專屬」的那隻手機時，她忽然摸出一只包裝精美的方盒，塞到林瑋書手上：「這個送你。」

林瑋書定睛一看，桃紅色的盒子上是繽紛的五彩花鳥，五支精巧的小香水並排其中，有的瓶身上站著開屏孔雀、有的是展翅的蝴蝶，以及透明的小精靈——是ANNA SUI的迷你小香水禮盒，「幹嘛送我？不用啦！」

「有什麼關係，我們是朋友啊。」

「我很少噴香水，真的，你留著，你比較用得到。」

「這是客人送的，這種四ml的小香我兩天就用完了，我要叫他送我大瓶的！」

幾回合的推辭與堅持後，Tiffany留下了香水禮盒，帶走了林瑋書的手機號碼。

友誼、忌妒、流言、騙子、小白臉、人魚公主——咀嚼著這些關鍵字，林瑋書吁一口氣，好漫長的一天，未來在這間公寓的生活，可能和跑新聞一樣驚滔駭浪。

3 歹玩奧客

「Oh my god, they are too old! I don't think they're worth it.」

客人忽然對他的同伴們撂起蹩腳的英文，整排出來迎賓、自介報名字的小姐們馬上露出冷笑，宋良韻也哼笑起來，這支馬眼看人低的奧懶叫，難道以為小姐都沒受過國民義務教育，會聽不懂他在嚷嚷「天哪，這群婊子未免太老了吧！我不覺得她們值那個錢」？

眼神在胭脂叢內飄來飄去，還沒騎上驢子，就忙著吹噓自己只願意駕馭赤兔馬的，通常是讓好機會白白溜走、眼高手低的類型。這支奧懶叫東嫌西嫌時，他的同伴們將店內年輕貌美的小姐都挑走了，果不其然，他開始見笑轉生氣，纏著看櫃檯的行政小弟高聲抱怨：「這是在搞什麼！你們店的客群年齡層很高嗎？怎麼出來的都是阿姨！」

穿過走廊、走進小包廂，宋良韻一邊用手指繞著自己的髮尾，一邊慶幸撂英文的奧懶叫沒指名自己。今天第一個客人的臉沒什麼記憶點，至少目光不會閃爍，中等身材不太猥瑣，對小姐還會露個招呼式的微笑，應該不是個難應付的低級豬哥——

看到客人淋浴完畢，裹著浴巾出來，宋良韻掛起職業笑容，報上自己的花名：「老闆您好，我是涼圓～今天先幫您——」

「喂涼圓你金魚啊?!我是小廣、小廣啊，第二次指名你了耶。」

「哎呀小廣哥對不起嘛，不要生氣啦！」

昏暗的小包廂內，過目無數光溜溜的男人，經手老中青黑紅粉長短粗細軟硬彎直等各式肉棒，小廣不是金城武級的男神，也不是什麼韓劇花美男，怎麼奢望槍手會記得只光顧兩次的平凡人類呢？但話要真說得這麼直白，把好客變奧客就糟糕了，宋良韻急忙撒嬌討饒：

「讓人家沒印象的，才是好男人哪。」

「屁啦，少騙了。」

「真的啦～像是剛剛你那位撂英文的朋友，就讓人家印象好深刻欸。」宋良韻甜笑道：「我們店的小姐好老，不值得他花三千多塊來打一槍嘛！你覺得待會我回休息室，會和姐妹一起稱讚他？還是幹譙他？」

「……那傢伙就是愛嘴砲啦。」小廣一臉尷尬。

「所以我就多給小廣哥殺必死，偏不給他。」會羞赧而不是訝異「婊子怎麼懂英文」，宋良韻覺得這客人很值得讚許，笑著拍拍大紅色的按摩床：「來吧，趴這邊，我來幫小廣哥殺必死。」

要說掛著養生館招牌的手槍店有什麼殺必死，那還真是應有盡有。店家公定尺度，小姐一定要脫到上空來幫客人打飛機，其餘每個小姐和幹部談好自己有哪些「配」，有的明配吹喇叭半套或全套接S，也有不寫明項目的暗配，客人小姐交上眼緣，在包廂內即時談好要做哪些服務，不乏妹子瞧客人是俊男，主動騎上去免費送S也不在話下，只是暗配多做幾次，網路江湖上自然會流傳開來，跟昭告天下也沒啥兩樣了。

討海資歷五年的宋良韻，至今什麼都沒配，光靠一張臉和一副身材，不夠格扮演好實境AV女優，握著精蟲衝腦的雄性動物生殖器，得有張飛獨守長坂坡的氣勢和手藝才罩得住。

「深呼吸，開背比較重——」

宋良韻的開背按摩有些似是而非，雖然號稱手勁比較大，但做為一個放鬆肌肉到撩撥情慾的轉捩點，也是在提醒客人不要真的被按到睏去。有的客人沒下限，在包廂內睡得香甜，還要小姐安靜點別吵鬧，睡飽出了包廂卻對行政靠爸靠母，誣賴小姐偷時間沒服務。

感覺男人的背部肌肉鬆弛下來，宋良韻伏低身體，先用乳尖滑過男人的皮膚，再將乳房整個按壓到背上，當長髮撩過男人的後頸時，宋良韻感到他的背脊與肩胛隨著她的指尖輕功蠢動起來，她沿著脊梁哈氣，再由腰窩輕輕地親吻到脖子，低聲在男人耳際呢喃：「來，翻面囉。」

熟練地在掌心擠上潤滑液，宋良韻握住男人半勃起的下體，掌心傳來了充血脹大的實感，男人的左手已經攫住她的胸部，右手則伸到她跨下，企圖扯落黑色蕾絲丁字褲，宋良韻預感該把油門催到底了，她伏趴在男人胸口，讓這視覺動物欣賞她精雕細琢的妝容，順勢用大腿夾住他那不規矩的右手。

幾經使力卻動不了小丁褲分毫，男人一邊瘋狂向上挺腰，一邊叫了起來：「加S吧！我要加S！」

「涼圓沒有配S啦——」

嘴裡底線明白，但在床上拒絕男人，最容易打碎他們的玻璃心，得給一點甜頭，宋良韻低頭吸吮起男人的乳頭，目睹粉色的舌頭在自己的胸口打轉，男人酥麻地呻吟起來，即使脫不下小褲，指尖仍執拗地撥開褲縫，想攻略進黏膜裡。

在床上短兵相接，宋良韻與對方眼對眼，不能翻白眼，男人硬碟裡收了後宮佳麗三千，夜夜洗腦後，各個都以為自己是黃金聖手加藤鷹——每當這種時候，她都會想起小護士薇薇，一個為了養家還學貸下海淘金的白衣女孩，入行之前碰男人的屌都是執行醫療行為，第一個客人瞧她是生手，先逼她吸老二再口爆，完事後不忘向幹部告一狀：「這婊子的技術超爛，打不出來就算了，還硬要賺我吹的錢！」

那天收工後，薇薇的經期還沒到，卻流了三天血，原來是客人把她挖破了，下體發炎讓薇薇在醫院躺了好幾天，眼眶也淌淚淌到幾近潰爛。想到這些往事，宋良韻就有一種靈魂出竅的錯覺，她彷彿飄浮在天花板上，睥睨下面替男人擼管的自己，她的肉體就是示範教材，向薇薇示範如何閃避鹹豬手。

在男人的手指往內入侵的瞬間，宋良韻刻意向床外扭腰，除非男人變身成外星人ＥＴ，否則手指不可能摳進她的小穴內，她加速打槍的速度，要快點了結這回合，此時手中的海綿體脹到極限，開始一抖一抖，是高潮的前奏，男人隨即射了出來，抓著宋良韻胸部與臀部的雙手一次力氣放盡。

宋良韻趴在男人身上，等待對方的思考系統從小頭切換到大頭，太快起身會讓逐漸清醒的男人驚覺「辦完事了」，而剛剛的實境ＡＶ是銀貨兩訖的性，不是帶有感情的性愛，忽然感到心靈空虛的男人，會連小費都給得很空虛，甚至擦擦懶叫就走人了，一毛錢都不會多給，此時還是施捨他們一些慰藉，也就是各魚訊茶資上俗稱的「女友感」。

按摩床上的男人喘著氣顫抖，卻冒出一句讓宋良韻完全摸不著頭腦的話：「……你有買半年儲蓄險嗎？」

五分鐘後，宋良韻向沖澡出來的男人詢問，半年儲蓄險是什麼碗糕？男人竟然比她更詫異：「什麼半年儲蓄險？現在的儲蓄險起碼存個四年還是六年吧?!但我怎麼會講這個要幹嘛？我真的有那樣說嗎？我不記得啦！」

已知世界上沒有半年儲蓄險這種金融商品，只是精蟲上腦時，別說分不清東南西北，大概連自己是誰都忘了。宋良韻笑道：「好啦、好啦，小王哥不要計較——」

「小王是誰啊！」

「小廣、小廣哥～涼圓發音不標準，你不要取笑人家嘛。」宋良韻嘴上撒嬌，心裡暗罵自己，怎麼演完一場實境 AV 就腦袋不輪轉了，難道是初老症狀嗎？「我做到小廣哥都升天了，小廣哥記憶力還沒還陽，剛剛一直喊要加 S 呢！」

「……我沒加吧？我真的沒加吧?!」小廣囁嚅著問：「我覺得打槍就夠了。」

「就是吧？打槍真的夠了啦。」

胡扯亂蓋間，將客人送出門，小廣的幾名同伴已經在外頭抽煙瞎聊，宋良韻鬆一口氣，一天至少一檯的業績達成，依照公司的公定價，她可以抽成一千元，抵得過在餐廳端盤子、站櫃檯一整天。

沒興趣陪客人吸二手煙，宋良韻按摩著自己的手肘，慢吞吞地折回店裡。休息室裡面很熱鬧，行政小弟與其他沒上檯的小姐們，正圍著一個龐然大物嘰嘰喳喳，宋良韻定睛一看，那不是天山童姥嗎？她身上套了一件特大號的歌德羅莉女僕裝，瞧質感與車縫線，必然是網路上的便宜貨無疑，但叫人絕倒的是，她頭上還戴著一頂萬聖節巫師帽。

「天哪，這是什麼搭配？你剛從霍格華茲的招生說明會趕回來嗎?!」

「魔法部的人在哪？快把她逮捕吧。」

「還是這頂是分類帽？會把你分到——」

「不可回收垃圾？」

在爆笑聲中，一名行政小弟伸手去摘巫師帽，天山童姥驚叫一聲，卻沒守住她的帽子，但眾人的笑聲嘎然而止，只見天山童姥的鮑伯頭被狗啃似地剪掉好幾撮，接近髮根的地方禿了一塊一塊。

「……是我自己剪壞的！」像是要堵住大家的疑問，天山童姥急忙搶過帽子戴上。

來不及問發生什麼事，又有一批客人光臨了，小姐們再次魚貫而出站成兩排，依序自我介紹。這次是一群狂霸酷炫跩的小屁孩，看樣子年紀不過二十出頭，擺出早已習慣聲色場所的架式，帶頭的那位掄起下流梗十分帶勁，和兄弟們指著天山童姥大呼小嚎起來——

「這素質太誇張了，別跟我說這家店是重服務的！」

「這個要我碰她，是她要給我錢吧？」

「花錢被這種母豬壓，我都搞不清楚自己是來玩，還是被玩了。」

「想被壓就去住凶宅，來這幹嘛？」

「我也希望不造口業，但實在有阻力卡在中間啊～」

人肉市場和超市生鮮區的銷售策略頗為雷同，宋良韻高職時期曾在超市做晚班打工，肉品保鮮期剩下十二小時，先貼上八折，打烊前六小時變成六折，關店時沒銷出去就得下架，別擔心即期肉品沒去處，隔天就能在附近的自助餐店、銅板燒肉攤吃到了。

機械式的超市工作仰賴廣播殺時間，每個整點電臺播放新聞提要，一則新聞輪播五、六遍後，就差不多可以下班了。某一天值班百無聊賴，宋良韻被病死豬流入市面的報導洗腦得都會背了，她不禁咋舌，誰有那個膽子胃口吃病死豬肉？來收購架上剩貨的自助餐店老闆講得直白：「拿去炒肉脯啦，嘸郎呷欸出來。」

到處都有更嬌豔的容顏、更鮮嫩的肉體、尺度更開放的妹子，宋良韻有些恍惚，二十八歲的她距離保存期限還有多少時間？身上被貼上特賣標籤了嗎？是八折？六折？然後跟其他被下架的小姐們，去外縣市、去茶店、去站壁、去……

「有沒有下一輪？」屁孩們虧完天山童姥後，以為養生館是大酒店的規模，鼓譟著站起身來往外走：「啥，沒有下一輪?!搞什麼啊！走人啦、走人！」

宋良韻回神時，一掛屁孩們已經去搭電梯了，她正開心等一下可以在休息室玩遊戲刷寶，不用伺候這群奧懶叫時，沒想到過不了五分鐘，一行人又折了回來。

一開始就很要求女生條件的客人，幾乎都非常自戀又難搞，尤其希望小姐越瘦越好的，通常是機掰中的機掰，就算天山童姥又肥又醜、造型又雷是事實，不過好男人是不會直白地靠北出來的。

不情願地往小包廂走，宋良韻想起自己做過一個號稱讀醫科的客人，直嚷嚷著雞頭給的照片太騙了，身高一六五公分的女生，體重應該四十五公斤以下才算正常，「媽的你營養學都唸哪去了？死當啦！」宋良韻吼了他後，才驚覺這種人多半是沒見過幾個真實女人的書呆，自己不該這麼嚴厲。

一打開包廂門，宋良韻發現點自己檯的，正是拿下流梗當順口溜的屁孩頭領。

「哎呀～不是嫌我們這裡小姐素質不好，為什麼還回來呢？」

「剛剛本來要走了，外面那個帥哥行政很親切地跟我說：『別急著走，有個叫涼圓的，你一定會喜歡。』」

「啊哈哈哈哈，是喔？」宋良韻一個大爆笑，覺得老闆真該頒發櫃檯行政小弟一個金色星星獎章，畢竟她很少聽男人稱讚其他男人帥，還為了又帥又親切的雞頭掏錢出來嫖。

「你們店的裝潢也比較像樣。」屁孩頭領嘆一口氣：「其實，我真的很不愛來這種地方，今天是陪朋友來的，他被他老子釘，心情不好嘛……」

男人呼朋引伴上酒家、進養生館有一千零一個理由，第一個到一千零一個都是「陪朋友」，偏偏沒有一個肯老實承認自己就是懶叫癢，需要人抓抓。宋良韻依舊微笑著，拍拍大紅色的按摩床：「來，躺這邊，涼圓幫你殺必死。」

「體育老師到一包、音樂老師到二包去看檯。」

正在替天山童姥的恐怖穿搭想法子的小姐們哀嚎起來，行政的廣播讓她們不能繼續賴在休息室，今晚已做完兩檯的宋良韻，不動如山地窩在沙發上，一邊吸著珍珠奶茶，一邊課金刷手遊。第一包廂的客人需要擅長人體活塞運動的「體育老師」、第二包廂的想要吹喇叭的「音樂老師」，既然她這些項目都沒配，也就不關她的事，而且再過一小時，預約她的熟客就會到，這位熟客又頗為古怪，他來時若看到宋良韻在做其他客人，就會雞腸狗肚地抱怨個不停，一副「涼圓只屬於我」、要幫她蓋貞節牌坊的態勢。

叮咚，手機上跳出林道儒的訊息：「去年這個時間還在考試，想不到一下子一年過去，第一學期要結束了」

「警察訓也分學期的？」

在林瑋書搬進公寓的當天晚上，林道儒傳訊息問宋良韻，他姐姐有按醫生指示早點睡吧？而她回家的路上，應該也沒再被痴漢滋擾吧？這兩個問題真是傻得可愛，姐姐有沒有乖乖上床睡覺，怎麼不去問她本人？如果她真的被痴漢怎麼樣了，會有辦法已讀嗎？宋良韻覺得繼續聊下去應該有更多紓壓的笑梗，時不時就和林道儒互丟訊息。

「是啊，上學期結束後會抽籤到地方實習，今年缺都在六都，不太想抽到雙北，但其他地方好像也沒有比較好」

「為什麼？」

「雙北的勤務最忙啊！頭頂上司都在這裡，陳抗多，肖ㄟ也多，不過比較有制度，回家也方便」

「不想和你姐一樣住外面？」

「住家裡比較方便，但重點還是成績，決定最終分發會到哪一區哪個單位」

宋良韻向眾神明祈禱，千萬不要把林道儒分來自己上班的這一區，離得越遠越好，也不要讓他成為派出所、偵查隊之類的外勤，瞧他這麼害羞靦腆，哪應付得來地方上的角頭和刁民呢？當行政、保防或戶口組這類的內勤，還可以準備在職進修與特考，以林家姐弟用功讀書的家風，林道儒在警界步步高升，指日可待啊。

「那你想當內勤還是外勤？」

「我們這種一線三的，沒有內勤可以選，通通都要去專業單位，就是紅色那塊」

林道儒貼出一張警政體系架構圖，套用紅色的專業單位有刑事警察局、航空警察局、國道公路警察局、警察廣播電臺、保安警察第一到第七總隊等洋洋灑灑一串。

「了解……希望你分到好單位 >_>」

「受訓跟當兵很像，被人事弄得非常累，放假只想追劇看電影放空」

「我也想，只是不知道最近有什麼片 @@;」宋良韻不久前追完一部影集，正愁沒有東西可以打發時間。

「那下週日你有空嗎？一起去看電影、喝咖啡？」

看到關鍵字「喝咖啡」，宋良韻整個被珍珠嗆到：「噗——咳咳咳——」

「哎呦涼圓還好吧？怎麼咳個不停？」剛剛去「教師甄試」但槓龜的小姐們，陸陸續續回到休息室，一位綽號「八卦姬」的大姐，一屁股坐到宋良韻身邊，一邊替她拍背，眼角餘光一邊瞄她的手機螢幕。

宋良韻立刻按掉螢幕：「……有人約我喝咖啡。」

「呦～哪個沒長大腦的，不知道涼圓不接S嗎？」八卦姬嘿嘿笑道：「該不會是你的『勞點』？等一下要來的那個？」

所謂的勞點，原本是按摩業的術語，被做黑的養生館沿用，來稱呼某個肉體治療師的死忠常客；喝咖啡則是酒店行話，也是指做S，宋良韻第一次聽到此說時，還擺了個超級大烏龍。那時她正拿著一杯卡布奇諾，一位行政小弟興沖沖地跑來問她有沒有「喝咖啡」，她沒多想就回：「我喝啊。」正納悶行政小弟幹嘛多此一舉，都看到她手上的咖啡還問喝不喝？難道她會拿咖啡去洗手或沖馬桶嗎？但她很快驚覺不對，因為立刻就有客人要帶她出去「喝咖啡」，一問之下才發現其中有詐。

「呿，別提了，誰想理那個傢伙啊。」提起這個勞點，宋良韻就忍不住擠眼作嘔：「都是他害我被前房東趕出來，還要搬家換手機改車牌的，氣死我了！」

「不是勞點啊，那是誰約喝咖啡？」

「講了你又不認識！」

「哦～不是這種『喝咖啡』，是純粹喝咖啡啊。」八卦姬是一隻人形鯊魚，不只鼻子靈還非常嗜血：「不是男朋友，那是在曖昧吧？他長什麼樣子？有圖有真相，圖哩？」

「我沒他照片啦——」

正當宋良韻要保護手機不被八卦姬搶走時，叮咚，林道儒又來訊息了，「……我對這幾部電影都滿有興趣的。電影院附近這間咖啡店有超胖的店貓，鬆餅也很好吃」

「噢，是上次來搬家的那個帥哥嗎?!」槓龜常勝軍天山童姥忽然開天眼，宋良韻不知要誇她好聰明還是要罵她大笨蛋，總之她白眼都翻到看見自己的腦漿了。

「咦？你讓男人搬進小護士那間?!」八卦姬誇張地張大了嘴。

「才不是——」

「涼圓到三包，你的勞點來了。」

行政的廣播迴盪在休息室，來不及回林道儒訊息，宋良韻將手機扔進置物櫃鎖起來，奔往包廂接客去，害羞的男人、奧懶叫、看電影、喝咖啡、曖昧、勞點、保存期限與槍手，全部打成一團在她腦海中喧囂——這一夜，還要多久才天光？

4 Money talks

清晨五點半，穿越還未喧鬧起來的市中心幹道，收工回家的宋良韻緊張地瞄著機車後照鏡，確認沒有人在跟蹤自己。

一臺日系廠牌的銀色小客車切進慢車道，宋良韻一凜，這臺車跟在她後面，不加速也不右轉，卻也不按喇叭，在清晨少人無車的大道上，這是在做什麼？宋良韻心一橫，不待轉連方向燈也不打了，下一個十字路口切左方一個大迴轉，繞到對向車道，催油門呼嘯而去。

這一下子不知道違反幾條交通規則，但比起罰單，宋良韻更害怕銀色小客車陰魂不散，好在過了兩個街區，後照鏡裡都沒有那臺車的影子。雖然回家會多繞點路，但宋良韻仍鬆了口氣，都怪那位鬼見愁的勞點，搞得她疑神疑鬼。

與勞點的孽緣是怎麼結下的？到底是兩年前還是三年前？確切時間宋良韻已經說不準

了，只記得剛才進包廂時，勞點問她：「你知道今天是什麼日子嗎？」

「……不知道，今天沒有放假吧？」

宋良韻的班表和假期，與行政院人事行政局的公告完全脫鉤，若不是滑手機看到朋友Po照片打卡，炫耀生日情人節端午節中秋節聖誕節跨年或舊曆年出去玩、吃大餐，或是同年齡的客人聊起自己成家立業升官生子等等，才會倏地喚醒她的時間感，不然她經常搞不清楚今夕是何年。

見宋良韻會意不過來，躺在按摩床上的勞點，竟然又嘟嘴又踢腳地抱怨起來：「涼圓怎麼可以忘記呢？今天是我們第五十次約會啊！」

宋良韻嗤地一聲笑了出來，年過半百的已婚男人，趁老婆去禪修營念經拜佛上早課時，溜出家門殺到養生館，來當按摩妹的火山孝子，拿私房錢儲值戀愛遊戲，這到底算哪門子的約會？

「為了紀念這天，涼圓給人家特別的殺必死吧！」勞點舔著嘴唇淫笑：「我要吃鮑魚～」

「涼圓沒有配S，你又不是不知道！」

「不是嘛～人家要用嘴吃鮑魚～」勞點雙手在自己臉上比畫，示意宋良韻快點騎上來。

這男人怎麼會變成這樣呢？宋良韻記得他第一次光顧時，連雙手都不知道放哪裡，她的笑容與高叉裙下白嫩的大腿勾住了他的眼睛，那時他講話的調調，就像生活與倫理老師會給乖寶寶獎卡的好孩子一樣，「請、謝謝、對不起」與溫良恭儉讓，雖然帶點結巴，但小費給得一點也不拮据。

哪個小姐不喜歡有禮貌又大方的客人？勞點行動不便需要輪椅輔具，宋良韻不只在他沖澡時幫忙擦洗，結束後還送他到銀白色的轎車旁，幫忙他上車。

一個星期後，男人又滾著輪椅來到店裡，再次指名宋良韻，從此變成她的死忠常客。

這回他先打了飛機才按摩，身體鬆弛話題也開了，勞點告訴宋良韻，自己與老婆是相親結婚的，到了離退休不遠的年紀，老婆迷上健康食品與佛法玄學，嘴裡念阿彌陀佛、盤中是白菜豆腐，清淡到不怕淡出鳥來，至此境界老公與家庭都是俗物，擺著也不見何處惹塵埃。

某天，勞點在辦公室聽到小夥子們吹牛，說自己在附近手槍店如何金槍不倒一夜七次，槍手女怎麼嬌喘連連丟了去了，他聽得發笑，但胸中彷彿有一條小蟲蠢蠢蠕動，回家看到老婆又去道場做禪修，剩下他獨守寒窯，按捺不住好奇心，便自己來瞧瞧了。

勞點不是沒有試過其他小姐，但宋良韻是他踏進花花世界的初戀，上門時不只給小費進貢禮物，人也不再木訥，講起八卦竟是沒完沒了。

「你知道那兩個名字很難聽，叫鍾初和妍設的小姐啊，她們要拿兩百萬去炒股票耶。」

「啥？你怎麼知道？」

「她們早上來解定存，就在櫃檯聊明牌呢。」

宋良韻這才知道，勞點在養生館附近的郵局上班。他那雙像小狗般濕濡的眼睛還真利，白天卸了妝的小姐們，和昏暗小包廂中化著大濃妝的女神完全判若兩人，而五十幾歲的男人，又是怎麼曉得「中出」和「顏射」這些東瀛 AV 來的詞彙，是多麼赤裸的色情呢？

那一回，櫃檯行政不過提早三分鐘打電話進來，提醒兩人時間到了，勞點竟跑去拍桌子抱怨：「明明還有三分鐘！你們怎麼可以偷我和涼圓獨處的時間呢？」他從口袋中掏出一個電子鐘，證明自己所言非虛。

宋良韻越來越覺得勞點頗邪門，不只用筆記本記下每一次「約會」的消費和服務項目，還頻吃其他客人的飛醋，就算他不是不懂歡場無真愛，依舊任性地要求宋良韻眼中只能有他。這讓宋良韻每次經過公司附近的郵局時，都感到雞皮疙瘩掉滿地，能閃得越遠越好。

「涼圓最近都不存錢啊？」

「白天要睡覺嘛，爬不起來。」宋良韻強笑著，總不能老實說就在躲你。

「唉，看到涼圓是我一整天的慰藉哪～」

「素顏的涼圓不能見人啦。」

那一次做完手工後，勞點掏著錢包，拿出兩張小朋友與一張發票：「涼圓不好意思呀，今天急著過來看你，現金沒帶夠，這張發票中了一千元，你就拿去換吧。」

回到休息室後，宋良韻立刻查了當期統一發票中獎號碼，勞點沒有騙她，那張發票真的值一千元。

十幾天後勞點再來，忽然神來一筆問：「涼圓會不會講台語？」

「挖欸台語嘸連貫，會聽不會說，問這個幹嘛？」

「奇怪，你不是南部人嗎？家裡不講台語？」

「我不是——嗄?!」

宋良韻瞬間五雷轟頂，竟然是那張發票！自從她對勞點起了心防後，每當勞點問起她的出身家世，她都含糊以應，沒想到拿中獎發票當小費是預謀，勞點早已記下發票號碼，透過他在郵局的管理權限一查對獎名單，她的真實姓名、手機號碼、戶籍地址與身分證字號等個資就通通被看光了。

「唉呀呀……涼圓是不是在生我的氣？」勞點涎著臉問。

宋良韻臉色鐵青，她不是沒膽子和手勁揍爆這變態。話說她讀國中時，就被爸媽推出門去，和拿西瓜刀的討債集團對著幹，要錢沒有要命一條。但現在狀況不同，畢竟每次完事後，勞點都會給她三千元的小費，打一支屌公司給小姐抽一千，做一次S兩千，小費則是看個人造化，打這勞點的屌有抽成有小費，一次抵過打四支還不用做S，看在鈔票的份上，原本該計較的也只好不計較了。

×××

「靠，他竟然是這種人！」

第一次與林瑋書在小黑的服裝工作室邂逅，宋良韻話匣子怎樣也停不下來，三人從工作室移師到麻辣火鍋店續攤，話題始於砲轟嫖客的各種豬哥行徑，宋良韻提起這位令她超不舒服的勞點時，林瑋書一口青江菜銜在嘴邊，顧不得吞下去還是用碗接起來——

「你說的這個人我有印象，我還採訪過他！什麼〈全民瘋國考鐵飯碗〉、〈國營事業模範員工〉之類的專題報導——」

只是別說林瑋書，就連宋良韻也始料未及，這位白天是模範員工的勞點，到夜晚會變成變態跟蹤狂。

宋良韻永遠記得那一次，勞點特別預約了凌晨五點的時段，做完他那檯後，公司就要關帳打烊，等中午十二點早班的小姐們上班打卡，再開始新的一天輪迴。

勞點將他的銀白色房車停在養生館樓下，行政與小姐們打著哈欠下樓，各自騎機車、搭計程車回家，睡眼惺忪的宋良韻從車陣中拔出自己的速克達，瞥見勞點也同步發動引擎，宋良韻原本還以為他行動不便，又被攝護腺排毒弄得脫力軟綿綿，才在公司樓下磨蹭這麼久，但接下來回家路上，無論她轉彎、催油門還是故意騎上人行道，後照鏡中一直都有銀白色車子的幽靈。

勞點尾隨宋良韻，一直到她當時租的套房樓下，那雙溼濡的狗眼睛，直勾勾地盯著她停車飛奔上樓。

之後好幾天的清晨，勞點三不五時就會出現在樓下，等宋良韻下班回家，天曉得是怎樣的執念，讓他能在天沒透亮時，就帶著早餐或鮮花現身。

宋良韻唯有先裝死不理，當她盤算著要怎麼找勞點攤牌時，房東就先找上門來了。

「有個坐輪椅的老頭常常來找你，他是你的誰？」

「我不認識。」

「別扯謊，他說他在等你，我去溜狗時，還跟我打聽你住幾號房。」小腹微凸的房東雙手插腰：「而且聽其他房客說，你都是下午出去、凌晨才回來，你到底是做什麼的？」

「……就餐廳晚班的啊。」

「餐廳晚班？領二十二K的？那怎麼可能租得起我這邊！」房東居然很懂一般服務業的薪資行情，如果來租他的房子只有三餐吃土的份：「頭髮染成那種顏色，還有客兄來等門，你是做八大的吧？」

宋良韻還來不及回話，房東就連珠炮地說：「我這邊套房環境要單純，不租給八大行業的，你立刻給我搬走。」

「喂！別欺人太甚！我又沒有——」

「算了，寬限你一星期內搬走。」房東不等宋良韻說完，就皇恩浩蕩地宣告：「租約沒到期，是你違約在先，押金我是可以不退的，但我做人留情面，這次就退給你，你也不要揣什麼朋友來跟我五四三，這附近都有裝監視器，亂搞的話我就報警。」

一星期內必須搞定看房、簽約、搬遷，並且一併換掉手機號碼、機車車牌，還要躲到勞點找不到的地方，對宋良韻而言，她的生活豈止是「地動山搖」四個字能形容。

看到宋良韻連日哭喪著臉，那時和她很要好的小護士薇薇，趁兩人去買手搖杯的時候，向她提議說：「我們一起租一層公寓來住吧！這樣就不用擔心鄰居說閒話。」

「這……你家人會同意你出來住嗎？」

「作息不同，大家都不方便啊。」薇薇苦笑起來：「我總不能一直跟他們說，我未來幾個月甚至幾年，排到的都是大夜班吧？」

「……還真的不能。」

宋良韻嘆口氣，紙包不住火，薇薇的家人就算沒逼問她是不是在賣身，心中多半也有底了。畢竟進入八大行業後，沒有化濃妝做頭髮噴香水塗指甲油，穿爆乳裝露腿挖背迷你裙與高跟鞋，配戴耳環手環腳環項鍊這些戰鬥裝備，根本無法上檯。按摩店還算管得鬆，在酒店髮妝一項不合格就要扣五百元，小姐進公司前，都會先去髮廊做造型，省得被酒店幹部刁難，加上趕時間搭的計程車，進公司前沒消費一張小朋友是打點不過來的，經紀人與老闆總是哄小姐這叫投資，別捨不得一點小錢。

而衣著妝感與花錢習慣變了，整個人的氣質也就變了，家門又不是任意門，只要一進一出，八大行業就能變回良家婦女，而即便自己不介意、家人不介意，街坊鄰居親戚朋友祖宗八代卻會一起來替你介意。

「我在想啊……既然我的作息已經配合不了我家，一個人租套房又太孤單了，剛好你也在找房子，不如我們就一起租一間大的，什麼事都可以互相照應呢。」

「所以這是一個單身女子……喔不，單身槍手公寓的概念？」

「對對對！老了以後我們還可以轉型為長照公寓，專門收退休槍手——」

看到薇薇這麼熱絡地構思起她們的退休生活，宋良韻忍俊不禁，鬱悶了這麼多天，終於能笑出來了：「好啊，我們馬上去看房子！」

「我想住有廚房和客廳的那種！這樣煮好午餐後，可以邊吃邊窩在沙發上看電視，就和家裡一樣～」

「那一定要找個抽油煙機夠力的！以前我大學時在早餐店做煎檯，抽油煙機壞了，老闆小氣捨不得修，每天都把我燻得超臭，聞起來像藍莓起司鮪魚大蒜蛋鬆餅——」

「藍莓起司鮪魚大蒜蛋鬆餅是什麼味道啊？聽起來好獵奇喔……」

從前清晨下班，如果她與薇薇隔天排休，兩人就會並排騎著兩臺機車，一起到二十四小時營業的大賣場採購，除了生活用品與零食，還真的買了藍莓果醬、起司片、鮪魚罐頭、大蒜抹醬、雞蛋、牛奶和鬆餅粉，薇薇一直很好奇藍莓起司大蒜蛋鬆餅是什麼味道，一想到就「盧」宋良韻做給她見識見識，宋良韻每次都罵她北七，推說自己才剛洗好頭洗好澡，幫客人打槍完手痠肩頸痛，不是起油鍋做這東西的時機。

然而，在這道獵奇料理兌現前，薇薇就被無用男威廉的男蟲朋友纏上了，沒交過男朋友的薇薇，被那男蟲大話夢想的模樣迷得暈頭轉向——

「我的夢想很平凡，就是開一間有文藝質感的咖啡店。」

「如果你沒時間學怎麼沖咖啡，就幫助用心向學的男朋友拿一張咖啡師證照吧！」

「裝潢一定找大牌的設計師，機具必須走在尖端，材料不能不高檔，不然台北這麼多咖啡店，我們拿什麼跟它們競爭？」

「我去應酬，是在存未來的客源和人脈，去找天使投資人簡報時，穿著當然也得有個檔次，不然怎麼服得了人？未來的老闆娘，你說是不是？」

「就是因為愛，我在薇薇創業最艱辛時，一定二話不說幫忙。反過來說，薇薇你也一定會幫我的啊……」

宋良韻實在不明白，薇薇怎麼會在這男蟲身上暈船，心甘情願地獻上第一次送上積蓄，傻傻相信男蟲可以給她幸福和未來？而她的提醒和呼喚，有不堪入耳到讓薇薇哭著連夜搬走，從此一則訊息也不相往來？

在現居的公寓樓梯間上上下下兩年有餘，宋良韻竟有一種陌生感，把鑰匙插進鐵門鎖孔後，不確定要轉左邊還是轉右邊才正確，她也曾懷疑過，如果自己真的這麼在意薇薇，那林瑋書搬來的第一天，把冰箱中過期的藍莓果醬、大蒜抹醬和鬆餅粉通通掃進垃圾袋時，她怎麼會一點感覺都沒有呢？

穿過客廳，天山童姥、Tiffany和無用男威廉都沒有回來，宋良韻望著原本屬於薇薇的房間，現在那片門板上，被林瑋書貼了工業金屬搖滾樂團的大海報。形象俐落幹練的林瑋書超反差地喜歡黑皮革死屍妝與狂暴嘶吼，和她那從裡到外都是乖乖牌的弟弟林道儒完全不同。

想到林道儒，宋良韻還沒回覆那個有電影、鬆餅、下午茶和大胖貓的約會邀請。扣除勞點單方面認定的「包廂中約會」，她的約會經驗其實不少，有些男客喜歡她直白嗆辣的口吻，吐槽起白天高來高去的辦公室政治十分爽快紓壓，不乏客人加碼買三小時帶她「純出場」，到外面逛街聊天吃宵夜，但面對林道儒這種老派而典型的約會，宋良韻竟手足無措起來。

答應？拒絕？已讀不回？宋良韻扔下包包，直挺挺地倒在床上，她睏死了。

× × ×

宋良韻睜開眼睛時，休息室內的廣播已經在召喚小姐去看檯了，宋良韻遲緩地坐起身，試圖讀取自己的記憶儲存點，到底她給林道儒回訊息了沒？她剛想起中午吃過林瑋書煮的雞湯麵後，還是覺得肚子有點餓，上班途中外帶了巷口水煎包與大杯冰奶茶時，八卦姬就重重搥了她肩膀一拳，害她的思路整個當機：「你在發什麼呆？快點去一包看客人啊！」

「靠，你急屁啊。」

「快啦！這個真的超帥的！輪廓長得像仲基歐巴，眼睛像周渝民！沒幫他打到也要看到啊——」

八卦姬沒有誇張，這位驚世型男身軀清瘦修長、比例完美，手臂的肌肉線條顯示他是健身中心的常客，寬闊的肩線加上熨燙過的襯衫，讓他像時裝模特兒一樣挺拔，在輪廓分明的臉上，一雙深邃的眼眸略帶憂鬱，臥蠶則將他的氣質調和得溫暖，這些特徵混搭起來，讓包廂內所有雌性動物驚詫得無以瞬目，宋良韻彷彿聽見韓劇《太陽的後裔》的主題曲〈You're my everything〉。

除了制式的自介外，小姐們眼中都燃燒著期盼的光芒，每個都在祈禱驚世型男指名自己，平平都是同樣抽成的手工服務，服務養眼的就是不一樣，包廂內瀰漫著異常競爭的氣場，驚世型男沉吟了一會，點名了宋良韻：「那就涼圓吧。」

考取全國大學指定科目考試的榜首，被對手羨慕忌妒恨大概也不過就如此了，宋良韻在所有小姐酸澀的眼神包圍下，昂首闊步地前往包廂，替驚世型男服務去，八卦姬還在後面跺腳：「涼圓你小心點，別淪陷喔！」

騎在驚世型男背上替他按摩肩頸時，宋良韻一邊欣賞他完美的身材比例，一邊撫著那精實的肌肉線條，同時也按捺不住心中的疑問：「你長得這麼帥，一定有超多女人排隊搶著跟你上床吧？」

「呵，還真的。」驚世型男很了解自己的本錢，直承不諱。

「那你幹嘛來我們這邊花錢？」

「太麻煩了。」

「怎麼說？」

「很多女人以為做過，她就是你的誰了。」驚世型男吁了一口氣：「但我只是想做，不想惹別的麻煩，你懂得，男人嘛。」

「你沒講清楚遊戲規則嗎？」

「講了也沒用，很多還是勾勾纏啊。」

宋良韻不自覺加大手勁：「講得你很困擾呢。」

「喂喂，輕一點。」

「抱歉抱歉，這樣力道可以嗎？」

「這樣ＯＫ——你也不好跟對方說：『別廢話，我們上床就好。』總是要約個吃飯喝酒看電影什麼的。」驚世型男雲淡風輕地說道：「搞那些事情好麻煩，花的錢也不見得比來這邊少。」

宋良韻忽然想起，自己還沒回覆林道儒，電影、鬆餅、下午茶和大胖貓的老派約會邀請。翻面時，驚世型男坦露著厚實的胸膛與六塊腹肌，在宋良韻耳邊低聲說：「你輕功做得不錯，加個Ｓ吧。」

「涼圓沒有配Ｓ啦。」

如果初夜對象是驚世型男等級，必定有人付錢都甘願，跟這樣的帥哥做還有錢拿，自己到底在堅持什麼？凌晨回到家，宋良韻啪地一聲撲在床上，不住捶床喊道：「我真是北七北七北七——」

「你在幹嘛啊？」起床上廁所的林瑋書揉著眼睛，站在宋良韻房間門口。

「今天我的客人長得像宋仲基加周渝民除以二！」宋良韻一口氣喊出來，雙手繼續捶打著床鋪：「他要我幫他做Ｓ，但我居然還是說我沒配Ｓ！我是北七——」

「……那到底是長怎樣啊？」林瑋書瞇著眼睛，一臉茫然地抓抓腦袋：「周渝民是那個什麼偶像團體……演台版《流星花園》的嗎？」

「對啦，但你舉的例子未免太老了吧！」

「那宋仲基又是誰？」

「啥?!你居然不知道《太陽的後裔》宋仲基！跟喬妹結婚的啊！」

「我就沒在追劇，和韓流不熟啊。」

「你自己Google啦！總之他超帥的啊啊啊～」宋良韻改為抱著枕頭滾來滾去：「我真是佩服我自己，這樣都沒失守！」

「很好，給你拍拍手。」

「欸，真的該稱讚我好不好！」林瑋書慢動作的拍手太像反諷了，宋良韻忍不住抗議：「你就想想看，你的本命要跟你上床……」

「暗黑界帝王Manson爺嗎？」林瑋書扭頭看著自己房門口的樂團海報，認真困擾起來了：「啊嘶——」

「看吧看吧，是不是很糾結？」

「問題是我愛他，但他不愛我啊。」林瑋書笑著擺擺手，接著打了個哈欠：「……只做一次太傷心啦——好啦，夠了，我要去睡回籠覺，你也早點睡吧。」

「我愛他，但他不愛我」這句話，像噴了宋良韻一臉冰涼噴霧，她掏出手機，點開林道儒的對話框，輸入「好，一起去吧」，附帶一個笑臉貼圖。

5 他人的祕密

和林道儒約好週末去看電影後，宋良韻太雀躍了，連在樓梯間狹路相逢又回來寄生Tiffany的無用男威廉，都沒有啐在他臉上。她哼著小曲奔下樓，跨上速克達到健身房報到，有氧舞蹈教室的消毒水混合空調通風管的灰塵味，聞起來竟然不太刺鼻，全身鏡中的自己雖然沒跟上音樂的節拍，依舊是這麼輕盈又神采飛揚。

好心情維持到宋良韻回家放東西時，在客廳內撞見異常激動的林瑋書，只見林瑋書雙手揪住天山童姥的肩頭，厲聲質問：「告訴我，誰打你？」

「……是我自己跌倒的。」

宋良韻定睛一看，天山童姥頂著一顆又亂又短的狗啃頭，整個人還腫了一圈，所有沒被衣服遮蔽的皮膚，都是青一塊紫一塊，更離奇的是，她的穿搭已經不是胡披亂套，幾乎是衣不蔽體的程度。

天山童姥套著一件又短又小的促銷活動贈品 T-shirt，比她整個人小了三個尺碼，光是遮住胸部就已經十分勉強，她的肚腩與肚臍露在外面一顫一顫，下身卻是一件寬鬆的男性籃球褲，褲管下的胖腿也都是傷痕和黑青，而她左腳套了一隻短版洞洞網襪，另一腳卻是半筒足球棉襪，這種超級混搭風格看不出任何時尚感，倒像是倉皇逃離什麼地方時，卻全裸沒衣服可穿，因此抓到什麼算是布料的，就通通往身上套。

「你是怎麼跌的？臉上腫了一大塊，大腿內側是黑青、身上也是，到脖子上都是！頭髮也被剪得亂七八糟……」林瑋書凌厲的目光掃過天山童姥全身上下，低聲一字一字說道：「美美，你是不是被誰欺負了？告訴我，我們一起想辦法。」

「……沒、沒有啦，只是一點小傷，擦擦藥一星期就好了。」左邊臉頰腫到眼睛都無法正常開闔的天山童姥，支支吾吾地說：「我要去上班了。」

「別開玩笑了，這樣算什麼小傷?!你先去醫院吧！公司那邊就請假——」

「不行……室友要我……我一定要去上班。」

「室友要你？」林瑋書轉向宋良韻，一臉不可置信：「這是怎麼回事？」

「先把你那身亂七八糟的衣服換掉啦！你真的要這樣出門啊？」宋良韻頭兩句話是對天山童姥說的，才轉向林瑋書解釋：「不關我的事，是她前室友。我是看她前陣子下了班，都蹲在店門口不走，早班說他們來開門時，她明明沒排班，卻又進店裡洗澡睡覺，還沒有衣服可以換，拿客人用的大浴巾裹身體，行政逼問她，才知道她被前室友趕出來，家當都被扣在前室友那，我才叫她來這邊睡沙發，等事情解決為止，連房租都沒跟她收喔。」

「……這劇情太複雜了，等一下再討論。」瞬間被過量資訊轟炸的林瑋書皺著眉頭，好一會才整理出室友疑似遭人暴力毆打的後續處理ＳＯＰ：「先去醫院掛急診驗傷，去醫院路上就打電話向店裡請假，然後通知——」

「她都說這是小事了，瑋書大大就不要管她了啦。」無用男威廉忽然插嘴，卻被林瑋書不可兒戲的氣勢嚇得縮了回去：「我發誓我沒動她，真的沒有！絕對沒有！瑋書大大你千萬別想不開去報警，我是好心提醒你喔，讓條子進來這間公寓，會搞得全部人都遭殃！房東鐵定會起肖，要我們通通滾回老家賣鴨蛋，沒必要啦，叫經紀人來處理就好。」

「你還是原本那間經紀公司的吧？我來打電話。」

宋良韻從包包裡面掏出手機，卻被天山童姥勸阻：「這種小事不用通知經紀啦。」

「小事?!你自己看看你的頭髮，都成狗啃了！再看看身上，哪裡還有一塊好皮啊？這都小事，你是不是打算哪天被人打死了，再來研究這事大不大?!」

宋良韻超音波的大嗓門震得所有人都倒退一步，一片鴉雀無聲中，宋良韻滿臉通紅，大口大口地呼著氣：「你有沒有想過，你都這副德行了，前室友還叫你來上班，這不是開玩笑的啊。要是警察來臨檢抽風，看到你這樣，整家店都會被盯上的，你傷成這樣，什麼樣的客人敢選你？」

「別這樣，我是跟我媽打架……」

「鬧夠了沒，以為大家不知道你幾百年沒回家喔？」Tiffany 無聲無息地飄出房間，倚在門框上滑著 iPhone：「她現在的經紀人是鼠王。」

「幹，是鼠王那癟三？我不想跟他講話，我叫店裡的行政頭頭打給他。」宋良韻翻了一個大白眼，她一邊發訊息一邊走回房間內，撈出一件寬鬆的南島風情海灘洋裝，扔在天山童姥面前：「這件借你，把那身女遊民打扮換掉。」

「呿，你也真的很會，養男人就算了，還賺錢養不是什麼關係的女人呢。」Tiffany 朝天山童姥皺了皺鼻子。

「我們平常罵你歸罵你，但有對你動手動腳過嗎？給你吃的穿的不說，免費給你住沒讓你睡街頭，你卻袒護把你打成這樣的人？真是可以忍胖的、可以忍醜的、可以忍賤的，就是不能忍笨的！」

宋良韻批哩啪啦地數落抽抽噎噎的天山童姥，而環顧這間公寓，也只有林瑋書靠得住了：「瑋書，麻煩你一小時之後，帶天山童姥到巷口的便利商店，有個叫鼠王的傢伙會來接她去醫院，我上班快遲到了，可是我現在還沒化妝！」

「好，可是鼠王是誰？」

「一個跟老鼠一模一樣的傢伙。」

原本林瑋書還在埋怨宋良韻的說明太過籠統，如果她認不出鼠王，豈不就要陪天山童姥在便利商店喝熱巧克力喝到天荒地老？但當一名招風耳的瘦小男子踏入超商時，林瑋書立刻肯定他就是鼠王，儘管他的語氣十分和善，頻說「美美實在麻煩你了」，卻完全無法遮掩骨子裡透出的算計與虛偽，鼠王的鼻梁有點歪斜，稀疏的眉毛不住閃動，唇角雖然上揚笑著，一雙眼睛卻毫無笑紋，不斷打量著林瑋書周身。

當鼠王與天山童姥終於坐上計程車離去，林瑋書迫不及待地把他塞過來的名片丟進資源回收筒，好甩掉那秤斤論兩的濕黏目光，也明白為什麼宋良韻一提到鼠王，就爆粗口翻白眼說「我不想跟他講話」，明明在公寓裡等人以逸代勞，宋良韻仍堅持約在外面，就是不要讓鼠王入侵到私人空間。

不知何時跑來超商看熱鬧的 Tiffany，拿著大杯冰拿鐵從林瑋書背後出現：「鼠王在打你的主意呢。」

「我?!有沒有搞錯，也太不挑了吧。」

「天山童姥那副德行，還不是讓他拿出來賣?你有氣質又夠責任感，只差化個妝而已。」

Tiffany拉了一張腳凳，在林瑋書身旁坐下：「你不曉得，多少經紀人翻遍整個大台北，只求一個說話算話，肯上檯、好上檯的小姐。」

「我不是那塊料啦。」林瑋書從玻璃窗看到無用男威廉的倒影，他正把一堆進口啤酒與下酒零食揣到懷裡，大概是趁Tiffany上超商，順道來蹭一頓免錢的宵夜。

「喂，你先回去把酒冰起來，我要瑋書陪我抽煙。」Tiffany用下巴與一張小朋友指示無用男快滾後，罕見地沒有拿手機出來滑，而是邊搖晃著咖啡杯，邊意味深長地說：「拜託小韻沒那個屁股，就別吃那樣的瀉藥。」

「……什麼意思?」

「我說天山童姥啊，世界上就是有這種抖M，誰也救不了啦——小韻是以為免費給她吃給她住，天天罵她就罵得醒?套句日劇常見的臺詞：少在那邊自我滿足了。」

「我是不知道前面有什麼恩怨啦，目前聽起來，美美的前室友虐待她，把她趕出去，但她還是對前室友死心塌地?」

接下來的故事刷新了林瑋書的三觀，Tiffany 表示，這位前室友也是生理女性，身材嬌小又一副弱不禁風的樣子，據說是天山童姥的國中同學，收留了輟學又翹家的天山童姥，進而控制她的一切，天山童姥賺的錢要上繳給她，班怎麼排必須她恩准，連穿什麼內衣褲也歸她管：「重點是，她們並不是百合，她們都各自有男人的。」

「你還真清楚。」

「我十六歲就在八大出道了，什麼事情不知道？」Tiffany 啜了一口咖啡：「天山童姥明明就接吹接 S，卻混得三餐沒著落，只能吃我們的廚餘，所以我才說她，養男人就算了，還賺錢養不是什麼關係的女人呢。」

「可是我懷疑那個傷，不是一個人打的。」林瑋書單手支頤，思考著這起暴力事件的人物關係：天山童姥、前室友、前室友的男人、天山童姥的男人、經紀人鼠王，但她卻感到推理進入死胡同，關鍵的線索沒有浮出檯面，無法合理解釋天山童姥的行為：「經紀人應該要照顧小姐，但是她卻這麼怕見到經紀人，到底……」

「你還真的是什麼事都要合乎邏輯才罷休呢，算了，天山童姥怎樣，關我屁事啊！我對那種扶不起的阿斗不感興趣。」

林瑋書捏著早已喝空的熱巧克力紙杯，倏地領悟 Tiffany 只是做了很長的鋪陳，她想嚼舌根的對象，根本不是天山童姥：「這件事跟良韻有關係？」

Tiffany 露出滿意又帶有報復意味的笑容：「當然囉，鼠王可是小韻的前經紀人哪。」

三天後，宋良韻在公司裡遇到來上班的天山童姥，她很意外這種程度的外傷只需要休息三天，更不敢相信的是，竟然有客人點檯內建人體迷彩的天山童姥，這讓槓龜的八卦姬氣得在休息室內大罵：「居然有人特別付錢來被嚇！是有多等不及鬼門開，剛放暑假就來玩試膽大會喔?!」

做婊子比天山童姥還上不了檯，簡直是丟臉丟到下輩子的奇恥大辱，八卦姬因此怒吃了三碗冰粉圓豆花，宋良韻邊玩手遊邊笑，直到廣播宣告預約她的客人來了。

這位客兄是個有戀腳癖的足控，最愛看女人的涼鞋尖露出塗上鮮紅指甲油的腳指，昨晚他要求：「用腳幫我打。」宋良韻剛好覺得手痠，也樂得動腳踩得他嗯嗯叫，沒想到足控意猶未盡，今晚再訪溫柔鄉也指名宋良韻，頗有成為下一個勞點的潛力。

宋良韻前往包廂，正好遇到天山童姥送走客人，只見她趴在櫃檯上，滿面春風地與行政頭頭喇賽：「剛剛那個客人，給了人家一千元小費耶！」

「哇賽不得了，美美請三天假回來，就變黃金神手囉。」

「唉喲～不是啦～」天山童姥嘴角都笑裂到兩隻耳朵了：「剛剛他偷拔套，所以給我一千元，叫我不要講出去——」

不只行政頭頭臉都綠了，宋良韻也差點跌個狗吃屎，「你是白痴嗎？怎麼不按鈴叫櫃檯?!醫藥費我們幫你討啊！」行政頭頭額上爆出青筋，氣得想抓天山童姥去撞牆，開門做生意總會遇上不安好心又不怕得病的客人，喜歡偷偷拔掉保險套射在小姐體內，而一旦抓包了，店內的行政便會一起上來「講道理」，醫藥費公道價一萬二，否則上警局告發強制性交，此罪嫌非告訴乃論，必會移送檢調而且不能撤告，出運的還可以上報紙頭版，端看嫖客敢不敢拿一生名譽撩落去。

「對不起嘛，人家沒想到……」天山童姥臉上還殘著笑：「真的可以要到一萬二？」

「你是被人打到頭殼壞去喔？」

「幹！」行政頭頭忽然低吼：「條子來抽風了。」

養生館內瞬間燈光大亮，一掃昏暗燭光式的夜店風情，警告包廂內辦事中的小姐客人盡速抽身，所有人都被按下快進鍵，以八倍速穿上衣服外套，行政則是衝去檢查各包廂，有沒有遺落保險套包裝袋之類的性交易證物。

一陣兵荒馬亂中，宋良韻聽見天山童姥傻頭傻腦地咕噥：「怎麼辦？我的內褲還在包廂裡耶。」

「那你杵在這邊幹嘛！快去穿起來啊——」行政頭頭氣得一巴掌拍在天山童姥頭上：「條子如果懷疑你以鮑換毒，我們全部都會被抓去驗尿！」

瞧著天山童姥忙不迭地跑回包廂找內褲，八卦姬不屑地嗤之以鼻：「她是嗑藥嗑到腦袋ㄎㄧㄤ了喔？」

「最好她賺的夠她買毒啦。」

眾小姐吐槽間，天山童姥撩著裙子小跑步，一邊將內褲拉到正確位置，踢踢踏踏地回到待臨檢的隊伍中，並向大家報備：「內褲穿好了，但我的內衣還在裡面……」

宋良韻簡直要口吐白沫了：「你幹嘛不一起拿出來！」

然而時間不允許天山童姥再玩一次包廂折返跑，穿著制服的條子已經出了電梯。櫃檯內小螢幕的監視器畫面顯示，在大門口、安全梯、地下室停車場與後巷消防通道旁，皆部署了圍堵警力，而密閉式裝潢的養生館中，連開窗跳樓都做不到，想要逃出這棟大樓，除非登上頂樓天臺，再生出一對翅膀飛走。

每過一陣子，警察就要針對轄區內的色情行號間歇性抽風，交代幾筆業績上去。即使店被抄了，對小姐們也不算大事，就休息一陣子等風頭過去，等公司換新招牌再開張，大夥兒就能重操舊業了，有些老闆還會趁這空檔翻修裝潢，給客人們一些新鮮感，吸引老客回流、新客上門。

面對條子時不要廢話，乖乖把身分證掏出來就是。宋良韻滿慶幸自己公司的老闆還算正派，沒收未滿十八歲的小朋友，就算是幾個外籍小姐，也都有拿台灣身分證，否則剛剛就會有人要鑽通風管甚至跳樓了，但也不乏客人為此抱怨連連：「阮付開台灣查某ㄟ價，哩拿外籍ㄟ來糊弄，那咱攏去越南店啦！」

「翁美琪，十九歲——」一名警察來回端詳著天山童姥的臉與證件照，再以警用ＰＤＡ掃描她的身分證：「……被通報為失蹤人口。」

宋良韻歪著頭思忖，從認識天山童姥起，她就自稱「與國中同學住在一起」，共事期間兩人也遇過臨檢和抄店，卻不曾聽說她是失蹤人口，難道她的家人最近才報案？不過失蹤通報對已經成年的天山童姥而言，根本不痛不癢，警察會通知家屬「人已找到」並註銷失蹤，但無權強制她回家，天山童姥就算打死不回家，警察也拿她沒皮條。

但聽聞「被通報為失蹤人口」，天山童姥竟劇烈顫抖起來，上下顎兩排牙齒嗑嗑地撞擊不已。如此異樣自然被警察盤問怎麼回事，行政頭頭連忙陪著笑臉打圓場：「小女生剛出社會不久，沒見識過世面，你們這樣堵她，她會怕嘛——」

折騰了半天，條子們終於離去，這一次抽風有驚無險，宋良韻鬆了一口氣，才想起預約她的足控還被晾在包廂裡。當她踏入包廂，還來不及開口打招呼，外頭就炸開天山童姥響徹雲霄的慘叫聲——

「不要！不要呀呀呀啊啊啊啊啊咿呀啊啊啊——」

出來玩遇上警察臨檢，熟客已覺得晦氣，新客普遍不能淡定，此時看到一團脂肪人球跌坐在地板上，搭配恐怖片生人活剮般的慘叫聲，被這超驚悚的畫面與音效雙重轟炸，好棒槌都要化成一灘泥水了，哪個男人有辦法硬起來？

沒點檯小姐的客人立刻奪門而出，已經點檯小姐的客人見狀，紛紛要幹部「咔」檯，退貨不幹了，監視器中原本要上樓的客人，也被這全員逃走的實況驚呆了，嚇得掉頭就跑。

情緒崩潰的天山童姥，簡直有取之不盡用之不竭的肺活量，換一口氣，聲帶便能繼續發出穿腦魔音，她彷彿也跟超自然鬼神借了力氣，幾名孔武有力的大男人行政，竟然扛不起也拖不動她，只能放任她賴在地上撕心裂肺。

「我的媽呀，你們店是怎麼回事?!」

圍著浴巾的足控癱坐在按摩床上，先遭警察盤查，然後被天山童姥嚇得魂飛魄散，一時間竟無法反應過來要穿上衣服逃走。

別說變成下一個勞點了，宋良韻只求今晚不要槓龜，連一名客人的業績都做不到。「不知道！涼圓也好害怕啊～」宋良韻一邊瑟瑟發抖，一邊鑽進足控懷裡，緊緊抱住了他，不用假裝多害怕，她的三魂七魄的確快被天山童姥叫走了。

「這小姐她……她是不是卡到中邪了？」

「好可怕好可怕好可怕不要說了，涼圓最怕這種啊——」宋良韻搖著頭打哆嗦，心想下次去廟裡補財庫時，一定要請師父看看自己是哪裡「卡」到。做八大的本身命運就凶險無常，涉足深的更是冤親仇家如羅網，既然實不可信，信虛的反而心安，「我們等一下手牽手去收驚算了！」

「可是……行天宮晚上十點半就關了哪，不過也沒關係，凌晨三點五十分廟門開，我們就去搶頭香！」

想不到這一記歪打正著，足控竟是同道中人，連行天宮幾點開門都瞭若指掌，等閒老台北人還不見得知道。門外天山童姥的哭號聲方歇，宋良韻巴不得立刻離開這令她毛骨悚然的鬼地方，隨即提議：「看來今晚我們有緣純聊天，去收驚之前，大哥先帶涼圓去吃宵夜壓壓驚嘛～」

「好啊！涼圓要吃永和豆漿、生魚片，還是酒場串燒？」

這個風尖浪緊的夜晚，天山童姥暴走發癲了二十幾分鐘，害得好幾名小姐業績掛蛋，反觀宋良韻不必做S甚至連手工也省了，就賺到檯錢還有純出場的時數費。

足控不只說得上話，還是一名美食家，宋良韻與他一起吃著蛋餅夾油條與酸辣湯，起勁地聊著紫微斗數與算命經驗。肚皮撐飽後，足控嫌坐在便利商店喝咖啡太小家子氣，便和宋良韻一起去逛附近二十四小時營業的藥妝店，想要什麼開架式彩妝都歡迎放進購物籃，全部由足控埋單，宋良韻趁機補了一批粉底和眼線液，還有一打不同顏色的指甲油，買得足控眉開眼笑。

早上收驚完回到家，宋良韻請林瑋書從十二瓶指甲油中選兩瓶走，順便轉述了天山童姥的荒唐事蹟，小姐們的群組裡面已經幹聲一片，八卦姬把所有火冒三丈的貼圖都用完了，並惡狠狠地撂話說：「老闆再不把天山童姥下掉，老娘就要轉店！媽的天天給她這樣亂搞，大家是不是通通陪她喝西北風？」

林瑋書聽得很專心，甚至打開筆記本做筆記，讓宋良韻不禁咋舌：「你要不要跟我那麼點去結拜一下？這種鳥事有什麼好寫的？」

「以前的職業病嘛，聽到什麼故事就想寫下來。」林瑋書笑著轉了一下鋼筆，隨即正色道：「美美會這樣，我覺得問題不只是她前室友。」

「你還真在意天山童姥啊。」宋良韻打了一個哈欠：「不好意思，我的同情心有限，就算她真的很可憐好了，也不能把我們一起拖下水。」

「美美的家人去報案的時間點，究竟是在她被前室友趕出去前，還是趕出去後？這還沒釐清。」林瑋書用筆尖點著自己繪製的人物關係表，沉吟道：「家人、經紀人、前室友、前室友的男人……到底是誰打她？」

「別漏掉她男朋友，雖然我是沒見過號稱要娶天山童姥的高富帥啦。」宋良韻拍著嘴說：「我最不擅長玩偵探遊戲，我要去躺平了。」

這一覺睡到下午三點多，宋良韻賴在床上滑手機，赫然發現未讀訊息顯示有「999+」個，小姐們的群組裡面已不再談論天山童姥該被炒魷魚的事情，八卦姬證實了公司決策，雖然天山童姥在早班時又跑回店裡，一把眼淚一把鼻涕地向老闆道歉，頻說自己不是故意的，但老闆當然是叫她今天起就不用來了，不過另一名小姐呼告「條子早班時又來抽風了」，把整個討論串的風向都帶走了——

「這次怎麼抽得這麼密啊 (((゜Д゜;;;)))」

「早班不只被抽一次，剛剛還來第二次！」

「昨天晚班也一次，這次搞這麼大喔 Σ(゜Д゜)」

「……那今天晚班還要去嗎 Σ(゜Д゜;≡;゜д゜)」

這也是宋良韻想問的問題，在她發問之前，就看到大經紀人傳來的訊息：「這家店下課了，大家得先放個暑假」。

6 通往地獄的善意

「前兩天店倒了，我現在是失業新鮮人呢。」

林道儒差點將手上的爆米花灑出來：「怎麼這麼突然？」

「給人請就是這樣啊，老闆總是抱怨什麼客人刁、原物料上漲、衛生稽查警察臨檢的，每天都講得活不下去的樣子，我們這些當員工的，總是算不過他們。」

「這樣你之後還想做餐廳外場嗎？」

「再看看囉，我想先休息一陣子。」宋良韻心想，自己可沒說謊，她大學畢業後上網找工作，許多打著餐廳服務生頭銜徵人的，實際走訪後才發現面試她的是經紀公司，所謂的餐廳根本就是酒店，而在踏入八大行業之前，她也不是沒在普通的西餐廳裡面端盤子過：「我可以忍受一份工作累、也可以接受工時長，甚至薪水少，但我不能接受又累又忙薪水又少！」

「也對，好工作難找，上了班就不可能放長假，沒有很大的經濟壓力的話，趁機休息休息，慢慢找也比較妥當。」林道儒認同地頻頻點頭：「下一份工作，你希望找怎樣的呢？」

不用伺候奧懶叫的——宋良韻在心中吶喊，但她知道這幾天風頭過去後，經紀人就會把她轉介到新的手槍店，她也會一邊抱怨一邊繼續打槍營生，所以壓根沒想到要再去找「下一份工作」。但現在還不是和盤托出的時機，宋良韻也不想騙林道儒，正為難間，幸好排隊的人龍開始向前移動了，「那個等一下再說，我們先進場吧～」

第一次典型又老派的約會，宋良韻面對滿衣櫃的戰鬥服，猶豫半天後，搜尋了「必勝約會穿搭」、「約會好感度飆升的十個撇步」等教戰守則，然後更納悶該做什麼打扮好，出門前十五分鐘，她閉著眼睛拉出一件藍白直條紋的高叉一片式長裙，終於突破了一小時的膠著，接下來搭配黑色蕾絲邊短板上衣、羅馬式涼鞋、絲巾式髮帶與淡妝就是一瞬間的事了，宋良韻拎起小包包去搭捷運，以免機車安全帽將她精心整理的髮型壓得扁塌。

選片方面林道儒依舊是打安全牌，捨棄把妹意味太濃厚的愛情喜劇，挑了一部網路上佳評如潮的寶萊塢電影，一個紀錄女運動員如何刻苦勤練奪得金牌的勵志故事。

宋良韻以前沒看過印度電影，不過除了恐怖片，她各種類型都能接受。這部印度電影的確不負盛名，不只演員演技精湛，簡明的劇情、流暢的運鏡、帥氣的動作、扣人心弦的配樂，整廳的觀眾為女主角的心境和覺悟屏息，跟著女主角的失誤與得分驚呼不已。

在女主角逆轉勝、實現兒時夢想的那一刻，宋良韻忽然有些鼻酸，她的青少女時期似乎也有過什麼夢想，但她卻不記得了，反而記得國中時她被爸媽推出家門，和討債集團對罵的當下，她靈光乍現：「我不如去當〇二〇四的接線小姐。」

有錢才有資格討論夢想，當年學費生活費沒著落，每餐都吃高油高鹽高熱量的廉價加工食品，宋良韻因此痴肥到令人不忍卒睹，青少女時期的她對青澀的純愛完全斷念，升上高職後，同學下課相約去逛街、泡速食店、唱卡拉ＯＫ，她則是和超市收銀機如膠似漆，每一天的小確幸，就是把熟食區賣剩的東西揣回家吃。那時她的父母已簽字離婚，父親完全斷了音訊，母親為了躲避上門討錢的債主，三天兩頭不見人影，冰箱中總是空空如也，宋良韻等三個孩子的吃喝拉撒睡，只有自求多福了。

身為自己人生的女主角，宋良韻不想一輩子飾演窮忙的灰姑娘，〇二〇四色情電話接線小姐不看學歷也不露臉蛋，只要透過話筒，用聲音與話術撩撥男人的妄想，即可快速現金入袋。長大後的她，晉級為一檯抵過小資女一天薪水的性感槍手，指掌間引爆的高潮就是勝利，但又有誰來為她鼓掌喝采，誇讚她終於不再又窮又累又忙了呢？

「太厲害了，真讓我大吃一驚！」影廳內燈光亮起，林道儒的臉上還映著片尾歡欣鼓舞的餘韻：「完勝上半年看過的所有好萊塢電影啊！」

「嗯嗯，真的很好看呢。」

「主題曲超棒！雖然聽不懂印度話，但光是旋律就覺得很熱血——」

約會最怕冷場，宋良韻赴約前也努力爬文，看了一堆內容農場整理的「絕不冷場的約會話題」、「炒熱氣氛的聊天技巧」，聊電影是公認的安全牌，然而今天又不是電影發燒友交流，總不會一直電影個沒完，但宋良韻有太多雷區了：她不敢聊家庭，不敢聊工作，也不敢聊未來的計畫，最好也不要聊到共同認識的人，畢竟除了林瑋書，她與林道濡共同認識的Tiffany、無用男威廉以及天山童姥，都太偏離主流社會價值觀了。

×　×　×

這個日頭毒辣又悶熱的週末午後，遠方的天空浮著一大叢蠢蠢欲動的積雨雲，林瑋書提著未來幾天的糧食與生鮮蔬果，緩慢地穿過巷弄，往她賃居不久的公寓移動。天山童姥已經人間蒸發了幾天，Tiffany 昨晚去上班後就沒有回來，無用男也不知道去哪裡搞大生意，今天宋良韻則是罕見地十點起床，中午前就梳化完畢，興沖沖出門去了。

站在鐵門前掏鑰匙，林瑋書先探頭去看信箱中有什麼信件，裡頭有幾封電信公司催繳通知，而她已經使用電子帳單好幾年了，那些帳單多半是來追殺 Tiffany 和無用男的，正猶豫要不要伸手去拿，忽然視線劇烈晃動，有人狠狠推了她一把——

「好痛！」

這一記不偏不倚打在林瑋書開刀的傷口旁，痛得她整個人向後倒下，把身後的整排機車撞出骨牌效應，整袋食物啪地一聲摔在地上，鑰匙也滾落水溝中，一時間防盜警報器震天響，鄰居紛紛探出頭來觀望。

推林瑋書的，是一名身型如米其林輪胎人的歐巴桑，她顯然沒有料到自己力氣這麼大，瞧林瑋書倒地痛苦呻吟的樣子不像作假，但她仍擺出凶狠的架式：「不要裝蒜了！你把美琪藏在哪裡?!」

「……美琪是誰啊？」林瑋書按著肋骨側邊喘息，痛得眼淚都流出來了。

「我女兒啊！你、你是不是叫她去做不正經的事——」

林瑋書心念電轉，難道這粗魯的歐巴桑是天山童姥的媽媽？雖然她很想回嗆對方憑什麼動粗，但跟對方一起抓狂並不能幫自己脫身，眼下她得先自清：「等等等……你認錯人了！」

「怎麼可能認錯？你這白賊落翅仔！」歐巴桑氣勢洶洶地逼近林瑋書：「你去翻信箱，我都看到了！」

「你看到了？但我們這戶沒人叫美琪啊。」林瑋書拚命搜尋大腦資料庫，回想自己從前如何讓發飆拍桌子的總編輯和社長冷靜下來，奮力端出最淡定且親切的回覆語氣：「我才剛搬來，不知道你在說誰，阿姨你在找人嗎？」

「美琪，翁美琪，你敢說你不認識？」

「我沒有接過任何署名翁美琪的信件，請問她長怎樣呢？」林瑋書扶著旁邊的花檯坐起身，在調整姿勢的同時，悄悄按下手機的錄音功能，八年記者職涯讓她不用看螢幕就能準確做到這件事。

「紅色短頭髮，胖胖的，啊就長得跟我很像啦。」歐巴桑發現只有自己在大小聲，稍微克制了嗓門。

賓果，這歐巴桑就是天山童姥的媽媽——林瑋書現在才得知天山童姥的本名叫翁美琪，但想到被痛毆到渾身沒有一塊好皮，還在工作時情緒崩潰遭解雇的她，林瑋書直覺不能輕易鬆口：「你女兒沒有回家嗎？」

「伊吼壞朋友騙去啦——」

「這樣啊……可是阿姨你怎麼會來找我呢？應該去報警吧。」

「報啦，有什麼屁用！」講到女兒被騙，歐巴桑又激動起來，不只滿臉通紅還眼眶泛淚：

「伊同學與老鼠作夥裝肖維，貢咭伊抵家——」

歐巴桑口中的同學與老鼠，多半就是天山童姥的國中同學情侶檔以及經紀人鼠王了，而控制天山童姥的最大嫌疑人彼此認識，很可能還沆瀣一氣，林瑋書直覺解謎的關鍵線索就在眼前。她緩緩站起身，直視著歐巴桑的雙眼，「阿姨，你女兒前幾天有來這邊，跟我室友借衣服，但後來就沒有再來了。」

「啥?!你也是老鼠的——」

「我不是。」

林瑋書掏出票卡夾，在歐巴桑面前亮出她的財金雜誌社記者證。雖然拿前東家的證件出來澎風有道德疑慮，但她一時想不出更有效率的自清辦法，而且她實在也捨不得丟掉八年來證明自己職業身分的小卡。

「你是記者？」歐巴桑的眼珠在林瑋書的臉與記者證間快速移動。

「對。」

「拜託啊——救救我女兒！」歐巴桑忽然噗通一聲，在林瑋書面前跪下。

這轉折實在太八點檔鄉土劇了，林瑋書措手不及，完全沒有餘裕解釋社會新聞與獵奇案件不在自己的守備範圍中：「阿姨有話好好說，不要這個樣子！」

「拜託、拜託啊！」歐巴桑眼淚滾滾而下：「登報紙、上新聞攏沒要緊啦，幫我找美琪——」

「這……阿姨你剛才……」

林瑋書話來不及說完，歐巴桑就以一秒兩下的速度，連續往自己臉上呼巴掌，霎時間劈哩啪啪響成一片，不只林瑋書目瞪口呆，探頭出來看戲的鄰居們也全部石化了。

「氣消了沒？氣消了沒有?!」

「阿姨夠了！你不要這個樣子——」

「你氣沒消，我不停！」

「停、停，拜託阿姨，重要的是美琪，她怎麼了？」

林瑋書不只開刀的創口又痛又麻，連心臟都要被嚇停了，她扶起瞬間逆轉加害人與受害人立場，又哭號不止的超狂歐巴桑，也完全理解為什麼天山童姥會逃家，每天面對這種一哭二鬧三上吊的情緒勒索，要人不飛越杜鵑窩也難。

「阮歹命啦，伊吼壞人騙去——」

遠方響起沉悶的雷聲，林瑋書垂著眼盯著水溝蓋下，她的鑰匙完全隱沒在汙泥中，不知從何打撈起，照這個情況發展，除非 Tiffany、無用男或宋良韻任何一個人回家，她都得在暴雨中聽歐巴桑講故事了。

× × ×

滂沱大雨像簾幕一般蓋住咖啡廳的落地窗，即使電光與雷聲交織，捲成一團酣睡的橘色虎斑大胖貓店長也只是偶爾抽動耳朵，當貓奴顧客們用鏡頭膜拜牠，或是替牠抓龍後頸時，才值得他貓眼開光，賞奴才們一個睥睨。

「貓真的很紓壓，和牠們玩一整天都不會膩呢。」林道儒笑著將桌上的調味罐紙巾盒移開，讓店員方便送上咖啡與鬆餅。

「當貓真幸福啊！懶懶肥肥還是好可愛。」宋良韻滑著剛剛捕捉的大胖貓店長玉照，嘟著嘴說：「這世界真不公平，貓胖胖可愛，人肥肥該死。」

「……怎麼會這樣說？」林道儒被這不經意卻情緒強烈的詞藻嚇了一跳。

「啊，以前我是個胖子，最胖的時候大概超過九十公斤吧！以前國中小屁孩會怎麼恥笑胖女生，嗯，你懂得的。」宋良韻慌忙攪動起面前的冰摩卡：「為了減肥，什麼方法我都試過。」

「什麼方法都試過？」

「斷食啦、不吃澱粉啦、只吃生菜啦、中藥啦、西藥啦、跳有氧舞蹈啦⋯⋯」宋良韻咬著吸管思忖，不只如此，大約四年之前，她還動過胃繞道手術，不過那是她下海淘金，而且從鼠王那轉到現在的大經紀人旗下後，才有餘裕去做的。

「哇，那你怎麼減到現在這樣的？太厲害了，超級有恆心啊！」林道儒一臉敬佩：「以前的同學看到你，一定都大吃一驚吧。」

「就——剛剛說的那些方法一起用啊。」

宋良韻有些不安，如果她褪去衣服，林道儒就會看到胃繞道手術的疤痕，以及手術後快速瘦身而留下的細紋，一定會問起這是怎麼回事，那時再來解釋妥當嗎？他心中那個有毅力又努力的宋良韻必定會形象幻滅，不過，他們能走到那個地步嗎？宋良韻驚覺自己的思緒飄遠了，連忙搞笑說：「有客人聽說我以前是胖子，竟然對我說：『如果知道你減肥會是現在這樣，我就在你九十公斤時追你～』」

「哈哈哈，你怎麼回他？」

「我就嗆他：『有錢難買早知道，你是看我現在這樣，才會講這種話，不然你馬上去找一個胖妹交往，等她減肥瘦下來啊。』」

「這客人還挺認真打聽你的事情耶，他是給了多少小費收買其他餐廳員工啊？」

宋良韻一驚，她居然把小包廂與按摩床上的逗逼事拿出來說嘴，幸好林道儒以為這是漂亮的餐廳外場服務生經常被討的口頭便宜：「誰知道呢？但我常常想啊……如果我是貓，就不用煩惱減肥了。」

「也不見得，不是每個男生都那麼病態，覺得女生越瘦越好。」

「不用安慰我啦。」

「真的喔，你知道我們受訓期間，被最多人追的女生長怎樣嗎？她身高一五八，體重超過八十公斤呢。」

「欸欸欸真的假的啊？沒圖沒真相！我要看她的臉——」

宋良韻從林道儒的群組相簿中，看到一名圓臉甜笑的女孩，在人叢中活潑地擺出姿勢，她像星系中的恆星，被一群小行星圍繞著，或許是髮型與深色制服的關係，讓人看不出她這麼斤兩十足。

「還滿可愛的。」

「是吧？我們都叫她小公主，很多人搶著幫她刷馬桶掃廁所。」

「搶著幫公主掃廁所?!啊哈哈哈哈，你們是小學生嗎？」

「受訓就跟念住校制的私立學校差不多啊！你以為是國中生的那一套，那邊可是天天上演，而且是一群二、三十歲的大人在演。」林道儒笑著解釋：「小公主的父親是警界高層，她大學畢業後不知道要做什麼工作好，在外面轉一圈後，最後還是聽爸爸的話，來考特考當警察，不知道是不是這樣，她的粉絲團特別誇張。」

「原來如此。」

宋良韻點點頭，她印象很深刻，有一次和大經紀人八卦，哪個紅牌小姐想巴住土豪客人嫁了，大經紀人只是冷笑：「有錢人跟她想得不一樣，你要有身家背景才有結婚的價值，才算得上女人，其他的管你賽貂蟬還是賽西施，都只是玩玩而已。」

「我也發現，去考警察特考的，若不是經濟壓力，女生通常是家族中有親戚當警察，男生則是……需要那份薪水養家活口。」林道儒笑著搔了搔臉頰，竟嘆了口氣：「這點我就比不過我姐了，她真的很有企圖心，一路從最菜的小記者拚到資深記者，去年還升上撰述委員，要不是生病讓她——」

「不要這麼說，穩定過生活也很好啊。」

宋良韻很誠懇，她的前室友、小護士薇薇並不貪心，不用什麼富家公子文人雅士，和另一半打造一間咖啡廳就是幸福。宋良韻也不貪心，嫁入豪門什麼的，打從她投胎那一刻起就無望了，在她下海討生活後，連遇上一個三觀正常的人都是奢侈了，砸錢可以做愛卻談不起戀愛，但她難道不值得一點關懷、一點小情小愛嗎？

窗外的大雨一直下。

× × ×

傾盆而下的暴雨中，躲在屋簷下的林瑋書接了通出版社編輯的電話，兩人以發自丹田高喊的音量，才能夠在雷鳴聲中核對書約初稿待修改的部分。雖然這種溝通方式讓林瑋書的肺像高速運轉的風箱，胸腔難過得要炸裂了，但她實在很需要靠吼叫釋放情緒。

這通電話講得這麼辛苦，完全可以怪天怪地，只是編輯仍覺得林瑋書不太對勁：「……大概就是這些要改。對了，瑋書你……你生氣了嗎？」

「當然沒有，別介意。」

話雖如此，林瑋書卻很介意歐巴桑竟然可以這麼長舌，彷彿要把她生來所受到的委屈一次傾吐完畢。經過這個把小時的對話後，除了「我歹命啊」四字箴言，林瑋書得知天山童姥的父親在她讀小學時就因車禍癱瘓臥床，自此靠歐巴桑獨立經營理髮小店養活一家老小，而天山童姥高職念美容美髮科卻沒出息繼承衣缽，反倒輟學和朋友廝混在一起，給媽媽念上幾句後，便連家也不回了。

明明兩人素昧平生，歐巴桑卻可以對陌生人嘮嘮叨叨地，把女兒抱怨得一無是處，可想而知兩人在家雞腸狗肚起來，絕對是一發不可收拾。林瑋書翻動超市塑膠袋，將摔得變形的香蕉拿出來剝皮填肚子，「美琪的頭髮，都是阿姨剪的？」

「嘿啊。」

「最近也是嗎？」

「唉喲你不知道！老鼠那臭俗仔欺負美琪沒算計，要帶她去外縣市哪。」歐巴桑沒正面回答，卻又氣上心頭，跺著腳怒道：「美琪那個壞朋友喔，更是下夕下井啦！講什麼美琪欠房租，不只把她往死裡打，還把她的衣服都打包扔出去，叫她乖乖聽老鼠那臭俗仔的，不然不給她進門哪，有夠歹心喔。」

「叫美琪乖乖聽老鼠的，不然不給她進門?!」

「就伊朋友欸鎚啊，係老鼠底下欸打工仔哪。」歐巴桑氣呼呼地繼續抱怨：「三個沒見笑的，欺負美琪憨，講啥台北抽風緊待不下去，不去外縣市沒頭路，攏總給他講，去外縣市人生地不熟，沒盤口攏落價啦，美琪伊老爸欸藥錢怎麼算得過來？唉，我歹命啦。」

林瑋書一口香蕉差點沒噎在喉嚨裡，歐巴桑提到了「落價」、「藥錢」，不只代表她清楚自己女兒賣身的行情，也透露癱瘓老爹的生活開銷是靠天山童姥的皮肉錢支應。而天山童姥國中同學的男朋友是鼠王的小弟，她的生活起居等於全在鼠王的監控下，雖然她人沒回家，卻還有送錢給爸媽；歐巴桑第一時間是跑去抄打鼠王小弟的巢穴，而不是來這間公寓撒野，顯然很清楚天山童姥是住在何處的，林瑋書心中泛起一陣惡寒，歐巴桑恐怕不是那麼無辜，單純來找被雞頭騙的女兒。

「所以美琪已經跟老鼠走了？聯絡不上嗎？」

「唉，我哪知道?!美琪沒繳手機錢，被停話了哪。伊同學與老鼠作夥裝肖維，貢啥伊抵家，就是不讓我這做媽的見女兒啦。」

「……阿姨你有阻止美琪嗎？」

「伊丟係扶不起的阿斗啦！聽老鼠的不聽親生母的，我剪她頭髮，叫她不要去，是還能把她腿打斷喔?!唉，我歹命啦。」

天山童姥遭人毒打亂剪頭髮的謎團，至此終於拼上最後一塊拼圖。

林瑋書思忖，接吹接 S 的天山童姥會混到三餐不濟，除了養經紀人鼠王一夥，還要分潤給家裡，姿色不上檯面的天山童姥就算尺度已經放寬到海邊了，還是補不上身後這些無底洞。鼠王多半是評估天山童姥在台北的按摩業沒搞頭，要把她轉去外縣市「削價競爭」，但到外縣市又能保證賺大錢嗎？十之八九是媽媽與經紀人分帳談不攏，於是兩邊各出奇招。

鼠王先扣著人不放，歐巴桑則跑去派出所舉報女兒失蹤，鼠王與他的小弟幹的勾當見不得人，自然是快點趕走天山童姥，避免警察上門囉嗦。歐巴桑在天山童姥回家時多半沒有好話，爭執中便亂剪了她的頭髮「損壞賣相」，不准她再跟鼠王糾纏，天山童姥受不了母親的虐待與情緒勒索，只好再次逃家，但走投無路還是回到鼠王旗下，即使鼠王沒有親自動手，卻放任小弟對天山童姥拳打腳踢，不只揍得她身上沒一塊好皮，還將衣衫不整的她又趕了出來，迫使她乖乖就範。

即使天山童姥跑來找宋良韻，也是躲得了一時、躲不了一世，林瑋書還親自將她送回鼠王手上。不巧養生館被警察臨檢，成為壓垮天山童姥精神的最後一根稻草，這次發作讓她無法在台北繼續討海，勢必要去外縣市賣肉了。

現在，經紀人與媽媽的搶人大戰進入新的回合，但無論這個局怎麼發展，雙方都要從天山童姥身上榨出最後一滴油。鼠王能從生活的每個面向控制天山童姥，怎麼會問不出她寄居公寓的地址？這隻陰險的鼠輩，搞了一招調虎離山之計，讓歐巴桑把這間公寓鬧得雞犬不寧，如此一來，誰也沒有那個慈悲心收容天山童姥這個瘟神了。

想通整個來龍去脈的林瑋書，忽然感到一陣噁心，她已經無法顧及形象還是身旁喋喋不休的歐巴桑，轉身扶牆暴吐出來——

大雨依舊一直下。

7 爸爸的話

「我快瘋了。」

走進大學同學小黑的服裝工作室，林瑋書癱坐在試衣鏡前的小凳子上，對鏡子裡的自己講話。

「不會吧，你又要搬家啦？」小黑嘴上咬的鹹酥雞差點掉到地上：「你搬到小韻那邊，才不過兩個月呢。」

「並沒有，雖然我真的想搬。」

「發生什麼事了？」

發生什麼事還真是一言難盡，林瑋書覺得不該從天山童姥遭痛毆與惡意剪髮的推理劇場開始談，光是解釋出場人物，再切入經紀人鼠王的諸般劣跡，以及殺來公寓堵女兒的歐巴桑原來另有所圖，並兜攏各方說法，恐怕就要講到發霉長香菇了。而每次雜誌社報稿會議，無論是內情多複雜的新聞事件，總編輯的耐心都只有三十秒，如果口頭報告超時，總編輯就會不耐煩地轉著筆說：「別跟我講這麼多，你的大標題是什麼？」

「無用男吃二嫩妹，暴雨週末女友家多Ｐ。」

不光嘴裡的鹹酥雞噴得老遠，小黑還失手打翻桌上的手搖杯，雖然她立刻抄起抹布，卻只是在茶漬旁亂抹一通：「你說什麼?!多Ｐ嗎？也太勁爆了吧！」

「對，多Ｐ。共用浴室的馬桶被丟了一大坨衛生紙，把馬桶都塞住了，我用馬桶吸盤下去吸，竟然撈出好幾個保險套。」

「但你怎麼確定是多Ｐ？搞不好是他清房間時亂丟垃圾——」

「我上樓的時候，有兩個很年輕的妹子從公寓衝出來，看樣子不過十幾歲，連衣服都穿反了。」

小黑嘴裡吐出比腸子還長的哇，林瑋書歪著頭，回想起大雷雨的那個週末，她忽然扶著牆壁翻腸倒胃，嚇壞了天山童姥的老母，大概是擔心林瑋書向她索討那一推一摔的醫藥費，她立馬收起「我歹命啊」的五四三，不顧雨勢溜之乎也，半身濕透的林瑋書，絕望到不想打撈掉在水溝裡的鑰匙，只有伸手胡亂按起門鈴。

不知道是哪一戶好心的鄰居，打開了樓下鐵門，林瑋書拖著腳步上樓，卻覺得越接近她居住的那間公寓越躁動，這並不是什麼靈異第六感，公寓裡的確有人正在橫衝直撞。當她在樓梯間目擊兩名化著韓系妝容、高中生樣貌的稚嫩女生，一邊整理著凌亂的衣服頭髮，慌忙從公寓中衝出來時，林瑋書都懷疑自己的心臟與脾氣是經過怎樣的千錘百鍊，竟可以雲淡風輕地對她們說：「小心走，門別關，我要進去。」

「瑋書大大，你不要嚇死我啊。」僅穿一條長褲、裸著上半身的無用男威廉，前所未見地用吸塵器奮力打掃，他與Tiffany的套房房門大開，冰庫般的冷氣一瀉千里，此時說什麼都欲蓋彌彰，威廉笑著用手遮住胸部：「唉呦，天氣熱，不好意思讓你看到這兩點。」

無言的林瑋書，將超市塑膠袋扔到廚房水槽中，在整理那一袋被天山童姥的老母摔爛的食物之前，她決定先去廁所解放膀胱，接著映入眼簾的，就是被衛生紙團塞爆的馬桶。

「唉呦瑋書大大，馬桶不通嗎？」威廉涎著臉探頭進來。

別人在樓下被歐巴桑追打淋雨，這渣男不聞不問也就罷了，居然在女友床上跟其他妹子們翻雲覆雨？手持馬桶吸盤的林瑋書，瞪大眼睛直視威廉，呼呼呼地笑起來：「你知不知道，我剛在樓下發生什麼事？」

「瑋書大大是我見過最有氣質、最有內涵的女人呢。」威廉嘆了口氣，擺出言情小說男主角深情款款的架式：「我跟那些學妹真的沒什麼，唉，滿腦子只有衣服包包化妝品的小女生，實在是太無聊了。」

「保險套這種橡膠製的東西，不可以丟進馬桶裡。」林瑋書一邊用馬桶吸盤撈起攪和在衛生紙團中的保險套，另一手則伸進口袋裡握住手機，在雨中目送天山童姥的老母腳底抹油時，她因為太傻眼，忘記按下停止錄音鍵，現在竟然多錄下這段插曲，但這就不必對無用男多提了，「去拿夾子過來，免洗筷也可以，把這些套子夾出來丟掉。」

其實只要把馬桶清理乾淨，就有空間向林瑋書討價還價到既往不咎，但威廉別有盤算，他臉上漾著笑、眼裡也是綿綿不盡的笑：「瑋書大大，你是我這輩子遇過、見過、碰過的女人中，最有智慧的呢。」

「你有在聽我講——」

說時遲那時快，威廉倏地靠近，一手托起林瑋書下巴，一手用力攫住她的後頸，狡黠的唇瞬間推進到吐息之間，林瑋書簡直不敢相信，威廉才剛跟兩個嫩妹盤床大戰，還可以對自己葷素不忌，腎上腺素激增下，她持馬桶吸盤的右手豁盡全力揮出，打破威廉的桎梏。

「你幹嘛?!」

強吻失敗，威廉臉上的震驚與挫敗感也只是一閃而過，馬上恢復打死不退的笑容：「瑋書大大，你為什麼對我這麼冷淡呢？難道你……忌妒那些學妹嗎？」

「夠了，閉嘴！」

林瑋書將馬桶吸盤扔向威廉，趁他閃身躲開的空檔，飛奔回房間將自己反鎖起來。

在將錄音檔備份到雲端硬碟的同時，林瑋書失神地靠牆抱膝坐在地板上，滑著 YouTube 的推薦歌單，在音樂建立起的屏障中，平緩狂亂的心律，直到愛團唱完一場演唱會，在安可曲的餘韻中，對粉絲們拋飛吻道別，她才驚覺應該換掉身上被暴雨打得溼透的髒衣服。

「所以說，我快瘋了。」全身鏡裡的林瑋書雙手抱胸，眼光飄向旁邊張口結舌的小黑：「你覺得，無用男心目中最～有～智～慧～的我，應不應該把這件事告訴 Tiffany 呢？」

「這太過分了，根本是性騷擾！性騷擾啊！」

「是啊，但他自我感覺超級良好，之後還是對我嘻皮笑臉的呢。」

「這種噁心的人渣到底哪裡好？竟然有兩個女生願意跟他到女友家裡滾床單？」

「我怎麼知道？去問那兩個小妹妹啊，但也不見得是她們自願，搞不好是無用男買的，而且是拿 Tiffany 的錢去買的。」林瑋書聳聳肩：「總而言之，我現在得了無用男過敏症，看到他就拳頭變硬。」

「當然要講，立刻把這渣男趕出去。」小黑總算將桌面清理乾淨，也找回吃鹹酥雞的正常步調：「你真是太厲害了，連這個都有錄到音，不怕他不認帳。」

「問題是把錄音檔拿出來，無用男十之八九會繼續硬凹，甚至會潑我髒水，鬼扯什麼我愛不到他就要毀掉他之類的。如果 Tiffany 鬼遮眼，就是不把這種人渣放生，我豈不是去死死算了？」

「太扯了吧?!這樣還不分手，那要怎樣才分手？」

「這真的很難說，所以我實在很猶豫該不該跟 Tiffany 攤牌。」

「你跟 Tiffany 不熟嗎？」

林瑋書回想起在便利商店送走天山童姥那晚，Tiffany 講宋良韻的閒話到一個段落，忽然幽幽嘆了口氣：「話說回來，誰管得了她們的閒事？我最近有夠卡，掉業績不說，還有個客戶被勾去孝敬一個新來的賤貨呢。」

林瑋書心想，只要 Tiffany 甩掉無用男威廉，人生就能像她打手遊那樣「順到溜一波」，卻聽她繼續喃喃自語：「我真該請個孩子嗎？」

「孩子？跟那種……呃，跟威廉嗎?!」林瑋書太錯愕了，Tiffany 橫看豎看都不是個傻子，竟然會認為有孩子之後，問題就能迎刃而解。林瑋書的肺部長了個〇・六公分的腫瘤，就被有不錯學歷、體面工作、三觀堪稱正常又論及婚嫁的前男友放生，她實在不敢想像威廉這樣的小白臉，能挑起多少育兒的責任：「你千萬不要想不開，生孩子還是找個可靠的人——」

「誰說要生了？算了，反正瑋書你不懂啦。」Tiffany睨了林瑋書一眼，大嘆一口氣：「如果請到孩子，就能讓那個賤人破功……」

「你在說什麼啊？」林瑋書實在無法理解，生孩子和酒店裡的恩怨能扯上關係。

「人魚公主遇到解決不了的問題，都是去找巫婆。」瞧林瑋書一頭霧水，Tiffany補上一句：「唉，瑋書你又不是人魚，你不懂啦。」

「別說這種話，我怎麼會不懂呢？」

「小鬼自帶財哪。」Tiffany用力捏扁了喝空的拿鐵紙杯，「就說瑋書你不懂，總之，我要咒死那個搶我東西的賤人。」

沒悟出這段對話的玄機，但腦海中浮現Tiffany那副滿意又帶有報復意味的笑容，林瑋書就覺得心頭長疙瘩：「也不是……Tiffany對我滿親切，還常常送我一些從恩客那收到的小禮物，但是——我話只敢說三分，講超過了總覺得哪裡不太對勁。」

「就算是這樣，你還是告訴Tiffany比較好吧？」

「當然，我不會就這樣放過無用男，讓他把我住的地方變成雜交派對遊樂場。」

「那……也找小韻討論看看？」

「良韻這幾天很忙的樣子，沒辦法和她多聊。」

「喔哦，所以揪團來我這邊聊啊。」小黑露出恍然大悟的表情：「也對，這麼麻煩的事情，不是傳幾通訊息就能講明白的。」

「這幾天無用男都待在公寓裡，但 Tiffany 都沒回來，我的案子有很多參考資料，又不方便全部帶去咖啡廳弄。」林瑋書悶悶不樂地嘆口氣：「現在我只能鎖房門工作，可以避免接觸到無用男就盡量避免，但做虧心事的又不是我，為什麼是我要躲躲藏藏的啊？我要跟良韻當面講清楚，討論接下來該怎麼辦。」

「那小韻人哩？」

「她說她要先去找她的大經紀人，吃完午餐才會過來。」

大飯店附近沒有機車停車格，宋良韻繞到好幾個街區外停車，然後徒步穿越重劃區的百貨公司水泥叢林。

頂著夏季的烈日在外面奔走，人都要變成烤肉了，但念在等一下就要飽餐一頓飯店高級料理，宋良韻的抱怨就從咽喉吞回肚子裡。年紀相當她父親的大經紀人，每次約她談事情都派頭十足，回想去年她生日那天，大經紀人預約了超高級的包廂式鐵板燒，吩咐小弟開車去接她，一頓鐵板排餐吃下來足足五位數，大經紀人一疊鈔票出手，眉頭不皺一下，還要服務生不用找了，反而是宋良韻肉痛，補了一句：「找的零錢給我。」讓大經紀人連連搖頭，直呼哪來的窮酸妹子。

其實不必餐餐大頓的，邊吃鬆餅邊逗貓咪玩也很有意思。第一次老派又典型的約會，林道儒處理了電影票與下午茶餐費，理由是宋良韻現在待業中，錢還是省著點花，等之後手頭比較寬裕了再回請他，而天氣這麼熱，下次回請要在哪裡呢？宋良韻提議乾脆去冰塊很多又清涼的地方，於是兩條行程加入行事曆：這個週末要去台北小巨蛋溜冰初體驗，下個週末則是到市立動物園企鵝館報到。

想到與林道儒的約會，讓宋良韻稍稍平復天山童姥人間蒸發的惆悵。八卦姬在小姐的群組中放風聲說，天山童姥被下放到外縣市的某個造鎮工地附近，做工的人白天消耗體力，晚上或許會想吃肥豬肉進補一下，大夥姐妹一場，祝她生意興隆——宋良韻覺得胸口和咽喉都有些堵塞，天山童姥這扶不起的阿斗不只把她的海灘洋裝穿走，連公寓鑰匙都沒還，竟然還被鼠王這癟三吃乾抹淨了。

雖然宋良韻想直接換掉門鎖，杜絕鼠輩闖空門，但擠不出給房東的合理解釋，加上無用男威廉賴在公寓裡，換一百副鎖都沒用，只有請大經紀人出面和鼠王「喬一喬」，鼠王歸還公寓鑰匙，她從此不對天山童姥的事放半個屁。

走進大午間的大飯店料亭，服務生將宋良韻領到四人座小包廂，一路上除了西裝筆挺的商務人士，還有不少穿著休閒服的大叔大嬸，他們的衣著風格完全隱藏了他們坐擁這個城市絕大部分的財富。但魔鬼藏在細節裡，大經紀人曾說，評估一個男人口袋有幾兩銀子，看手錶最準了，服務生打開包廂門，大經紀人招手示意宋良韻到自己身旁坐下，他手腕上的限量版沛納海泛著光澤，這錶中王者一只抵得過一臺車，宋良韻咂咂嘴，想起林道儒戴的是基本款星辰表。

大經紀人的對面，坐著一名風韻猶存的中年婦女，將長髮挽成一個髻，一身窄裙套裝加上裝滿文件的鱷魚皮醫生包，宋良韻有點意外這次會面，還有保險業務員參一腳。

「涼圓，這位是露西，叫姐姐。」

「露西姐姐好。」

「唉呀哪這麼見外，我跟涼圓見過好幾次啦，涼圓還是這麼漂亮。」露西熱情地招呼道：

「姐姐今天送保單來給大人物，想不到沾涼圓的光，蹭到一頓飯。」

「露西姐姐先跟把拔聊正經事，不用管涼圓，涼圓只管吃。」

小姐們經常稱呼經紀人爸爸媽媽，年紀相近的，則是哥哥姐姐叫得親熱，在大經紀人面前，宋良韻必須扮演呆萌的乖女兒。大經紀人是縱橫八大行業幾十年的老江湖，旗下有一個排的小姐，全盛時期據說帶了一個連，自己也有開店，而他是傳統中的傳統大哥，最忌諱底下的女人上頭上臉，對他的生意說三道四。出道很早的 Tiffany 在這一區是能橫著走的小姐，最近她還兼營海外線，揪著酒店姐妹們一同到國外賭場賺外匯，這樣意氣風發的 Tiffany，遇到大經紀人仍是狗腿個沒完，硬要跟他搭上話。有時大經紀人被 Tiffany 搞煩了，劈頭就罵：

「男人的事，女人嘰嘰喳喳地幹什麼？」

「這次抽風又長又緊，快沒正經事可聊囉。」

大經紀人話雖如此，卻是留空檔給露西報告「朋友的店」的近況，露西便起勁地講起她最近去找哪些熟人拉保險，每個都唉聲嘆氣拜這次大掃蕩所賜，今年暑假鐵定要啃老本了，經營「個人工作室」的，更是拓點不到一星期，就被警方循線抄得乾乾淨淨。

宋良韻拿出手機，替藝術品般的開胃菜拍照，心想露西這名單親媽媽真不簡單，年輕時下海賺錢養小孩，中年後人老珠黃不好上檯，便改行當保險業務員，而她當小姐時廣結善緣，滿手現金的老闆們擔心自己的帳戶被鎖定，不敢經由銀行匯款，遂透過保單將錢洗出來或轉給家人，雖然時間長了點，卻是萬無一失還能節稅。露西穿梭在各大小老闆、經紀人間兜售儲蓄險，偶爾還十萬十萬地插股新店面，她捎上的不是八卦姬那種路數的小道消息，而是貨真價實的金流情資。

「涼圓不好意思哪，姐姐顧著和大人物講話，差點忘了把東西拿給你呢。」露西從包包裡摸出一袋日系化妝品套組：「這個給你，姐姐帶兒子去東京迪士尼樂園玩，買了一點小伴手禮，要跟好姐妹分享。」

「唉呀，姐姐怎麼這麼客氣！」宋良韻接下禮物，嘟著嘴轉向大經紀人：「把拔怎麼辦？涼圓今天只帶兩串蕉耶。」

「你這丫頭還不趁年輕，多跟人家學學。」大經紀人接著用下巴比了比宋良韻，對露西說道：「涼圓這丫頭很固執，其他小姐做一檯，抵得過她三四檯，但她比別人精，挺愛存錢的，你就幫她規劃規劃。」

「把拔～涼圓跟著你，還需要什麼規劃？」

「小丫頭就會拍馬屁。」

「涼圓說得對，你把拔都幫你規劃好了，保證一切免煩惱。」笑咪咪的露西打蛇隨棍上：「讓姐姐倚老賣老一下，這行是吃青春飯的，要把握時間賺，更要強迫自己存！千萬別傻傻把錢拿去養男人，或是聽男人講怎樣就怎樣，談戀愛最傷本哪。」

煙燻鮭魚薄片捲成的粉紅色玫瑰花上桌，宋良韻再次拿出手機拍照，趁機重整自己有點走型的笑臉。不用說露西姐這種過來人，宋良韻也見過不少為了男朋友上岸的小姐，咬牙忍受被人呼來喝去八小時，卻賺不過基本工資的日子，又窮又忙又累已經很委屈了，回到家還會被男友奚落吃不了苦。

當然也不乏小姐在交往前聲明，若真的愛她，就要接受她的工作，不行便一拍兩散。只是宋良韻很難想像，三觀正常的男人面對這樣的選擇題，能大度到回答：「你幫客人打手槍？脫衣服給別的男人摸？可以可以，就工作嘛~你去你去，我都可以體諒，你一不放感情，二守最後防線沒給人插，我就覺得沒差！」

「女人啊，沒男人不會死，沒有錢，可活不下去哪。」

看到露西一筷子就把煙燻鮭魚玫瑰搗得稀爛，宋良韻的笑又回到臉上了：「當然，女人就是要有錢！」

「涼圓啊，現在風聲鶴唳的，你到新店低調點，別招那些阿撒布魯的小姐進來。」大經紀人口中那些「阿撒布魯的小姐」，不光是長相規格外如天山童姥的這一類，還有八卦姫那種嘴巴敞得比屎坑大的。

「暑假這麼快就放完了?!把拔要安排涼圓去哪家店？」

「喬好再告訴你。」

宋良韻咀嚼著煙燻鮭魚，思考這個週末和林道儒見面時，要不要告訴他自己重回了「餐廳外場」，甚至講清楚自己就是下海討生活的？該面對的總是要面對，就算林道儒單純到參不透機關，他姐林瑋書可是全盤通透的。但光是想像林道儒對這個選擇題有什麼反應，宋良韻就不舒坦。如果他們發展出「如果」，她希望兩人攤牌之前，至少都開開心心的。

一碟一小口的精緻料理，一道一道吃下去，肚子也不知不覺被填滿了。露西拿出一份利率變動型還本終身保險規劃單，也就是所謂的儲蓄險，宋良韻眼睛盯著數字，卻感到注意力開始渙散，累積保險費、儲存升息之累計金額、年度末終止契約領取金額等一堆專有名詞，在她腦海中攪和成一團，只聽露西眉飛色舞地說：「……這張保單是現在賣得最好的，只要你六年後解約，就絕對不吃虧，雖然我都建議客戶手頭不緊的話，放越久領越多，當小孩的教育基金，甚至是自己的退休金都很適合喔。」

「可是，每個月都要繳兩萬多耶。」

「未來這六年是女人的黃金時期，賺錢涼圓是一定沒問題的，姐姐跟你投緣，提供一個最穩定、絕不跳票的存錢門路。」露西的螢光筆在保費試算表上一圈一畫：「當然，存定存也可以，只是現在利率這麼低，這張保單光是每年給付的生存還本金，就打敗定存了。」

宋良韻端起茶杯啜飲，一個月兩萬多，比法定基本工資還高，在她下海之前，無論端盤子或是各種計時工作都沒領超過二十二K，現在服務業基層想必也是一樣苦哈哈，這張保單簽下去，這六年她就是海中的人魚公主，註定上岸無望。六年後，宋良韻也逼近三十五大關，在她吹熄蛋糕上蠟燭的那一刻，且別奢談組成家庭，她的錢夠她退休嗎？照這態勢下去，她有辦法從八大行業的圈子抽身嗎？

剔著牙的大經紀人開口了：「一個月賺多少錢的女人，怎麼連兩萬元也存不了？」

「把拔不行啦，涼圓現在沒上班，租的公寓又好貴，家裡還一直來要錢呢。」

「講這什麼話？這一點小錢，爸先幫你墊著，你就好好工作還給爸。」

宋良韻瞪大眼睛，這是四年多來，大經紀人再一次主動借錢給她。話說八大行業的小姐們幾乎沒辦法提出足夠的信用與擔保品，無法向金融機構舉債，調頭寸得靠經紀人或經紀公司，經紀人通常是小姐的債主，一方面管小姐的食衣住行吃喝拉撒，另一方面督促她們快去出賣色相還錢。

高報酬伴隨高風險，也有不少經紀人被小姐借錢借到倒的，上一次大經紀人主動借錢給宋良韻，名為投資她變漂亮，去做胃繞道手術好快速減肥，真正目的是要將她從鼠王旗下

「洗」過來。

「怎麼這副表情？又想到老鼠啦？」

「你怎麼——」被一語中的的宋良韻，震驚到連裝可愛都忘了。

×××

當年，大經紀人瞧宋良韻很肯上檯，又乖覺不多話，雖然那時她外表還肉肉的，改造一下就能夠業績大躍進，在Tiffany跟前跟後時，他反而會抽空子和宋良韻多聊兩句。

不久之後，宋良韻發覺鼠王在她的檯錢上動手腳，其他小姐打一次槍公定抽成一千元，和鼠王有一腿的，甚至可以收到一千二，唯獨她只拿九百，氣得她提刀要和鼠王拚命，但就算捅死了鼠王，被他搬走的乳酪也拿不回來，還得背上一條殺人罪前科。

那時大經紀人向宋良韻獻計，直指鼠王手頭很緊，「你趁這當口說要動胃繞道手術，得跟他借大筆的，他絕對拿不出來，你告訴他，既然他沒本事照顧你，你只好來跟我借，剩下的，我來喬。」

大經紀人一出面，就讓宋良韻巧妙擺脫了癟三鼠王，轉投到自己旗下；對這位罩得住的新爸爸，宋良韻敬畏有加，「爸爸的話」自然是言聽計從。

「我怎麼知道？是你又去招惹他了吧？」大經紀人不耐煩地甩甩手：「就告訴你，別跟一些阿撒布魯的小姐走太近。」

眼看瞞不住，宋良韻只有裝乖賣萌撒嬌到底：「把拔，老鼠的小姐天山童姥——就是那個美美啦，來涼圓家睡幾天沙發，她不只穿走涼圓的衣服，還把公寓的鑰匙拿走，東西沒還就跑了！而且前幾天好恐怖哦，有怪人跑來樓下，還打了涼圓的室友……」

「你就是會闖禍，麻煩事等一下再說，露西姐很忙的，你快點把名字簽一簽，讓人家方便去做下一個業績。」

眼前橫豎躲不掉，宋良韻手裡搖筆桿簽名，心中盤算著一收到保單，就手刀殺去保險公司撤銷，撤銷的理由回頭再編幾個就是。她在如何寄交保單正本的欄位上，勾選了「保險員親送」，確保中間不會被其他人攔胡，讓露西白白損失一套化妝品，還要她多跑一趟，也只有對不起了。

看到宋良韻乖乖簽名，大經紀人拿出一個厚信封袋給露西，在露西清點鈔票時，淡淡地交代：「老鼠那邊我會處理，你以後少管閒事。」

宋良韻左一句「謝謝把拔」，右一句「把拔最棒」，心中卻忐忑不安，畢竟，她是無可奈何得要違抗父命了。

8 長假

兩臺洗冰車正轟轟轟地刮除廢冰，灑水重新凝結冰面，冰上樂園放送著清場廣播，遊客紛紛退到觀眾席上休息聊天。

宋良韻鬆一口氣，兩個小時的滑冰券加上租用溜冰鞋，和看一場電影的花費差不了多少，但戰戰兢兢地繞著初學者練習區一圈又一圈，比想像中還耗費力氣，林道儒駕輕就熟地在她身後S形穿梭，他說這和小時候溜直排輪的技巧差不多。好人家的孩子才有那個命去學才藝上營隊，宋良韻努力回想自己童年時期學過什麼：在爸媽冷戰時看眼色、爭吵時閃遠點、打架時躲起來，這些技巧究竟能用在什麼運動上？宋良韻嘿嘿一笑，或許她很適合玩生存遊戲。

「找工作還順利嗎？」

「噢，那個啊，我老闆正在替我安排，最近會去他朋友的店面試。」

「好有效率，真不錯呢！」林道儒忽然想起什麼，歪著頭問道：「對了，你說的老闆，是之前那間餐廳的老闆嗎？」

「是啊。」

「可是……你老闆不久前才倒店，而且事前一點徵兆都沒有，他的介紹可靠嗎？」

「怎麼這樣說！老闆一直都很照顧我——」

「啊，你不要誤會，我不是要質疑什麼，只是覺得找工作是大事，無論如何還是小心點比較好。」

看著慌忙解釋的林道儒，宋良韻心想，在八大行業討海吃飯，跟對老闆遠比一個人單打獨鬥省力省心。大經紀人等閒不交代旗下小姐什麼事，但只要他一開口，那就是非如此不可；大經紀人的眼界與歲數比她高多了，每次出手都是有十足把握，生意決策一向快狠準，還把鼠王那不上道的癟三制得死死的，她不曾質疑大經紀人的任何安排，唯獨和露西簽下六年儲蓄險保單是例外。

「也不是非要去我老闆介紹的店不可，幾天前有個前同事找我拉保險，說我的個性很適合當業務，邀請我參加她的激勵晚會。」

「當業務沒什麼不好，可是跑來找失業的前同事拉保險，這樣ＯＫ嗎？」林道儒話一出口，才驚覺自己又踩了相同的地雷：「抱歉，我真的不是要否定什麼，只是希望你好好想想，這真的是你想做的事嗎？繳保費和跑業務都很不容易——」

「沒關係，我一點也不覺得自己適合當業務，前同事大概是有增員壓力，才隨口說一些好聽的話來哄我。」

宋良韻回想露西將保單送來公寓時，拉著她的手頻頻嘆氣，直說近來警察抽風更嚴更緊，這行當遲早做不下去。並將兩張激勵晚會入場券強塞進她的手中，一臉慈母光芒地勸道：「涼圓啊，你就算現在不上岸，也該為自己的未來做打算，姐姐是過來人，懂得這不容易，但你想苦一陣子，還是苦一輩子？」

不只要宋良韻簽收保單，露西更力邀她來當自己的下線，拍胸脯保證會手把手地引導新人，曾經滄海的小姐們就該互相幫助。宋良韻嗯嗯呵呵地點著頭，內心則是翻了無數個白眼。

看宋良韻這麼回應，林道儒明顯鬆一口氣：「是吧？徬徨的時候，太急於擺脫現狀，很容易就被別人的意見弄得東搖西擺的，去做一些一點也不適合自己的事情。」

「你也曾經這樣？」

「嗯，之前一直在考教甄，幾百個人搶一個缺，不少競爭對手是自己同班同學，那感覺真的很微妙。」林道儒苦笑著說：「有個同學受不了一直落榜，乾脆去做保健食品的直銷，有一次他來找我，說吃某一種綜合營養劑能耳聰目明增強記憶力，保證可以考上正式教職，不用再當萬年代課，一瓶友誼價幾千元。」

「笑死我，吃了就可以考上，那他怎麼不自己吃？」宋良韻噗哧笑道：「他沒發現自己邏輯有問題嗎？他是吃錯藥，還是沒吃藥?!」

「哈，我是沒有這樣回他啦，我只說，錢都花在考教甄的報名費和交通住宿上了，實在沒辦法買他的仙丹，他不死心，纏著我去參加他們公司的見證大會。」林道儒接著嘆了一口氣：「不只我，很多同學都被他強迫推銷過，後來實在太多人抱怨了，加上他在班級群組中狂po廣告文洗版，班代便把他踢出去，同學會時大家都說他簡直走火入魔，開口閉口公司產品，還一直死纏爛打……明明他以前是個很低調又客氣的人。」

那我以前是個怎樣的人呢？——冰上樂園的室溫只有十幾度，遊園須知上書明遊客必須穿著保暖衣物，宋良韻卻感到額角滲出汗，她決定把問題拋回去，阻止自己胡思亂想：「話說回來，你以前這麼努力想成為老師，但是現在……啊，我的意思是，你真的覺得當警察適合你嗎？」

「不太適合，但看在薪水和工作穩定的份上，可以忍受。」

「那你是怎麼下定決心，去做不適合自己的事？」

「你真的想聽？」

「嗯。」

「因為我前女友。」林道儒深呼吸一口氣，語速比平常快了一倍：「她考上教甄，我沒有，她覺得這樣很沒出息，便提了分手。」

「天啊，怎麼這麼……」

「這麼現實嗎？其實也合理，別人這年紀買車、買房、買股票，在聽到就覺得很厲害的地方上班，我卻慢了很多，每天看著學生放學、收書包回家，我都在擔心學期末就要失業了，也很懷疑，自己到底有沒有能力照顧自己和別人。」

「你前女友是師範大學的同學吧？她應該也經歷過這一段，她怎麼不體諒你？」

「人換了位置，就換腦袋了。」林道儒望向溜冰場的終端，洗冰車任務完畢撤回停機坪，遊客們正引頸期盼冰面凝結，「交往四年，卻是這種結果，我覺得繼續考教甄，就算某一天考上了，也無法擺脫這個夢魘。既然都是準備考試，那就選一個比較好上手又保證就業的吧！聽過公職補習班的招生說明會後，我就決定考警察特考了。」

宋良韻屏息聽著林道儒的自白，努力思考自己該接什麼話，話說她常玩的女性向戀愛遊戲，在與遊戲中美男子發展關係的關鍵時刻，都會跳出幾個選項，例如「抱緊他，說『讓我們用愛克服一切』」、「握住他的手，說『長久以來辛苦你了』」、「沉默，什麼都不說」，不同選項會影響角色的好感度，也會讓玩家通向不同的結局，思緒打結的宋良韻，手癢到想立刻上網搜尋遊戲攻略，然而這是現實世界，沒有必勝攻略，也不能重新讀取檔案。

短暫的沉默後，林道儒繼續說下去：「講不適合很容易，現實告訴我，我不適合當老師、不適合前女友，不適合這個不適合那個，也不太適合當警察——但繼續不適合下去，我大概也不適合這個社會了，所以……既然明白自己選擇了什麼，就好好面對，不適合也要忍受，大概就是這麼回事吧。」

在歡迎遊客重返冰上樂園的廣播聲中，林道儒低沉的嗓音，在宋良韻耳裡，卻像驚蟄的春雷。

到按摩店做槍手之前，宋良韻也曾經當過幾個月的酒店小姐，其他女生可以挺過酒店各種苛扣賺到錢，但不包括姿色中等、尺度小、不擅喝酒、不嗑藥、不接S也不會帶氣氛的她，最後一次在酒店的全員會議，酒店老闆點名她站起來，當著所有小姐、幹部與經紀人的面前怒飆一頓——

「你知道我們這裡最紅的小姐，是怎麼一個月賺五十萬的嗎？喝、出去睡、回來喝、出去睡、又回來喝、再出去睡！她剛進公司時也很樸素，現在有了錢，越來越年輕，化妝衣著也越來越上檔次，想賺錢，就要像她這樣，都來當婊子了，還裝什麼清高！你當我們這裡是缺人喝酒嗎？賤女人！」

酒店老闆一席話，最後以「我也不想逼良為娼，你明天起不用來了」做結，宋良韻回家的路上一直哭，都拋棄良家婦女的自尊、一腳踏入八大行業，她以為自己明白自己選擇了什麼，卻無法面對殘酷的現實，業績做不好，就會被店家下掉，但要在酒店內上手宮鬥劇式的爭寵和以色事人，太多事情她沒辦法忍受。

宋良韻也曾徬徨，如果自己不適合待酒店，難道就適合做手槍店？猶記她第一次見到八卦姬時，八卦姬先是誇張地大喊：「涼圓你說笑的吧？你真的沒接 S ?!」接著搖頭：「唉，你少賺好多喔，我真替你可惜，一般小姐做了這些年，都夠買房囉。」當時的養生館老闆半閉著眼睛，整個人像沒有腰桿一般，癱在櫃檯內的扶手椅中，卻沒錯過宋良韻和八卦姬的對話，只聽他夢囈般地插話：「……賣賣吧，留著貞操當寶嗎？」

每次陷入回憶，宋良韻就會不自覺地安靜許久，直到林道儒率先打破沉默：「抱歉，講這些讓氣氛很糟的話。」

「怎麼會呢！」宋良韻一驚，好不容易將思路切換過來：「我真的很佩服，你可以這樣面對自己的選擇！我真希望自己有你的勇氣——」

「這、這沒什麼吧。」林道儒被這一誇，竟然有點手足無措。

「因為我也覺得自己不適合——」宋良韻激動之下，差點坦白說出「我也覺得自己不適合八大行業，但我不知道什麼工作適合我」，多虧冰上樂園的強大冷氣，讓她的腦血管一陣收縮，瞬間的頭痛令她完全醒了過來，在這輩子第一個可能發展出正常感情關係的男人面前，她簡直是神經搭錯線，竟然想自爆自己其實是做「攝護腺排毒」的？宋良韻心臟怦怦跳，慶幸這段話沒一次講好講滿，還來得及轉彎：「……不適合很多事。」

「例如什麼呢？」林道儒終於露出笑容了：「我覺得你沒講重點喔。」

「不……不適合做餐廳外場啊！」宋良韻寒毛倒豎，林道儒雖不及他姐林瑋書那樣精準了當，卻不能低估他的直覺，眼前只有全力將場面圓過去：「每次被同事、老闆唸、被奧客嫌東嫌西時，我都介意得要死，每天都想著要辭職！問題是，抱怨歸抱怨，真的聽到老闆說：『你明天起不用來了。』明明我就恨死這份工作，卻又一路哭著回家，我懷疑自己根本是公司養的社畜，都搞不清楚自己適合做什麼了。」

「這樣啊……」林道儒沉吟：「那讓我想想，我們究竟適合去做什麼……」

宋良韻漲紅了臉，滿懷擔憂林道儒會攻破她內心的最後防線，她自認沒有說謊，只是把「酒店」代換為「餐廳」，「小姐」轉成「外場」而已。

「我們適合——現在去吃甜點，轉換心情。」

×××

時間軸像瞬間快進，倏地是一星期後的午間，窩在公寓客廳沙發看影集的宋良韻，忽然像發病一般，瘋狂捶打著靠墊，踢腳尖叫起來：「啊啊啊啊啊——我是北七北七北七！我根本不適合做八大啊！」

「又來了?!」圍著圍裙的林瑋書，滿臉斜線地從廚房探頭出來：「你這樣忽然大叫，害我差點切到手。」

「唉，瑋書你不懂啦～」

「真是的，又說這種話。」林瑋書放下菜刀，雙手叉腰地走到宋良韻身旁：「你自己講過，之前店被抄，大家放一個月的假也差不多了，現在不過三個星期左右，你就內心小劇場個不停，到底是多想回去上班啊？」

「不是想不想回去的問題，是回不回得去。所以我才說，瑋書你不懂啦！」宋良韻哀嚎道：「八卦姬都有店收她了，大經紀人卻跟我說，現在沒地方可以去，要我再放一陣子暑假！

唉，早知道會這樣，就不把那張保單退掉了。」

林瑋書長長嘆了一口氣，也受夠了人魚公主們不想溝通時，就把「你不懂」掛在嘴邊：「良韻你腦袋壞掉了喔?!還在糾結那張本來就不該簽的保單？」

「可是……大經紀人還在生氣的樣子，我該怎麼辦才好？」宋良韻又繼續搥打起沙發靠墊，哭喪著臉叨叨絮絮：「天山童姥帶走的鑰匙，他叫小弟丟到信箱中就算了事，以前都不會這樣，至少還會約我見面吃飯的！現在就算傳訊息過去，他都已讀不回──」

「醒醒好嗎？你難道希望未來六年，都被這個人綁得死死的？」

宋良韻搖了搖頭，她當然不想，但她不知道離開大經紀人之後，接下來該怎麼辦。

話說不少小姐和 Tiffany 一樣，名下有好幾支手機，每回和客人辦完事後，如果對方不是徹頭徹尾的奧懶叫，就會和恩客討電話號碼，供日後自立門戶時使用，多幾個門號狡兔三窟，一支被查封了，還有其他備用。但宋良韻從來不搞那一套，手機也只有一支，除了吃過跟蹤狂勞點的大虧，心有餘悸外，她也不打算在八大行業攪和一輩子，既然遲早要抽身上岸，留著客兄的聯絡方式和紀錄幹什麼呢？

就算累積了恩客名單，開「個人工作室」也不容易，除了老客人，總要去各大論壇、留言板灑出「茶資魚訊」，要張揚又得低調，然而人的嘴巴上不了鎖，房東、鄰居一旦觀察到這間房子出入不單純，就會有人去報警，條子們一收網，個工瞬間就被連根拔起，有時候連租金都算不過來。

尤其到了暑假，許多未成年的小妹妹給學校放了出來，正好需要叔叔伯伯們「援助學費」，但小妹妹們不知是涉世未深，還是以為賺到買最新款iPhone的那一點錢，便此生足矣，不少年輕雛兒祭出破盤價攬客，搶了姐姐阿姨們的生意之外，還害得大夥兒一起吃土，被又窮又色的奧懶叫殺價，簡直是可忍孰不可忍。

曾有一位養生館的行政小弟得意地炫耀，有一回他「援助」一名未成年少女，從行情價三千元殺到兩千元，他還趁小妹妹去洗澡時，翻開她皮包裡拿出兩張小朋友再「付給」她，白白吃了一次幼齒，聽得一眾小姐呸不絕口：「你真是個人渣！」宋良韻更是吐得用力：「連小妹妹的皮肉錢都要偷，你根本是人渣中的人渣！」

有鑑於此，在小姐們的群組中，宋良韻拋出開設「八大行業補習班」的偉大藍圖，給有志下海淘金的後生們教育訓練，整頓人肉市場的買賣秩序，每個聽到這構想的小姐都拍手叫好，紛紛喊聲要插股或要當講師，反止大家都明瞭這只是嘴砲而已，人生這麼苦悶，有閑可起，幹嘛不起？

面對不知盡頭在哪裡的閒散日子，宋良韻幾乎窩在家裡，避免自己外出逛街亂花錢。除了跟林道儒的約會行程，她每一天都渾渾噩噩，吃飽睡、睡飽追劇、追劇時塞點心、看累了電視又躺下，在床上或沙發上胡亂滑著社群網站，替一堆垃圾訊息按讚按怒，或啃食規模超過百萬字的大長篇網路小說，避免自己的眼球沒地方停留，就開始焦躁恐慌。

「你要怎麼安排自己的暑假，我是沒意見啦。」林瑋書抿著嘴唇，努力思考要說什麼話：「三個星期能做很多事，那本很麻煩的書約，我已經寫完三個章節了……」

「好啦好啦，瑋書你不要對我說教，你這種有前途的人，怎麼會懂我的苦？」宋良韻話一出口，才驚覺自己把無用男威廉耍賴的口氣學得八十七分像。

「……看你這麼焦慮，我真的很難過。」林瑋書直視宋良韻的眼睛，緩緩地說完這兩句話，才轉身折回廚房：「等一下餓了，我有做蘿蔔貢丸排骨湯，你自己舀來吃。」

宋良韻胃部一陣翻攪，回想起那天出了大飯店包廂，她揮別大經紀人與露西，便飛奔往服裝工作室和林瑋書與小黑見面。

林瑋書與小黑聽到一個月必須繳兩萬多元的保費，異口同聲地警告宋良韻，她目前收入不穩定，存款絕對不能再被保險契約綁死，千萬別因為露西的一番話術，就以為自己有能力定期定額付款六年，兩人極力鼓吹她拿到保單後，立刻去辦理撤銷。

對於兩位朋友的見解，宋良韻一開始也是點頭如搗蒜，但討論到後來，小黑的吐槽踩了地雷：「你的經紀人真是居心叵測，明知你得休息一陣子沒收入，居然還這樣推坑你！」林瑋書沒緩頰，竟跟著補刀：「就是啊，你別被他賣了，還幫忙數鈔票啊。」

宋良韻忽然心頭火起，她實在很難接受「大經紀人會害她」這樣的論調，他們明明一起經歷這麼多事，又是互利共生的關係，理應魚幫水、水幫魚，如果連大經紀人都不能信任，那她該怎麼辦才好？想到此節，她的眼淚差點奪框而出。

但小黑竟沒有住口的意思：「職場就是人心隔肚皮，表面上對你好的，背地裡都會捅你一刀。」

一個人落井下石不夠，林瑋書也對小黑擊節不已：「就是啊！之前我的上司一直要我去約一個從不受訪的金控總經理，我千辛萬苦約到了，回報上司時間地點，但前一天晚上，他竟然騙我約訪取消，自己去見那個總經理！那王八蛋攔胡我的採訪不夠，回來還跟總編惡人先告狀，誣賴我把工作推給他！」

「是不是！世界上卑鄙無恥下流不要臉的混蛋可多了。」

「都這麼多年了，我還是講到就氣，那上司真的是欺負我好傻好天真——」

林瑋書和小黑一搭一唱，言者無心聽者有意，宋良韻感到她們把大經紀人的格調打得和鼠王那下三濫一樣，這兩名岸上的女性朋友講話有理，但她若相信了她們，不就等於她自始至終都沒成長，一路好傻好天真地被人耍嗎？怒急攻心下，宋良韻拉高嗓門，噴了兩人一大串話：「夠了，你們懂什麼？是當我笨蛋嗎?!大經紀人才不是那種人，我跟的老闆我最清楚！拜託你們造口業前想想，到底是你們跟他熟，還是我跟他比較熟?!」

林瑋書和小黑面面相覷，接著她們的面目就模糊了，宋良韻的記憶也跟著淡出，她是怎麼走出小黑的服裝工作室的呢？宋良韻只記得在那一刻，自己差點就鐵了心留下那張保單，來證明她們倆都錯了，而林道儒在冰上樂園的一番不適合論，還是讓她回心轉意，隔天就跑去保險公司進行撤銷，自此對她姐姐妹妹叫得親熱的露西，逢人就抱怨涼圓小姐有多麼難伺候不懂事，大經紀人則對她的訊息已讀不回。

念及此節，宋良韻就想著自己該不該去廚房，舀一碗蘿蔔貢丸排骨湯與林瑋書和解，但是湯這麼燙，大熱天的，她怎樣也喝不進嘴裡。

叮咚、叮咚，宋良韻拿起手機，是八卦姬來訊息——

「你知道嗎？小護士現在在做化妝品直銷！」

「是歐，薇薇她上岸了？」

宋良韻盯著八卦姬的新大頭貼照片，她穿著一身高中女校制服，還是台北市的前三志願，身材臉孔則美圖秀秀到完全看不出原始長相。宋良韻冷笑一聲，八卦姬本人是個會讓客人「咔」檯、改選天山童姥的嬸味十足老小姐，現在居然扮成高中生，這違和感簡直衝破天際線。

「你這是什麼打扮XDDDD」

「新老闆的惡趣味啊，講什麼有同行主打失業空姐，把客人都搶走了，我們也要暑假應景，cosplay成高中生」╮(╯◇╰)╭」

「穿這制服沒問題嗎wwww」

「誰知道？反正沒繡學號，老闆就有病，想玩名校生援交的梗，還讓我們花錢去西門町訂做制服＜(￣︶￣)＞」

宋良韻還沒打出「小心被警察和教育部盯上」，小姐們的群組未讀訊息數忽然急速增加，她跳了個框，發現所有討論都圍繞著〈名校高中生下海？警：應召站噱頭〉、〈名校中輟生暑假援交？校長這樣說〉、〈拒抹黃！女高生轟：物化噁心〉這一系列即時新聞，底下還陸續冒出各種鄉民懶人包。

「……是你的店？」

「◎_◎……o_O||……O口O!」八卦姬傳來一大串震驚的表情符號：「搞屁啊！這套我才穿一次，上不到兩檯捏，根本賠錢貨掀桌┬─┬︵╯(‵□′)╯」

「那你之後怎麼辦？」宋良韻笑了，大家一起倒楣，總比她一個人不幸寬慰。

八卦姬在哭臉貼圖後留言：「我受不了了……乾脆學小護士去賣化妝品吧……（。_。）」

9 金色夜叉

火紅的宮門劇在農曆七月重播了，填塞不知如何是好的大暑午後。女主角被對手陷害犯禁，遭皇帝發配到冷宮，女主角嘆道：「以色事他人，能得幾時好？」

雖然宋良韻已經是二刷這部神作，卻覺得心口更糾結，人也痛苦得喘不過氣。

皇帝一句「打入冷宮」，嬪妃們無一不立刻跪倒在地，聲淚俱下地磕頭求皇上念及舊情、從輕發落，因為她們都心知肚明，活人進了冷宮是九死一生，各種獵奇死因唯獨不是壽終正寢，僥倖活下來的，也難逃貧病纏身、精神錯亂。

如此恐怖的深宮禁地，讓不少劇迷、阿飄粉想要實地走訪探祕，然而，冷宮並不是特定建築物，自然是踏破鐵鞋無覓處，且根據歷史紀載，有的「冷宮」甚至算不上一間屋子，而是宮牆與宮牆間之間的窄道。難以想像在物質最豐沛的皇城內，還有人頭上無屋頂遮天、身畔沒門牆擋風地過活，並在嚴密的監控下，被斷絕一切社交網絡，連和送飯下人交談都不行，這種餐風露宿又極度孤立的日子，得勢的一方不時還會差遣親信太監來，要人下跪聽旨領罰，冷宮裡被罷黜的女人們到底如何撐過去？由於這部分的紀錄付之闕如，只能任憑後世劇作家想像了。

演員將嬪妃們失寵而心碎的神韻詮釋得淋漓盡致，片尾曲奏起，下一集她們定能靠主角威能逃出生天，但現實中的宋良韻卻看不到自己命運的轉捩點，她努力無視任何標記時間的數字，以免想起上一次進手槍店上班，已經是兩個月前的事。

林瑋書不知何時出現在沙發旁：「轉新聞臺吧。」

「我還要看。」

「我只是想看氣象預報，趁廣告時轉一下，颱風要來了。」

「來就來，有差嗎？」宋良韻心不甘情不願地舉起遙控器，此時玄關鐵門叮叮噹噹一陣響，許久不見的 Tiffany 像一棵聖誕樹，身上掛滿了國際名牌的購物袋，無用男威廉替她拖著兩個大行李箱，一前一後回到公寓來了。

看見威廉，林瑋書拳頭都硬了，但令她絕望的是，明明都已經對 Tiffany 據實已告，Tiffany 還是帶著這渣男一起回來。

那天在小黑的工作室，氣頭上的宋良韻雖然抽身先走，但她事後傳訊息給林瑋書，表示自己看無用男威廉不順眼很久了，舉雙手雙腳贊成把他趕出去，而威廉好歹是 Tiffany 的男朋友，林瑋書便寫了一封文情並茂的 e-mail 給 Tiffany，交代了暴雨週末威廉劈腿、性騷擾自己的始末，並表示自己有明確證據，也不願和品行有問題的人共處一個屋簷下，希望大家面對面講清楚、說明白，對此 Tiffany 僅簡短回覆「我在國外，回來就處理」，從此沒半個字沾上威廉，之後偶爾回傳給林瑋書的訊息和照片，全部都是她和姐妹們又去了什麼地方吃喝玩樂血拼享受。

左等右等，林瑋書終於等到 Tiffany 撈飽暑期的「海外線」，從亞洲諸國賭場轉了一圈歸來，卻看她仍與這個渣男搞在一起，一顆心都要陷入彌留狀態了。

「Yeah～瑋書，long time no see！」化著大濃妝的 Tiffany 一反從前冷淡的態度，熱情地向林瑋書打招呼：「出國兩個月簡直受不了，我真的想死台灣食物了，但實在不想念這種又濕又黏的天氣啊。」

「喔……嗯，歡迎回來。」

「瑋書你知道嗎？這傢伙真的很會——」Tiffany 將手上提的大包小袋擺滿了客廳茶几，反手比了比威廉：「這傢伙居然拿著一百朵玫瑰，在機場大廳當場下跪，不是單膝下跪，是五體投地的那種跪喔！這個錢不當錢的，還叫了凱迪拉克來機場接送呢。」

正當林瑋書質疑自己聽到什麼而腦袋當機時，宋良韻關掉電視，沒好氣地說：「凱迪拉克？你坐靈車回來啊。」

「小韻啊，暑假沒有出國玩嗎？」Tiffany 示意威廉將行李箱拖回自己房間，並將一個打著彩色緞帶的金箔色禮盒塞到林瑋書手上，不忘與宋良韻鬥嘴：「兩個月沒上班，該不會手頭緊到機場接送也叫不起？要不要我介紹幾個有耐心又願意教人的經紀給你？」

「懶得理你，我晚點要上彩妝課，得去睡覺了。」宋良韻從沙發上跳起身回房，碰地一聲關上門。

「小韻吃了炸藥喔？」

「這還好了。」林瑋書心想，比起前些時日宋良韻不堪被大經紀人冷凍、沒活幹的焦躁，看到什麼都觸景傷情，經常無預警地陷入憂鬱甚至尖叫起來，最近多虧她與朋友揪團去上彩妝課，討論代購或代理國外化妝品牌的生意經，雖然宋良韻的精神沒完全恢復，但人有事情忙，至少沒那麼萎靡不振。

「按摩店已經是八大行業的幼幼班了，小韻連這種 level 的都混不好，還能去哪混？真是一個個都是扶不起的阿斗。」Tiffany 聳聳肩，指著林瑋書手上的禮物盒，興沖沖地說：「別管她了，快打開來看看。」

林瑋書定睛一看，禮物的包裝上是燙金的鎧甲騎士手持旌旗，騎著披掛戰甲的駿馬奔馳，是國際一線名品 BURBERRY，打開之後，裡面是 BURBERRY 馳名的經典駝色格紋絲巾，

「幹麼送我這個？這禮物太名貴了，我不能收！」

「瑋書幹麼客氣，我養的狗亂發春騷擾室友，做主人的總要來道歉嘛。」Tiffany 笑吟吟地說：「流浪動物也有它們的生存權，我身為一個負責任的主人，只好領養不棄養囉。」

「Tiffany，我認真跟你說，要幫助流浪動物，可以捐款給台灣動物保護協進會，而不是送錢給爛男人。」

「瑋書大大這樣講，我好傷心呢～」威廉從房中探出頭，諂媚地對 Tiffany 說：「肚子餓了吧？要不要我叫點外賣，大家一起吃。」

「瑋書啊，我這個人挺虛榮的，就是喜歡別人捧我、稱讚我。」Tiffany 揮揮手要威廉自便，隨即轉身去整理茶几上那一大堆戰利品：「那條絲巾和你的氣質很配，我在店裡一眼就看上了，你收下，就是對我最好的讚美喔。」

看來 Tiffany 是明知山有虎、偏向虎山行，就是要跟無用男威廉廝混下去，如此旁人講破嘴皮也無濟於事，林瑋書又怒又悶，多講不上道、言謝又不甘心，收到名貴的禮物卻完全高興不起來，這種經驗也算難得一遇了。

Tiffany看林瑋書臉色微慍，便拉著她一道來盤點自己的新家當。除了名牌風衣、手提包、皮夾、上衣、洋裝、高跟鞋、太陽眼鏡與不計其數的化妝品、香氛，令林瑋書頗為意外的是，Tiffany竟買了最新款的iRobot掃地機器人，號稱可以Wi-Fi連線排定打掃行程，並用專屬App追蹤相關紀錄，以後家裡清潔便不勞林瑋書操心，輕輕鬆鬆就一塵不染，除了這些大人的玩意，Tiffany還添購許多可愛的玩偶和小孩子的玩具，以及好幾套名牌童裝。

「你怎麼會買這個？」林瑋書舉起英國品牌的皇室泰迪熊端詳，每逢舊曆年合刊號，雜誌社就會規劃一些輕鬆又好拉廣告的企劃：〈十大最體面伴手禮〉、〈送到心坎裡的N種年度好禮〉云云，她雖然是跑財金線，也支援過幾次這類生活風尚的題目，認出這隻泰迪熊是復刻英國首相喬遷唐寧街十號官邸的祝賀禮物。

林瑋書可不樂見Tiffany為了「小孩自帶財」這種莫名其妙的理由，就撩落去把一個可憐的生命帶到世界上受苦，但Tiffany若吃了秤錘鐵了心，旁人也奈何不了她，於是輕描淡寫地刺探道：「這可是大有來頭的高級貨呢，要送親戚的小孩啊？」

「呵呵，給小孩子總要給最好的。」

閒聊間，客廳的門鈴大響，各式各樣的外賣一擁而入，粗估份量是十人份起跳。林瑋書暗暗叫苦，宋良韻、Tiffany和威廉都不吃隔夜菜，她搬來公寓當天的喬遷筵，Tiffany也是叫了一大堆外食，最後吃不完收進冰箱的，全靠林瑋書和天山童姥解決，但天山童姥來睡客廳並蹭飯的次數不多，林瑋書孤軍奮戰，最後仍丟掉了一堆餿菜，而世界上還沒有發明清冰箱機器人，打包廚餘的麻煩事自然是落在她頭上。

「怎麼苦著一張臉？今天這頓一樣是算我的。」Tiffany 闊氣地招呼林瑋書坐下，手上則是排起四人份的餐具碗筷。

雖然沒什麼食慾，林瑋書還是敲門問宋良韻要不要一起吃飯，「免了，我等一下就要出門去上課。」宋良韻沒睡午覺，關在房間裡耍自閉，顯然是不想跟意氣風發的 Tiffany 同桌。

「良韻不吃，不用擺她的餐具。」

「喔，她不吃沒差，我想說天山童姥可能會——」

「Tiffany，你忘記天山童姥已經……」

「啊哈哈哈哈，出國兩個月，真的是腦袋都不輪轉了，啊哈哈哈……」笑歸笑，Tiffany 還是很堅持把第四副餐具端正地擺在餐桌上。

宋良韻出門上課前，撞見 Tiffany 正踩著新高跟鞋、提著名牌包走秀給林瑋書與威廉看，一邊炫耀賭場中贏錢的恩客多大方，國外的消費水準就是不同。宋良韻瞥了一眼茶几上堆積如山的各式行頭，少說也值二、三十萬，這種程度的消費算是 Tiffany 的正常能量釋放，搞不好還算節制的，雖然宋良韻戶頭裡也有些存款，但她實在沒那個膽氣學 Tiffany 大手大腳地花錢，就連和八卦姬一起報名專業彩妝師皮皮的小班制課程時，她也是糾結半天。

幸好皮皮老師完全不愧對「專業」二字，不僅課上得生動有趣，幫宋良韻找出好幾個梳化時的小盲點，談起各品牌的化妝品、保養品更是如數家珍。八卦姬像哈巴狗一樣繞著皮皮老師團團轉，下課後也不放過人家，硬是拖著宋良韻與皮皮老師一起去冰果室吃宵夜。

「老師老師，你覺得現在做日系或韓系彩妝代購，有沒有搞頭？」

「這市場超競爭的，你想玩？」皮皮老師邊舀著冰豆花邊說：「一些受歡迎的品牌，檯面下早都有人去談代理了，如果是小本生意的代購，是可以意思意思做一陣子。」

「那代理我也可以做啊，老師有沒有興趣？」

「代理啊……沒有背景硬、口袋深，根本玩不起啊。」皮皮老師苦笑著說：「我有太多同行和學生都想做代理，不要說跟原廠談成的沒幾個，真的賺到錢的，我還沒聽過呢。」

「真的這麼難？」被大經紀人冷凍這陣子，宋良韻除了情緒和淚腺特別容易潰堤，也常疑心別人堵著賺錢的門道，怕自己來分一杯羹。

「說句實在話，我靠彩妝這行吃飯這麼多年，也不是沒想過要做代理，但實在是沒屁股吃那樣的瀉藥。」察覺宋良韻臉色向下沉，皮皮老師連忙解釋：「想拿代理權，原廠都會要你負擔一定業績責任，越大的廠越硬，根本沒有討論空間！就算拿到代理權，台灣這邊也要檢驗合法才能上市，先別說過不了的時候，順利通過政府那關後，產品要怎麼推？推不出去，你要怎麼消化掉？你有多少銀彈去賠啊？不是我自誇，我的學生算不少了，就算每個人都跟我買一兩套，離低標業績還差十萬八千里呢，有些原廠很龜毛，你辦個特賣活動，它們還會來抓小辮子，講什麼這樣打亂行情違約，光是來個跨國興訟，就搞死你了——所以說，沒有背景硬、口袋深，根本玩不起啊。」

皮皮老師這一番話，讓宋良韻啞口無言，八卦姬仍不死心地追問：「可是好多品牌都沒有進來台灣捏，真的沒機會？」

「沒進來台灣的品牌，有的聽都沒聽過，你要怎麼賣得掉？一定要下重本推廣宣傳的啊！這些成本一墊上去，你要怎麼算過來？雖然我很少嫌台灣專櫃的價格貴，但花錢的消費者就是希望你越便宜越好。」

「可是去日本買能退稅，有時候還便宜個幾百塊耶！這價差沒辦法打平嗎？」

「哪有人拿退稅價來比的？這樣匯率波動是不是也不用算了？」皮皮老師嘿嘿笑了起來：「你下回去日本玩的時候仔細看，台灣很多開架品牌的單價根本沒高多少，如果遇到週末會員七七折之類的，甚至還更便宜哩。」

「不會吧？老師認識那麼多品牌業務，一定有門路拿低價，怎麼會沒搞頭？」

「不是我要潑你們冷水，這門生意真的沒想像的好做。」皮皮老師笑著搖搖頭：「服務要錢、關稅要錢、囤貨要錢、管銷要錢，藥妝店要上架費，百貨公司櫃位要租金，這些成本砸下去，而且別忘了養人是最貴的，沒個千萬以上的銀彈，是敢隨便跳下去？」

冰豆花見底後，皮皮老師稱有事先走，留下兩個彩妝代購代理夢粉碎的學生。八卦姬決定再怒吃一碗綜合剉冰，宋良韻拿著塑膠湯匙戳著孤懸在融冰中的紅豆，咀嚼皮皮老師臨走時說的話：「我這人不太會讀書，但自知之明還是有的，我的本事夠當個彩妝師，就專心當彩妝師，不去碰那些玩不起的。」

「哼，白搭了。」八卦姬酸溜溜地抱怨起來：「都花了萬把塊，兩個人去捧她的場，還請她吃過幾頓飯了，居然硬得跟鐵桶一樣，是多怕我們搶她的生意？算了，下一期不上了，當老娘是很屑當窮酸化妝師喔？」

「學幾招髮妝的玩法也不錯啦。」

「老娘十分鐘就可以化好全妝上檯了，還特地捧著銀子來跟她學喔？」

「那你叫她退費啊。」

「哪有可能，就當送她啦。」

「一天到晚錢錢錢的，真是煩死人了。」

其實除了代購或代理彩妝，這個月宋良韻努力打探了許多創業賺錢的門路：成衣網拍、咖啡廳、手搖杯店、超商加盟，每一行都是又累又苦，利潤也微乎其微。宋良韻也不是沒上網搜尋過小護士薇薇所屬的化妝品直銷公司，即使號稱商品單價高、業務抽成也高，但除了變成會員要交錢，受該公司的化妝師訓練也要一筆學費，比報名皮皮老師的課程貴了好幾倍，等到能掛著該公司名義去做銷售時，還得跟上線買斷一定數量的貨。

宋良韻自從下海後，便和從前科技大學的同學們少了聯繫，聯繫一少，就能為自己的祕密上防火牆，但人一疏離，原本能討人情的也不得其門而入。只憑小姐群組裡那幾個口袋破洞的姐妹，這種零零落落的人際關係，做直銷是能賺得回來？更何況薇薇還跑在她前面呢。

「對啊，有夠煩，真希望我這幾組能中頭彩。」八卦姬從口袋中掏出一串大樂透彩券，發夢般地端詳著。

最好買彩券是一種解決方案，宋良韻忍不住哼哼冷笑，畢竟她連續槓龜了好幾期，連兩百元都中不了，玩刮刮樂運氣好時不過回本而已。每一次發財夢幻滅時，她都會想起林道儒，為了符合社會的標準而去做不適合自己的事情：「這些人為什麼可以這麼認份啊？」

「呿，老娘一個晚上賺到的錢，她是要開幾期課？別說出來見笑了。」八卦姬依舊在對皮皮老師嗤之以鼻，但這句話說完就沒底氣了，上回她的店老闆要求小姐們穿知名女子高校制服攬客，卻弄巧成拙鬧上新聞，還被政論節目翻騰了好幾天，不得不拉鐵捲門避風頭個把月。現在八卦姬也是回家吃自己，不時涎著臉敲其他姐妹找頭路，就算如何大話當年勇，錢也不會從天上掉下來。

沉默了半晌，宋良韻嘆道：「怎麼辦啊……」

「唉，誰知道？該去拜拜補財庫囉。」八卦姬也跟著嘆道。

講到補財庫，宋良韻瞬間眼睛一亮，這麼重要的事情，她居然這當口才想到，但她不忘提醒八卦姬：「現在農曆七月欸，沒有人農曆七月去補財庫的啦。」

「離鬼門關沒幾天了，等農曆七月一結束，老娘立馬手刀衝去補財庫！」

× × ×

農曆七月以颱風假做句點，風雨過後是無比晴朗的初秋豔陽天，都市人的生活步調也迅速回歸常軌，唯有路肩傾倒的行道樹與成堆的枯枝落葉，標記了這個城市的傷痕。

宋良韻的手機行事曆跳出「找老師補財庫」的提醒，此時林瑋書也要去和出版社編輯討論下一階段的工作，兩名女生一起出門下樓，在互道晚點見後，林瑋書卻停下腳步，有些欲言又止。

「怎麼了嗎？」宋良韻踢開車輪邊的樹枝，奮力將速克達拔出車陣。

「我覺得 Tiffany 怪怪的。」

「那傢伙什麼時候不奇怪？塞給我一罐香水一盒巧克力，就要我繼續忍受無用男賴在這，真是夠會打如意算盤。」宋良韻擰著眉毛，心想若不是自己這三個月來沒班可上，害怕房租水電少了個分母，不然她早就翻臉了。

「不是包養爛男人的問題，雖然那的確又刷新了我三觀的下限。」林瑋書眼珠子轉了轉，努力擠出貼切的形容詞：「Tiffany 變得非常愛乾淨，以前東西都亂丟，現在除了東西都收進房間外，每天還要用掃地機器人打掃……不對，愛乾淨是好事，但她這幾天常常自言自語，講自言自語也很奇怪，很像是在跟人對話。」

「她講電話還是跟無用男做得太大聲，你就直接敲門靠北她，不用跟她客氣。」

「不是不是，她都是在男人出門時才這樣。」林瑋書皺著眉頭問道：「Tiffany 認真想要生小孩嗎？她的口氣像是在跟小孩子講話。」

「她才沒有——」宋良韻想也不想就答話，但話到一半，忽然腦中轟了一聲，不祥的預感瞬間襲上心頭：「靠！你不要嚇死我！」

「你你你……你這樣才嚇我吧！」林瑋書捧住心口倒退一步。

「不不不瑋書——」宋良韻一把抓住林瑋書的手腕，慌張得東張西望，幾乎是語不成聲地說：「這、這種的我不行……我要搬家，我要立刻退租！啊，不，不行，瑋書你立刻陪我去廟裡找老師！」

「良韻你冷靜點，別這樣！」林瑋書完全沒料到她要去辦正經事之前，室友們居然接二連三起肖：「我等一下要去出版社談案子，這個工作很重要，真的不能陪你去，而且……而且我也沒在拜拜的啊。」

「嗄?!你沒在拜拜？」宋良韻的表情，簡直像林瑋書宣告自己是外星人，馬上就要搭乘飛碟前往火星出任務一樣。

「對，所以可以先放我走嗎？這個案子真的很重要，我不能遲到。」

「不、不、不！瑋書你不知道，Tiffany 她、她那是在養——」

「Stop，停！不要說——」

林瑋書一閃神，才發現當她吶喊出來的時候，眼前的人不是宋良韻，而是被自己嚇到畏縮起來的出版社編輯。

只聽編輯吞吞吐吐地說：「瑋、瑋書，真的很對不起，雖然你不想聽，但我還是得說——現在寫前面兩個章節的寫手，總共只動了三千字，然後他跟我說，他沒辦法寫下去了！有大概兩萬五千字的篇幅，真的需要你幫忙……」

「抱歉抱歉，該說對不起的是我，剛剛我真的嚇傻了。」

林瑋書額際都是汗，她慌忙撩了撩被機車安全帽壓扁的瀏海，原本她是要去搭捷運的，但宋良韻死活不放開她，於是兩個人像連體嬰一樣跨上速克達，但出版社的編輯會議總不能讓無關人等亂入，好說歹說，宋良韻終於妥協在隔壁超商等待。

「瑋書對不起啊，這次截稿時間真的非常緊，連我自己都皮皮剉。」

「可是前面的採訪我都沒跟到，真的不能掛保證能在兩星期就寫完，有沒有現成的參考資料？」

和鏡像反射一樣，林瑋書看著編輯越來越緊張，自己也腦袋一團亂，眼前還殘留著宋良韻顫抖著哀求的模樣。幾十分鐘前在公寓樓下，宋良韻嚷著，就算林瑋書眼前非得工作不可，也拜託讓她當跟班與馱獸，忙完後陪她一起去廟裡見老師，並賭咒發誓只要林瑋書點頭，日後她也會二話不說照辦林瑋書一個要求。

時間緊迫下，林瑋書不得不妥協於宋良韻，而接案的工期談判不能放水，討價還價到最後，編輯終於同意將截稿日放寬到三個星期後。

「以後要換寫手早點說，這樣臨危受命，我也接得很惶恐啊。」

「好說、好說，瑋書，萬事拜託了。」

離開出版社會議室時，林瑋書不自覺地嘆了一口氣：「如果養小鬼的話，它會幫忙寫稿嗎？」

「你說什麼?!」不料編輯臉色大變，手上的資料文件灑了一地：「瑋書別開這麼恐怖的玩笑，這可不是鬧著玩的！」

道歉不迭的林瑋書，連忙彎下腰去幫忙撿拾，也驚訝這麼多人談鬼色變。她不禁懷疑，到底是包藏怎樣的心思，才會假借這些既玄且幻的通靈之術來損人利己？世界上最可怕的，莫過於人。

10 送神

「你朋友不願意上來嗎？」

「啊，對……老師不好意思，我朋友她……她有些苦衷。」宋良韻吃了一驚，自己還沒有向老師提起林瑋書陪自己到了這棟大樓的大廳，一看到這間神壇與勘輿命理的聯名招牌，硬起脾氣就是不肯上樓，並撂話說既然宋良韻發誓要依她一件事，那件事她已經有答案了，就是容她奉陪到此為止。

「應該跟她家長輩有關吧？這也不好強求。」

老師這麼一說，宋良韻更吃驚了，她們在電梯廳拉拉扯扯，監視器會拍下來，但兩人來到玄關門外的騎樓下，林瑋書才低聲告訴她原由：「我媽年輕時去算命，對方說她命好但身體不好，恐怕會早死，要她出錢做什麼儀式改命格，把她嚇傻了，所以從小她就對我們姐弟倆耳提面命，不准我們去算命。」

「無妨，你這朋友是好人家的小孩，挺正派的。」老師白淨的臉孔上露出了笑，順手推了推紅色的粗框眼鏡，年紀向五十靠邊的男人穿戴這種風格跳躍的單品，九成九看起來十足突兀，但掛在老師臉上就顯得親切又年輕：「往後你還有事情仰仗人家，但也不要太過，把人家的家人捲進來。」

宋良韻震驚得有點胃痛，上一次和林道儒在動物園見面，正值她焦慮的高峰期，在闔家出來踏青郊遊的人潮中，身畔是拿著自拍棒與相機的大人們、興奮尖叫的小孩子，與眼眶泛紅的她完全格格不入。在火傘高張的非洲動物區，別人指著柵欄內的動物拍照打卡，煩惱如何將自己與長頸鹿放在同一個畫面中，宋良韻不禁悲從中來，心想林道儒是何苦，周遭其他人都這麼正向有活力，他為什麼要約一個如喪考妣的女人出來玩？

那一次約會慘烈到宋良韻不願意回想，看她臉色一陣青一陣白，老師收起笑容，正色道：「你如果有煩心的事情，先問自己本分有沒有盡到，有事瞞著別人，還想跟對方深交是行不通的，加上你現在小人小鬼纏身，那樣別說財庫補不起來，今年年底你的命途還會非常凶險。」

至此宋良韻再也忍不住，對天公、祭壇上的觀世音菩薩敬香後，便和老師傾訴起這兩、三個月來，自己是如何流年不利。先是警方大規模掃黃讓養生館卸了招牌，小姐們大難臨頭各自飛，為了不讓大經紀人用高額儲蓄險綁死自己，她撤銷了保單，自此被打入冷宮不聞不問，想轉行創業卻都不得其門而入；現在最令她毛骨悚然的是，室友 Tiffany 竟然還招了小鬼進家門，不知是安著什麼心——公寓租約尚餘半年，在這青黃不接的時刻，宋良韻沒有堅強到能再次忍受被房東趕出去，重新開始找房、看屋、搬家、遮遮掩掩過日子的輪迴。

老師一面聆聽，臉色益發凝重。終於宋良韻交代完來龍去脈，端起茶杯解口渴，老師以手指敲著太陽穴，緩緩開口了：「你的事太多，我們得一件一件處理。你的八字輕，無論小鬼的主人求的事和你有沒有關係，你們只要靠近，都是個大凶……」

×　×　×

「雖然醫生不准我喝酒，但我今晚就是想要自我毀滅啊——」

在人聲鼎沸的吃到飽火鍋店中，林瑋書舉著生啤酒杯，仰頭灌下最後一滴。

「還沒開鍋耶，你不要這樣喝啦！」

一旁的小黑連忙搶過林瑋書的酒杯，對座留了側邊打薄超短髮、有一雙三白眼且身材鍛鍊得相當精實的中性女子，一邊攪拌著火鍋料沾醬，一邊感嘆：「本刊的酒國女帝復活了，我得趕快通知林道儒來觀禮。」

「易嵐海，你敢當報馬仔，我就把鴛鴦鍋變成麻辣鍋，讓你坐上馬桶就彈射！」林瑋書拿起湯杓，做勢要將紅白兩種湯頭混在一起。

「好，我們就來互相傷害！我開直播好了，大家一起做見證。」易嵐海拿起手機，做勢將鏡頭對準林瑋書。

「明明都不是唸新聞系的，大學畢業後竟然都去跑新聞，最後還進同一家公司。」小黑咕了一聲，將高麗菜推進湯鍋中：「真看不懂你們這兩個高中時的冤家，感情到底是好還是不好。」

「當然不好啊，這傢伙跳槽來本刊的兩星期前，我就登出了，都是為了躲她啦～」林瑋書已經酒氣上臉，完全進入閨蜜聚會模式：「易嵐海跟我弟的感情才好，以前她還收過我弟的情書、被告白呢。」

「啊哈，林道儒做過這麼青春洋溢的事喔？」小黑噗嗤笑了出來。

「都十幾年前的事情了，提來幹嘛？」易嵐海笑著搖頭：「只有那個呆瓜看不出我是蕾絲，他真的很容易喜歡上姐姐的朋友。」

「他前女友就不是我朋友啊～」

「以前高中有髮禁，是不是規定女生的髮型不能推上打薄啊？那時每個女生都清湯掛麵，單純的小男生怎麼可能分辨得出來。」

「欸，今天不是來談我的少女時代吧？」易嵐海打住自己與林家姐弟的陳年往事，將話題拉回林瑋書身上：「你在我們的群組裡面大崩潰，所以今晚大家排除萬難，開火鍋會陪你喝一杯，顧名思義只喝一杯，快講你到底怎麼了？」

「我受不了了，我要出國！工作還是念書都可以——」

「等等，你應該先說最近到底發生什麼事……」

林瑋書覺得整個故事真的太長了，光是前情提要自己如何搬進八大行業小姐群聚的分租公寓，解釋室友們的人際關係時，鴛鴦鍋就沸騰不已。小黑從旁補充各種誇張事件，等談到Tiffany經營海外線歸來後，除了依舊離不開爛男人，一些生活習慣大逆轉的跡象，疑似是請了小鬼回家養，此時易嵐海已經請服務生上第二輪肉片。

「你有看到她做法用血餵小鬼嗎？」

「你在我們吃鴨血時講這個？」

林瑋書和小黑滿臉斜線地盯著易嵐海，前者搖頭嘆息：「沒有，我一點也不想看到那種畫面。」後者則是敲碗問：「你是怎麼知道這種事的？小鬼到底是怎麼請來的啊？」

「我跑政治線這幾年，看過不少想上位的政治人物，他們信怪力亂神的可多了。」

易嵐海灌了一口碳酸飲料，談起在這樣信仰架構下的有心人士，凡是打聽到哪裡有不幸冤死或意外死亡的小孩子時，就會前往事故現場做法，將魂魄收到桃木中，等待日後「有緣人」將它們請走。而此道中人更謠傳，死因越離奇、越悽慘的小孩子，變成小鬼養起來最是靈驗且使命必達，但若惹它們生氣而施術者又壓制不住時，那報應也是凶險無比，輕則生病破財、重則死於非命。

「天哪！好毛喔！有夠恐怖的！」小黑瞪大眼，嘴中嘶嘶作聲：「什麼人會想養這種東西啊?!」

「就……想賺快錢的、想拉幫結派的、想賣弄神通的，事業多多少少有些黑的成分。」易嵐海將一顆魚餃塞進嘴裡：「不是有句成語叫『五鬼搬運』嗎？這五鬼可是有名字的，還有大老闆會特別去求五鬼運財符來貼，號稱這樣可以數鈔票到手軟，但是別問我去哪裡求，我沒在信這個，聽別人講過就忘記了。」

「除了這個，還會叫小鬼幹嘛？」

「打探情報或是偷東西之類的，總之都不是正派的事。」

「例如？」

「滿抽象的，像是作弄人，偷走別人的財富運氣或健康，陷害對方遇到不幸，必須破財消災什麼的。」

「這種程度幹嘛拜託鬼？我前上司就是一把能手啦～」林瑋書用力嚼著霜降牛肉，不屑地擺擺手：「那個攔胡我的採訪、還到總編面前亂告狀的老混蛋，動不動就把兩、三個小時的採訪錄音檔丟給我，要我打逐字稿，而且他都故意挑我下班前交辦，截稿時間押在隔天一大早！弄得我不得不熬夜，他還唬濫這種要求在他的時代不算什麼，狂貼我草莓族的標籤，然後又挑剔逐字稿太口語化，扯什麼雜誌稿要典雅，不能採用！」

「瑋書你麥來亂，氣氛都被你破壞了啦。」小黑捶打著林瑋書的肩膀，迫不及待要易嵐海繼續講下去：「然後呢？然後呢？怎麼確定小鬼講的話是真的？」

「那是因為我們不碰這些，所以會懷疑；但在這套信仰體系的人，就一定會信。」易嵐海攤手說：「瑋書剛才不是講了，那個叫 Tiffany 的酒店妹，吃飯時都會多擺一副餐具，又買了很多小孩子的玩具嗎？原本是個很髒亂的人，忽然變得有潔癖，甚至買了打掃機器人，那是為了隱藏小鬼的腳印，所以地板上不能有灰塵，甚至傳說一旦讓小鬼的形跡露餡，小鬼就會生氣反噬飼主……總之，就是信到當旁邊有個隱形的小孩子啊。」

「天哪，這真的超級毛！」

「等一下，小鬼既然是小孩子的靈魂，為什麼他們覺得小孩子能辦到那些莫名其妙的事？」林瑋書不知何時又叫來一杯生啤酒，一口喝了三分之一：「小孩子的生活不是就吃睡玩，放學回來寫功課，寫完功課就出去打球或看個卡通，不乖時就要好好教育嗎？」

「你當小鬼是你弟啊？」小黑一個大爆笑，伸手去搶奪林瑋書的酒杯：「你什麼時候把這杯搬運來的？別鬧了，不准喝～」

「以前我媽都叫我照顧我弟，除了教他寫作業，我還陪他玩扯鈴、打羽毛球，他感冒了我還把運動飲料兌水加熱給他喝呢。」

「啊哈哈哈哈，有瑋書這種姐姐，小鬼就會變得跟林道儒一樣啦！」

「對啊，那就天下太平囉。」小黑說笑歸說笑，仍不掩擔憂：「但會養小鬼的，鐵定不是安這種心。Tiffany 她……到底是在幹什麼害人的勾當啊？」

「是不是？看到室友幹出這種好事，我能不喝酒嗎？」

「酒鬼不要找藉口。」小黑用力阻止林瑋書繼續灌酒：「你要怎麼辦，搬家嗎？」

林瑋書捏緊了拳頭：「我才安頓下來幾個月耶，手上還有書約的特急件，實在很不想為了這種事情再搬家，但我真的受夠 Tiffany 和無用男了。」

「好樣兒的，你都不會怕嗎？」小黑一臉不可置信：「是我的話，絕對越快閃人越好，這種太邪門了，我光聽就雞皮疙瘩掉滿地。」

「如果有人該搬走，那也是他們，不是我。」

「你心臟未免太大顆了吧？人搬走了，但小鬼還在啊。」

「那倒不見得，飼主必須把小鬼的牌位隨身帶走，隨便拋棄小鬼不供養，是嫌命太長嗎？」易嵐海將一把金針菇灑進湯鍋裡面：「但如果飼主要小鬼監視公寓裡面的什麼人，小鬼的確還會回來。」

小黑臉色都刷白了：「這畫面太可怕，嚇死寶寶了！」

「對吧？發生這種事，報警也沒用，通常會請專業的來處理。」易嵐海聳聳肩，將煮熟的蛋餃夾到林瑋書碗裡，「話說回來，有辦法叫他們搬走嗎？」

「就是沒辦法，所以我才在這邊喝酒啊！」

「你信不信養小鬼那套先擺一邊，繼續跟這些人攪和在一起，鐵定有其他你意想不到的麻煩找上門，每天光是應付這些就要起肖了，何況你現在身體這麼虛，還一直心煩，別說怎麼東山再起，人都要被搞垮了。」分析完林瑋書的處境，易嵐海也與小黑做出相同結論：「真的別怕麻煩，搬走比較好。」

「又要搬去哪啊……」

小黑小心翼翼地問：「都這個地步了，你不回家住嗎？」

「我自由慣了，不能忍受家人在旁邊哪壺不開提哪壺，一直逼相親逼國考的。」林瑋書垂下眼，盯著碗裡的蛋餃，低聲說：「而且我在外面住了七、八年，我爸媽也分房睡了七、八年，我的房間現在全部都是我爸的東西。之前他們以為……呃，連我都以為我要結婚，那間房間就給我爸用剛好，現在我搬回去，老爸是要睡哪裡？去睡我弟房間嗎？等我弟受訓結束後，又要擠去哪裡？」

「還真是家家有本難唸的經呢。」小黑認同地點點頭：「這時要慶幸我家房間比較多嗎？小時候我媽就一直抱怨我爸會打呼，害她都睡不好，大概是我上國中時，我爸媽就分房睡了。」

「話說回來，你也可以繼續在台灣接案養病，要住哪裡再說，為什麼把目標訂在出國？」易嵐海的三白眼對上林瑋書的瞳孔：「不准講冠冕堂皇的答案。」

「這一年發生太多事了，我想要……徹底換個環境——重新開始。」

「為什麼？具體一點。」

「生病被前任『放捨』，訂了婚又退婚，我當然很氣他，在我最需要支持的時候，居然跑得比誰都快。但……家人的態度，才真的讓我心寒到極點。」微醺的林瑋書像被易嵐海的眼神刺穿一樣，停頓了好一會兒，才緩緩地說：「雖然他們沒直接講問題出在我，但那些『如果』，數不清的『如果』……如果我不那麼拚事業、如果我不熬夜寫稿、如果我去當公務員、如果我不吃垃圾食物、如果我早點嫁出去，就不會三十出頭身體垮掉，卻沒有男人來負責了。」

易嵐海與小黑盯著林瑋書，忽然覺得原本就重口味的火鍋湯底，變得更鹹。

「平常我才不會鳥他們，只是在吊點滴動彈不得的時候，我竟然會忍不住去想，我如果這樣、我如果那樣——但如果我真的照他們的話去做，我就不是我自己了。」林瑋書虛弱地笑著：「努力了這麼久，最後連週刊的工作都不得不放棄，我明明意志很堅定，為什麼我的身體卻背叛我？」

「你壓力太大了……」小黑怯怯地接話：「別把自己逼得這麼緊？」

「嘴巴上講很容易，現實卻做不到啊。」林瑋書搖晃著啤酒杯，自嘲地表示醫生交代她，若想要養好身體，就別將過去的事看得太重，即使無法把那些不甘心歸零，起碼也先維持現狀，才有機會重建自己，「這些日子來，我的室友們就親身示範給我看，現狀只會越維持越糟糕，越不選擇就越沒得選擇，最後就被現狀逼到死角……所以我想到一個全然陌生的地方，進修也好、工作也好，總之讓自己忙到沒空被過去糾纏——這就是為什麼我想出國，如何？夠蠢吧？」

「的確，只有夠蠢的傻瓜，才能夠這麼拿得起、放得下。」易嵐海緊繃的神情舒張開來，臉上也露出笑容：「不管是申請打工度假，還是一般工作簽證、學生簽證，我認識的人起碼準備半年起跳，有些有全職工作的，搞了好幾年的都有，你要拚明年出國的話，現在就要開始看資料，弄履歷和作品集了。」

「我回去就來找間清靜的套房，拚明年夏天出國。」

小黑咋舌：「瑋書你還真果斷。」

「哪有果斷？就跟你開工作室一樣，喊了這麼多年，最後是和老闆吵到撕破臉，你才真的丟辭呈去創業。」

「這麼說也是啦。」

「對吧？」林瑋書長吁一口氣：「如果我結婚或是繼續待在前東家，大概一輩子都不可能去國外闖蕩了。人生苦短、自由難得，想做什麼就努力試試看，不要留下遺憾。」

「好，今晚特別准你喝不只一杯，戒酒是明天的事。」易嵐海舉起飲料杯敬林瑋書，並對小黑保證：「我會負責送她回去。」

「今天不醉不歸！」

×××

宋良韻騎車經過巷子口時，水煎包攤已經開始刷洗煎檯，她雖然沒吃晚餐，卻覺得一點胃口也沒有，新的護身符掛在手提包上晃蕩著，老師指點了她破解小鬼小人的方法，也要求她守口如瓶，以免被小鬼聽去這番布置。補完財庫末了，老師告訴她：「前兩個星期，薇薇來我這送嬰靈。」

「什麼？那個男蟲把她肚子搞大了，讓她去人流嗎！」

「那倒不是，他們分手好一陣子了。」老師嘆了一口氣：「是被客人偷拔套。」

「等等，她不是上岸去賣化妝品了?!據說業績還不差呢。」宋良韻簡直三觀碎裂，她印象中的薇薇，是個積極樂觀又正向的好女孩，最喜歡聊的話題是「未來要做什麼」，宋良韻總說讓她再想想，薇薇則眼睛發亮地說，希望可以做個能幫助更多人的職業，「她有缺成這樣？缺到要回來？缺到接 S ？缺到接不戴套的？」

「她被前男友捲走不少錢，剩下的都拿去投資直銷了，賺回來的也只是打平而已。」老師不勝唏噓地說：「要說被錢逼緊，那倒也沒有，但她愛賺錢啊！可能都破處交男友，也就沒差了，只是沒想到會被客人偷拔套。」

「既然沒有被錢逼緊，那為什麼——」

「她說要存錢做縮胃手術，讓自己更瘦更漂亮。」

宋良韻怎麼也沒法把老師口中的人，和兩年前諄諄告誡她快速減肥準沒好事，強拉著她上健身房、找教練排課程的薇薇連起來。

「其實她本質還是好的，她說要去學易經學算命，未來幫助別人，只是沒有神佛照應，凡人洩露天機，是要承擔他人業障的。何況她現在還沒濟世，就已經造殺業了……」

老師說著，宋良韻也聽著，她與薇薇曾經站在同一個起點上，都是處女下海、堅決不接S、說好要互相照應的。只是薇薇的特別，也沒能在染缸裡站穩腳步，人魚公主好不容易上了岸，卻無法適應腳踏實地的生活，為了賺快錢又回到海中。

轉眼間來到公寓樓下，宋良韻望著黑漆漆的陽臺，屋子裡想必一個人也沒有，Tiffany 豢養的小鬼是否徘徊在那片黑暗中？停好速克達的宋良韻握緊護身符，她印象很深刻，在她第一次踏入酒店上班那一晚，從頭到腳的化妝打扮都被酒店幹部嫌棄到不行，Tiffany 大嘆一口氣，從自己的化妝盒中拿出粉餅和腮紅，粗魯地在她臉上撲撲打打。

看著公寓的大門，就像來到酒店第一檯客人的包廂門前一樣，宋良韻躊躇著不敢進去。當時 Tiffany 又是大嘆一口氣，一個箭步上前推開門，亂舞的光暈和煙酒香水味一起衝出包廂，夜店快歌的節奏震耳欲聾，一瞬間，臭著臉的 Tiffany 倏地掛起職業的魅笑，幾名上空的小姐正在秀舞，飛揚的秀髮、扭動的腰肢、甩動的乳房，宋良韻的靈魂沒有跟上自己的肉體，Tiffany 已經拉著她穿過裸女舞群，一屁股坐上沙發，算是幫她進帳了第一筆檯錢。

宋良韻怔怔站在門口，如同怔怔瞧著桌面上的各種藥丸，酒店經紀在面試的時候告訴她，現在警察抽風緊，酒店也不喜歡接嗑 K 他命的「K 桌」、吃搖頭丸的「搖桌」，如果經紀人說話算話，那她眼前的是什麼玩意呢？一名酒店少爺事後在休息室外告訴她：「等客人都嗑ㄎㄧㄤ了，你趁整理檯面時把藥收走，不無小補。」宋良韻傻頭傻腦地問能補什麼？少爺曖昧地笑了：「補財庫啊。」

把普拿疼當糖果吃的 Tiffany，嗑起其他的藥也很兇，不是不怕死，簡直怕死得不夠快。Tiffany 看到宋良韻皺眉頭，還會冷笑：「這圈子本身就是個毒，你怕什麼？」

站在夜風中的宋良韻，完全懂 Tiffany 在說什麼，只要碰過八大行業，哪怕不深、哪怕戒了，這個圈子的手段和觀念依舊會深植在骨髓裡，只要在岸上遇到困難，本能就會召喚人回到海中，但她不自覺把期待加諸在薇薇身上，所以格外失望和痛心。

「好難過……我想吐——」

宋良韻猛一回頭，巷口的路燈下，林瑋書腳步虛浮，歪歪倒倒地倚靠在一名身材精實、衣著中性的女子身側，那女子奮力架著她，確保兩人的行經路線不會變成S形，「撐著點，不准吐在這，也不准吐在我身上！你說你住前面吧？」

「哇靠，瑋書你怎麼喝成這樣？」宋良韻連忙上前，而她與易嵐海那雙犀利的三白眼對上時，不禁後頸一凜：「不好意思，你是……」

「易嵐海，這酒鬼的高中同學。」易嵐海向宋良韻頷首致意：「你好，你是她室友吧？不好意思，能幫我們開門嗎？」

宋良韻領著兩人上樓，心中有點忐忑，怕得倒不是小鬼，畢竟人多壯膽，但易嵐海的眼神彷彿洞穿了她，彷彿發現了什麼祕密一樣。宋良韻將鑰匙插入鎖孔，卻發現公寓的門只是帶上，沒有反鎖。

「有人在嗎？」宋良韻呼叫，但沒人回應。

「要脫鞋吧？打擾了。」易嵐海讓林瑋書靠在牆邊，才蹲下去解開自己的馬汀靴，順便幫林瑋書拉開帆布鞋的鞋帶，「你不要彎腰，直接把鞋子踢掉——廁所在哪裡？」

順著宋良韻手指的方向，易嵐海連忙扶著林瑋書進屋，宋良韻脫鞋時，忽然覺得不太對勁，除了易嵐海的馬汀靴，舉目所及都是女鞋，無用男威廉的鞋子全部消失了，宋良韻一路打開燈，發現客廳地板上掉了好幾隻洗乾淨的男性舊襪子。

廁所裡的林瑋書無暇他顧，正專心地翻腸倒胃。易嵐海背對廁所，目光停在林瑋書房間門板上的工業金屬樂團海報，發現宋良韻在打量自己，便露出友善的笑容，「我跟她在高中班上原本不同掛，是因為都愛聽樂團，才變成換帖的。」

「喔。」

「放心好了，林道儒的音樂品味很中庸，不像我們這麼偏激。」

「欸——」宋良韻碰地一聲撞上碗櫥，把裡頭的茶具碗盤震得匡噹響，她自忖藏得很好，連朝夕相處的林瑋書也渾然不知。

「唉呀，你還好吧？」

「你怎麼知道——」一眼冒金星的宋良韻差點衝口喊出「你怎麼知道我喜歡他」，好在最後關頭想起林瑋書就在旁邊，才把話硬生生截住了。

易嵐海沒料到宋良韻反應這麼激烈，一時間慌了手腳，指著地上一件男性汗衫，試圖轉移話題：「誰的衣服掉在那邊啊？」

地上不只一件男性汗衫，還有好幾件無用男威廉睡覺時穿的舊T卹，一路綿延到Tiffany敞開的房間門口，憑著客廳餐廳的燈光向裡望，Tiffany房間像歷經九級大地震，衣服化妝品散落一地，沒電的掃地機器人卡在其中，化妝鏡與穿衣鏡都被砸得粉碎。

「這是……闖空門嗎?!」易嵐海立刻掏出手機，打算報警。

「等一下！」看到易嵐海按下一一〇，宋良韻本能反應地喝止：「先別找警察，先打電話給 Tiffany 吧？說不定他們只是吵架——」

「不，報警。」面容憔悴的林瑋書從廁所走出來，語氣卻是無比堅定。

11 不同的人

雖然宋良韻非常不樂見條子進入公寓蒐證，但命理老師的小人小鬼破解密法言猶在耳，就是「交由身邊貴人出面化解」。老師指出這位貴人的特徵，是宋良韻所有朋友中人生觀、價值觀、世界觀最端正的，小人小鬼之事交給這位貴人掌理，必能逢凶化吉。而宋良韻與易嵐海素昧平生，這種狗屁倒灶的鳥事也不能向林道儒啟齒，眼前條件吻合的人選，莫過林瑋書了。

在林瑋書報警與通知 Tiffany 的當下，宋良韻回房清點財物，無用男威廉逃得匆促，沒來得及撬開她或林瑋書的房門順手牽羊，唯一的苦主 Tiffany 得向警方舉證自己被偷了哪些貴重財物。

好不容易 Tiffany 接起手機，當下她正像穿花蝴蝶，在酒店裡四處轉檯賺大錢，一聽到林瑋書吐出「警察」二字，立刻裝酒醉掛斷電話。這招耍得了林瑋書，但騙不過宋良韻，眼前不過十二點多，小姐們如果午夜兩點前醉倒，可是會被酒店扣檯錢的，出道甚早的 Tiffany 絕對不會犯這種基本錯誤。

然而 Tiffany 的電話一直轉接語音信箱，訊息也不讀不回，林瑋書和宋良韻無計可施，易嵐海死馬當活馬醫，拿過林瑋書的手機拍了張照片，傳給 Tiffany：「你的房間被毀成這樣，不怕看不見的好朋友生氣？」

三人正在和剛登門的警察說明狀況時，Tiffany 就像被施了召喚魔法般瞬間現身。「誰讓條子進來的?!」只見 Tiffany 一陣風般衝進公寓，眼妝口紅糊成一團，她大口大口喘著粗氣，目眥欲裂地輪流瞪視每個人，一連串國罵三字經脫口而出，音量連警車汽笛都難以望其項背：「髒東西，滾！通通給我滾出去！」

「小姐你嘴巴放乾淨點喔。」員警臉色一沉：「你想被告毀謗還是妨礙公務？」

「怎樣?!條子了不起喔？老娘今天又沒嗑藥，你想拿老娘怎樣——」

「糟糕囉。」

宋良韻按住額頭，易嵐海與林瑋書交換一個苦澀的眼神，在大家因 Tiffany 挑釁警察而被帶進警局驗尿前，總要提醒她先把竊盜事件做個了斷。林瑋書一臉不情願，拍拍 Tiffany 的肩膀，低聲說：「別吵了，你要不要先進房間看看？威廉是不是……嗯，是不是把你的那個……那個守護靈的東西——」

「你！」表情猙獰的Tiffany猛一回眸，她的瞳孔變成極度恐慌的漩渦，流轉著驚愕、焦慮、徬徨與痛苦，彷彿要把道破她心事的林瑋書吸進深淵，「你怎麼知道？」

「待會再說，你快去。」

Tiffany臉上一陣青一陣白，越試圖咬緊牙關，上下顎卻抖個不停。目睹Tiffany對小鬼的極端怖畏反應，林瑋書也不禁辭窮，三秒的沉默後，Tiffany倏地轉身竄進亂成一團的房間內，開始東翻西找。

即便Tiffany的神情與行為十分異常，三人還是慶幸，終於找到和她溝通的關鍵字，正以為懸著的心可以稍稍放下時，一名面露凶光的歐巴桑忽然從背後冒出來——

「這是怎麼回事？你們在搞什麼！」

「房東太太——」宋良韻花容失色，倒彈了一公尺。

「宋小姐，你給我說清楚、講明白，你們大半夜把整棟樓的人都吵醒，是在搞什麼飛機？」房東太太漲紅了臉，咄咄逼人地靠近：「我才踏進門，就聞到滿屋子酒臭味，那個鬼吼鬼叫的女生是哪來的神經病？『今天沒嗑藥』又是怎樣？我可不記得我有把房子租給她！旁邊這兩個又是誰？那個當護士的女生呢？你到底招了什麼人進我家?!」

林瑋書很想糾正房東太太，精神狀況不穩定是精神病，不是神經病。但當Tiffany發現自己的名牌包、3C產品與首飾全都不翼而飛，放著玩具童裝的供養神壇也被威廉搗毀時，抓狂到想立刻做法下降頭、讓小鬼去索命，原本揪著宋良韻肩頭厲聲質問的房東太太，嚇得當場哭出來，跪求警察趕快把這群現行犯都抓去吃牢飯，Tiffany回嗆自己信什麼又沒犯法，誰再囉唆就詛咒誰，無奈的員警一邊請求支援，一邊拚命將兩人隔開，林瑋書忽然有些迷茫，究竟是她瘋了？還是這個世界瘋了？

折騰了半天，一行人在左鄰右舍點亮的燈光與竊竊私語中，浩浩蕩蕩地進了警局。

根據巷口監視器拍攝到的出入時間，宋良韻、林瑋書一同出門，在樓下拉扯一番後，一起坐上宋良韻的機車離開，Tiffany則晚了三小時左右才出門上班，又過了一小時左右，威廉背著鼓鼓的大背包，一手提著西裝袋、另一手拖著一個大行李箱，肩膀上還掛著好幾個國際名牌的大紙袋，倉皇跑出公寓到巷口搭計程車，又過了幾個小時，才是宋良韻騎摩托車回來，以及她與林瑋書、易嵐海在樓下會合，然後結伴進入公寓，三人都沒有與威廉通聯的紀錄或教唆犯案的動機，基本上已經排除嫌疑。

「妹妹你們也太不小心了吧？租房子都沒有挑一下室友喔？」

負責為三人做筆錄的中年警察，熟練地泡了一壺碧螺春，不斷向林瑋書與易嵐海勸茶，殷勤地幫她們斟滿小茶盅。宋良韻估計這名條子會這麼客氣，除了三個人不吵不鬧、有問必答外，多半是看在兩張知名媒體週刊記者證的份上，別人進偵訊室，她們坐會客室，還又是茶水又是點心的。

「我沒住這邊，是聚會完送朋友回家，才掃到颱風尾的。」易嵐海聳聳肩，以手勢示意中年警察自己不抽煙，但對方若想「呼吸」一下，大可自便。

「我不知道室友在搞這種……」

「嘖嘖嘖，妹妹你都當記者了，還沒看社會新聞噢？」中年警察瞪大眼睛，吐著煙圈說：「租房子小心點啊，不要看都是女生就沒戒心，這種做八大的喔，唉，都很亂的啦！很多偷錢吸毒樣樣來的，那個養魔神仔的你是不怕喔？」

「我跑財金的，還真的很少看社會新聞呢。」林瑋書苦笑著搖頭：「大哥，我們什麼時候可以回家？」

「竊盜是公訴罪，這做完筆錄要移送地檢署的，你們一定要等那兩個啦。」

眾人的目光飄向在會客室外，偵訊室中一把鼻涕一把眼淚的房東太太偕同禿頭的老公，與豁出去大鬧的 Tiffany 吵得天翻地覆，Tiffany 以一對二，絲毫不落下風，年輕的值班員警完全鎮不住這群刁民，只能掛著一張結屎臉在旁邊嘆氣。

「這菜鳥搞不定喔？跟婊子廢話這麼多幹嘛?!」中年警察將煙按熄在煙灰缸中，皺著眉頭咕噥：「你們先坐著，我去去就回。」

三人正好奇中年警察有什麼調停妙招，只聽砰地一聲巨響，中年警察一記重拳擂在桌上，對 Tiffany 大聲咆哮：「閉嘴！婊子裝活老百姓啊——」

林瑋書睏得在椅子上睡著了，易嵐海默默拿出手機，開始回覆排山倒海的訊息，宋良韻歪頭沉思，如果自己不是三個多月沒上班，不化妝又做便服打扮，沖淡了一些風塵味，加上兩個握有輿論公器的朋友陪在身側，她就不會坐在會客室裡面喝茶吃餅乾，而是和 Tiffany 一起在偵訊室內被怒吼喝斥。

被嫖客、房東與警察飆國罵稱「婊子」，宋良韻可以淡定，下班從養生館走出來時挨路人白眼，她也習以為常，這些道德魔人的狂吠與歧視，比起她面對愛情的自卑感，根本算不了什麼。

回想那個在動物園的炎熱午後，宋良韻與林道儒離開企鵝館，按照原定計畫去搭貓空纜車，到山頂咖啡館等待落日。宋良韻相信林道儒已經察覺到自己在強顏歡笑，這些日子以來，重操舊業沒個譜，另找頭路又四處碰壁，她茫然地看著纜車下方的樹叢和塔柱，嚅囁地問：

「你為什麼要找我出來玩？」

纜車中還有其他人，林道儒有些尷尬，半晌才擠出一句話：「怎麼問這個？」

宋良韻不敢坦白「我卡在海與岸之間」，她希望林道儒可以諒解自己，卻又擔心言明真相會讓他轉身逃走，雖然她大可撩落去賭這個男人是例外，但太多過來人姐妹就是盲信愛情而被傷透心。出門赴約前宋良韻還在糾結，用力說服自己這樣的戀愛自己根本無福消受，宅在家登入線上遊戲聊天室，不要跟任何人實際見面接觸，保持安全距離談個網戀，或許才是最適合她的感情模式。

「你幹嘛約我這種女生呢……」

「還在煩惱找工作的事嗎？」林道儒小心翼翼地問。

「不是。」

「其實你可以告訴我，你有什麼煩惱——」

「你不懂啦！」

宋良韻過激的反應讓同纜車的遊客都傻眼了，大家隨即把目光埋進手機螢幕裡，或是不自然地緊盯著窗外風景，卻都豎起耳朵等待這個僵局的下一步。

林道儒不說話了，這份沉默一直持續至纜車到站。宋良韻覺得自己真是天字第一號大笨蛋，明明繼續坐在回返纜車中直接下山，就不用面對眼前的尷尬場面，但她的腳已經沾了地，隨著人潮出了站，這當兒才想到可以落跑實在為時晚矣。

看著刻意和自己保持距離的宋良韻，林道儒停下腳步，低聲說：「前幾天，我差點就退訓了。」

「啥?!」山頂的風很大，宋良韻不自覺地湊上前，「你說什麼？」

「我差點就去申請退訓了。」

「咦？為什麼?!」

「前幾天我在實習站哨勤務時，有個一線四的巡佐竟然當著我的面，揪著吸毒的流鶯去撞牆。」

「怎麼可以！我是說，那個巡佐為什麼——吸毒的流鶯哪裡惹到他了？」

「沒有，他純粹就是心情不爽，要找個人發洩。」

「這……你沒阻止他？」

「這種在地方上待了十幾年的巡佐，基本上已經是地頭蛇了，他們不求升官也不會調職，連局長都不太敢動他們。」林道儒垂著眼睛說：「那個巡佐很清楚這點，又吃定嗑藥的流鶯沒本事告他，只要不把人打殘打死就行，所以……」

聽到同行被警察打，宋良韻有些激動過頭，她吞了口口水，心想正常的女生接下來應該要嬌喊「打女人的根本人渣」，或者是「再怎樣都不能使用暴力」，但她卻喊不出來，因為她完全明白這巡佐的邏輯，而她也很擅長搬弄這一套。

例如有一次，一名形象如巨嬰的客人來養生館選妃，二話不說就伸手擰了宋良韻的乳頭一把，她反手一巴掌，重重賞了巨嬰客一記耳光。「我媽都沒打過我……我要客訴！」巨嬰客驚嚇過度，淚眼汪汪地扶著臉頰，把高堂老母都搬出來了。

「講啊講啊你去講啊！什麼叫禮貌你沒學過啊?!」年輕貌美好上檯的宋良韻，從來不怕得罪這類又孬又奧的懶叫，甚至能打跑一個是一個：「你說你媽沒打過你?!我就代替你媽來教訓你！」

巨嬰客哭著跑走後，仍然一肚子火的宋良韻，回頭對負責攬客的行政小弟拍桌大發飆：「這種沒禮貌的媽寶屌你也去拉？拉了還推給我？拜託好不好，你是有多缺業績？這種媽寶屌的你也要賺！拉一支屌都是兩百元，你是不會拉正常一點的？是不是涼圓在包廂裡給他整死了、被他幹死了、還是讓他氣死了，你再拿這兩百元給我包白包?!」

宋良韻荒謬地笑起來，她又找到一個不能和林道儒談戀愛的理由，這傢伙竟然看到暴力場面就畏縮，還真是溫室養出來的嫩草，「所以你就想退訓？這麼怕看別人動手動腳?!」

「的確很怕。」

「又不是打你，怕什麼？」

「比起被打，我更怕的是，這是一個沒有回頭路的工作。」見宋良韻一臉迷惑，林道儒連忙解釋：「不只要和這樣的前輩共事，還得見人說人話、見鬼說鬼話，在這樣的環境裡待一輩子，我很害怕有一天，我也會變成那個巡佐。」

「這——」

「這樣講有點奇怪，但我希望有人幫我記得這件事。」林道儒搔了搔臉頰：「最後雖然打好了退訓申請書，還是沒有送出去，畢竟我需要一份穩定的工作和薪水，就算我不能改變這種文化……不管怎樣，我絕對不要變成自己討厭的那種人。」

宋良韻不可置信地盯著林道儒，夕陽讓這個男人的側臉亮得像是在燃燒，她在黑暗的世界中不斷追尋，拚命靠近一個微渺的光點，那個光點原來是一把火炬，純淨而溫暖，就在她伸手可及之處——

「這、這麼重要的決心……不，這麼重要的事情，你只告訴我嗎？」宋良韻覺得自己根本語無倫次：「你沒有跟瑋書討論看看？」

「這是該去驚動姐姐的事嗎？」換成林道儒荒謬地笑了：「找她講也太怪了，這單純是我對工作的抱怨。」

「你講得這麼認真，才不像單純的抱怨呢！」

「你懂我的意思啦。」林道儒轉身，靠著人行道旁的欄杆眺望落日：「小韻是直腸子的人，也分擔了我的煩惱，如果小韻在煩惱什麼事，可以告訴我啊。」

「那個……」

一陣大風將宋良韻的遮陽帽颳得飛上天際，她的白色雪紡上衣染上了晚霞的顏色，山頂咖啡館的燈光亮了起來，林道儒沒有網戀達人那套油嘴滑舌的功夫，也絕非言情小說霸道總裁的材料，或許還有一千零一個不能和他談戀愛的理由，但他的溫柔直直貫穿她的心，宋良韻忽然感到眼角有些溼熱，急忙伸手去抹，卻驚覺自己碰到了一條河，河道改變了，水卻源源不絕地湧出。

「你、你怎麼了?!」

「對不起，我——」宋良韻的完整句型是「對不起，我之前說謊」，或者是「對不起，我沒勇氣改變自己」，太多詞彙與情緒在喉頭連環追撞，她完全卡住了。

「幹嘛道歉？」林道儒整個慌了手腳：「你的帽子——啊，掉到那裡了！」

「不，不用管那個了……」宋良韻用力地搖頭，一步一步地往後退：「對不起——我、我不是你想的那種……我沒辦法——我要回去了。」

在宋良韻發足狂奔向纜車站時，林道儒似乎在她背後喊了什麼，但那些聲音就和記憶一起被夜風颳走了。等她失魂落魄地倒在家中床上時，發現有兩通林道儒的未接來電，以及一段很長的訊息，問她今天到底是什麼理由不開心，她不知道要怎麼回，所以不敢接聽也不敢多看。

嗣後又過了好幾天，宋良韻終於鼓起勇氣傳訊息給林道儒，怯怯地問他近來可好？林道儒閒話家常幾句，但回覆的速度變慢了，不再追問動物園那天的事情，也停止邀約宋良韻去週末約會。雖然這令她悵然若失，但現在也不是悠閒去約會的時候，房東太太下了最後通牒，要她們在一星期內通通搬出去。

×　×　×

深呼吸一口氣，宋良韻從房間裡探頭出來，想請教全能極限搬家王林瑋書的意見：「瑋書，你是怎麼決定什麼東西要留，什麼東西要丟啊？」

不過林瑋書也正為了打包忙得不可開交，同時要分出心神，阻止圖謀她寶貴藏書的換帖，而沒聽到宋良韻問了她什麼，「易嵐海——誰准你拿走《總統的親戚》的？那本已經絕版了耶！」

「是誰剛剛跟我說，這個書架上的可以隨便我挑？」易嵐海拿起一本厚重的磚塊書，輕輕敲在林瑋書頭上：「而且你也不想想，前天是誰照顧醉得東倒西歪的你，還半夜陪你去警察局做筆錄的？人要懂得感恩，OK？」

「……你也算案件的目擊證人，一定要去的好嗎？」

「拜託，我身為一個良民，不知帶了誰的賽，居然大半夜被抓去警局做筆錄，不能睡覺就算了，還得忍受肖婆們發癲一整晚。」易嵐海壞笑著：「要補償我的精神損失，起碼該送我這一本吧。」

「不准碰《The Long Hard Road Out of Hell》！誰拿走那本我就殺掉誰！」

宋良韻搖搖頭退回房間，搬遷整理百廢待舉，她的鬱悶實在太需要一個出口，她拿起手機，將觸手可及的雜物拍照上傳，以茲證明搬家真辛苦，並請朋友們一起來鑑定哪些東西該丟該留。

要不是搬家前的大整頓，向來以節儉自豪的宋良韻，絕不會發現自己在賃居兩年的公寓裡面，囤積了這麼多衣服鞋子和各種不知所謂的家當。

將近二十雙高跟鞋，有的只穿過一、二次甚至沒穿過，就被她嫌不合腳或是不好搭衣服，而塵封在房間的各個角落。擠得像沙丁魚罐頭的抽屜及衣櫃裡面，不少網拍買回來的漂亮衣服，連塑膠包膜都沒拆開，更多的是只穿過一次的熱褲、迷你裙、連身洋裝，有些還搭配了長項鍊或其他亮晶晶的首飾，就這樣掛在衣櫃的橫竿上沒再動過。

這些不會再穿的衣服鞋包帶走麻煩、丟掉可惜，讓宋良韻一個頭兩個大。更別提歷年節慶小姐們玩交換禮物，她得到的床頭熔岩燈、標籤印章製作機、低週波肩頸按摩器、DIY指甲彩繪光療套組等一堆尚未開箱的時髦玩意兒，拉哩拉雜疊在牆角長灰塵。而全新的卡通圖案鬆餅機、獨身貴族小電鍋、電子巧克力起司鍋與一人份果菜榨汁機，讓宋良韻懷疑自己究竟是神經搭錯線，還是太渴望品味生活，不然明明是個老吃外食的「老外」，怎麼會買這麼多食物調理電器？

宋良韻發呆間，手機忽然連番震動，她猛一回神，一群姐妹還有朋友的朋友，在她的搬家出清物品相簿底下蓋起留言摩天樓——

「鬆餅機！多少錢(*゜▽゜)」

「第四張照片那套上衣和第六張的裙子我想收~(✪ｖ✪)」

「鬆餅機晚一步orz……巧克力起司鍋還沒人搶吧？」

「我要小清新涼鞋(、・ω・)賣我賣我~」

「第一張照片洋裝尺寸？還有其他款嗎？」

居然有這麼多人來搶讓自己沒輒的家當，宋良韻有些意外，不過能夠把用不到的東西出清變現，也是一樁美事。除了回覆網友留言，說明出貨匯款細節，她從抽屜衣櫃裡面撈出更多的衣服鞋包，一一拍照上傳。

不知道忙了多久，林瑋書與易嵐海來敲門：「我們要去吃飯，良韻要一起來嗎？」

「我現在很忙，你們先吃。」

「搬家加油啊。」手上抱著一疊書的易嵐海環伺了宋良韻的房間一圈，點頭道：「肖婆房東要你們一個星期內搬走，現在不去看房，會來不及喔。」

「喔，好。」

「不要給人家壓力啦。」林瑋書擂了易嵐海一拳，「生命會自己找到出路。」

「上帝七天創造世界，凡人七天搞定搬家就算神蹟囉。」易嵐海吁了一口氣，走向玄關換鞋：「要不要叫林道儒來支援前線？」

「叫他幹嘛？等我搬好再跟他講。」林瑋書直接否決這個提議，也跟著去穿鞋：「現在告訴他，不就等於要跟我爸媽交代我為什麼又要搬家?!我沒力氣應付老人家，就算你跟我弟感情超~級~好，也不可以漏口風，不然我唯你是問——」

「是、是，我最怕本刊酒國女帝生氣了。」

「少來了，易嵐海大情聖，你以為我不知道你都教我弟怎麼把妹？」

「噢，你不知道的事情可多了。」

兩個高中時代的換帖吵吵鬧鬧地出門去，宋良韻鬆了一口氣，手頭上繼續忙碌，讓自己暫時忘卻心累的感覺。

12 重逢

從對講機螢幕中，看到拖著一卡皮箱來借住的宋良韻，林瑋書有些五味雜陳，既然下定決心要拚隔年出國念書，她需要一個清靜單純的環境好好準備，但轉念一想，是她堅持報警處理無用男威廉的竊盜案，案件進入司法程序，Tiffany也無法透過酒店的人際圈私了，然而公事公辦的後遺症，就是所有人的隱私都被翻出來公開檢視。房東太太無法接受自己名下的房產有八大行業小姐與鬼魂棲息，不由分說要她們在一星期內通通滾出去。

雖然再次搬家對林瑋書而言勢在必行，但讓人魚公主們的分租公寓就此土崩瓦解，卻不是她的本願。林瑋書是三人中唯一在七天內完成看屋、簽約、收拾、搬遷的，不肯放生爛男人而自食惡果的Tiffany也就罷了，但對在自己最低潮時伸出援手的宋良韻，林瑋書總是過意不去，若能給她幾天方便，在良心上也好過一點。

「嗨～瑋書，這麼快就整理好啦？」

「紙箱收得差不多了，但是清潔用品都還沒買呢。」

六、七坪大的單人套房進門後基本上一覽無遺，一張工作桌兼餐桌配兩張椅子，旁邊是一張單人床，衣櫃與書櫃靠牆壁擺放，中間留了一塊空地讓宋良韻打地鋪，林瑋書盡職地做了生活機能導覽，自己把哪些物品收納到何處，想要喝水上廁所丟垃圾怎麼處理。

「你只帶這個皮箱來？」看到宋良韻的行囊簡便至此，林瑋書頗為詫異：「你把其他家當都賣光了？」

「哪有可能，才賣了四分之一或五分之一吧？剩下的我先租了個人倉庫放著，接下來就一邊找房子，一邊整理囉。」

按照命理老師的指示，宋良韻借林瑋書之手來斬斷小人小鬼的糾纏，運氣似乎真的有觸底反彈。這幾天她的二手舊貨拍賣生意不錯，與買家聯繫交涉之餘，都在做商品拍照建檔、包裝寄送和開發新的拍賣社群，宋良韻人忙得團團轉，累到一躺平就秒速入睡，醒來後看到戶頭不斷有小額現金進帳，不只心情踏實又有成就感，精神上也一掃陰霾，整個人顯得神清氣爽。

「很厲害啊！這樣已經賣掉不少東西了。」

「對啊！我覺得我眼光不錯耶，原本以為二手的衣服鞋子不好賣，想不到一 po 上網就被人訂走，然後我把相簿轉貼到地方型的出清社群，就不用付拍賣網站的上架費！雖然我不像專業 show girl 那麼會擺姿勢，但有實際試穿的照片真的很重要——」

宋良韻滔滔不絕地分享自己做網拍的訣竅，原本以為搞網拍很困難，想不到實際動手執行，竟然越做越有心得。現在她瀏覽成衣販售網站，不像以前只把商品放進購物車，而是花時間取經對方如何寫介紹文案，並琢磨可以下哪些關鍵字，更容易觸及買家。

林瑋書聽著，心想宋良韻變得積極正向許多，看來已經走出被大經紀人冷凍的陰影，或許接下來她累積更多成績後，就能乘著這勢頭從八大行業抽身，找到自己的下一步。林瑋書打開小冰箱，拿出兩罐水果啤酒：「恭喜你啦。要不要一起喝一杯，慶祝一下？」

「謝了，不過我不愛喝酒，我喜歡喝有奶味又甜甜的飲料。」宋良韻吐了一下舌頭，笑道：「瑋書你不是在養病？不是應該戒酒嗎？」

「欸，你怎麼跟易嵐海講一樣的話？」

「我之前就很好奇，你跟那個拉子是什麼關係啊？」宋良韻嘿嘿笑起來，她的八大行業姐妹們九成九情場失落，不愛為自己一擲千金的恩客，偏偏瘋狂迷戀拿自己皮肉錢去拈花惹草的爛人，加上在包廂中看遍雄性動物發春的各種醜態，不少小姐寧可和女人在一起，女女情侶越來越多。

「就高中時代結下的孽緣啊。」林瑋書一邊搖頭，噗地一聲拉開水果啤酒易開罐：「以前我們在班上不同掛，本來沒講過幾次話。有一天我翹掉第八節課，去追一個北歐重金屬樂團，想不到翻牆時遇到那傢伙，她居然也要去同一場演唱會，我們才熟起來的。」

「哇～和帥Ｔ一起去演唱會！這在女校不是要被粉絲團亂刀分屍了？」

「看過那傢伙為了握到樂團主唱的手，穿著制服爬上前排欄杆，還從欄杆上倒栽蔥摔下去，裙子整個翻起來，臉上掛著兩道鼻血也不擦的樣子，你就會對她免疫了。」

宋良韻想起那些前檯光鮮亮麗的小姐們，在休息室則像屍體一樣，東倒西歪倚在沙發上玩手遊，或是在包牌簽彩券，做著一夕致富的發財夢，有的明明被幹部搜過身沒帶藥，卻起肖把吸飽經血的衛生棉貼在廁所牆壁上，胡扯這樣可以防止蚊子叮人，「所以你在她面前也不計形象，當個抓兔子酒鬼？」

「沒錯，尤其讀過女校後，就會發現再正再帥再有氣質的女生，都有讓人幻滅的一面，所以我們需要死黨，那種能包容我們各種蠢相和壞習慣的死黨。」林瑋書笑著啜了一口啤酒：「這時就要佩服我的好弟弟了！後來易嵐海到我家借書，第一次遇到我弟，亂聊了一些我完全想不起來的話題，我弟居然寫了一封文情並茂的情書，等她來還書時告白，我真的超好奇的，國三小男生是怎麼被年紀比他大的女漢子煞到？但我弟死都不告訴我。」

「還有這回事喔？」宋良韻想起易嵐海那雙洞穿人心的三白眼，不禁笑得有些僵硬：「他們倆很熟嗎？」

「告白後才變熟的。」林瑋書又灌了一口啤酒：「易嵐海後來成為我弟的戀愛顧問，專門幫忙出主意追女生，幸好我弟的火候沒那傢伙的十分之一，不然就要禍國殃民了。」

「哈，我弟絕對不會告訴家人這種事。」

「是喔，都沒聽你說過你弟弟的事情，你只講過你家有三個小孩。」

「我上面一個姐姐，下面一個弟弟，但我爸媽離婚兩年多後，我老家被拍賣，那年還好我考上科大，我弟去讀住校的高中，我姐則是老早就離開家了，跟他們大概有一百年沒見面沒聯繫，總之一筆爛帳，不提也罷。」宋良韻聳聳肩，轉身去開自己的行李箱：「都九月中旬了還這麼熱，我想要先去洗澡，可以吧？」

「喔，好，請便。」

宋良韻甩著毛巾走進浴室，林瑋書正擔心自己是不是不小心踩紅線了，宋良韻的手機忽然響了起來，嚇得她差點打翻啤酒罐，只見來電顯示是「媽媽」。

「你媽打電話來——」

「幫我按靜音，不要接。」

林瑋書依言不接，按下靜音後，手機螢幕上跳出宋良韻媽媽的超長訊息——

「寶貝，媽媽右腿內側有一個蜂窩性組織炎，醫師說要儘快開刀不然會變成敗血症，這樣會有生命危險，不得已請你匯一萬元，我會請醫生安排開刀。我也希望開刀時有人陪，但現在只希望有錢去醫院開刀。寶貝女兒請你匯款，剛我有去查未匯。」

「良韻，你媽……」

「說要開刀來借錢是不是？」宋良韻在浴室裡，完全沒看到訊息內容竟也未卜先知：「你幫我回，等我跟人借。」

「可、可以嗎？」

「幫個忙，不然她會一直打來。」

林瑋書代為回傳訊息不到一分鐘，宋良韻的媽媽又來訊了——

「你之前賺的錢都去哪裡了？我命不好經常住院，可能是老了也很無奈，我只希望你不要被騙。」

「我媽又回了什麼？」宋良韻關掉淋浴間的水龍頭，趁抹沐浴乳時更新母親索討孝親費的話術，林瑋書很不情願地唸了一遍，這些字句讓她的臉頰微血管都充血了。

「好意思問我賺的錢都去哪裡了?!瑋書你幫我回——」宋良韻吸一口氣，劈哩啪啦地說道：「你又知道我賺多少？我還學貸還健保租房子處理一切有花過你一毛錢沒有？如果你都幫不了我，只會一直來要錢，又有什麼立場管我的錢怎麼來怎麼去？難道把錢給你就留得住？不要笑死我了！」

「……這太長了，你洗完澡自己回啦。」

梳洗完畢的宋良韻頭上包著吸水巾，一邊滑手機，一邊對林瑋書抱怨：「這是我媽這個月來，跟我要的第三個一萬元。」

「三萬元……現在才月中耶，一般人被要成這樣，早就吃土了。」林瑋書正在記帳與更新接案進度表，聽到半個月的孝親費就要三萬元，不由得腦袋一恍。

「以我的年紀，如果不是賺八大行業的，根本供養不起我媽。」宋良韻坐在椅子上哼哼冷笑，似乎在與媽媽用訊息脣槍舌劍：「我媽還在逼問我，之前賺的錢都到哪裡去了？拜託，關她什麼事，難道她希望我回答『都存著等你來花』嗎？她明明曉得那是親生女兒的皮肉錢。」

「既然都知道了，還這樣苦苦相逼？」

「一萬元我怎麼沒有？我只是想知道，我說為了她向人借錢，她會不會有一點點愧疚感？」宋良韻呿了一聲：「看樣子是完全沒有，我的運氣真是背到不可思議，這種八點檔的極品老媽，居然是我的親娘！」

「好吧，我真的不知道該說什麼了。」

「瑋書，你有看過網路上轉貼的孤獨等級量表吧？」

「有啊，不過分幾級我忘了。」

「總之最孤獨的那一級，是一個人住院動手術——我都沒告訴我媽，她女兒也是一個人住院動手術。」宋良韻回憶起幾年前，自己做胃繞道手術以及後續清創時，一個人在醫院接尿袋，大經紀人來電問她要不要叫個小弟來供她差遣，她駭異地婉拒了，牆角有線電視重播的萬年連續劇，以及隔壁床位病人留下來的過季時尚雜誌，都比一個非親非故又滿臉不耐煩的小弟，能更有效地代謝掉她的寂寞，「我媽知道女兒出去賣，似乎還在暗爽：『太好了，可以多要點錢！』如果我爸是擺爛不打怪的殭屍帳號，我媽就是專扯後腿的豬隊友。」

「……那你要怎麼辦？」

「唉，既然我從她肚子裡鑽出來，就當付錢養她到進棺材，都算我的義務好了。」宋良韻嘆了一口長長的氣：「瑋書，這附近有ＡＴＭ或便利商店吧？」

「很晚了耶，你確定現在要去匯款？」

「抱歉，我都過美國時間的生活，平常這時候夜晚才剛開始呢。」宋良韻心想自己第一天來借住，總要尊重屋主：「你要睡了嗎？那我明天再去好了。」

打地舖總比躺彈簧床難睡，宋良韻打著哈欠從個人倉庫中走出來，外頭是秋分的中午，日光直射赤道，白晝與黑夜的時數幾乎相等，是一年中少數達成各種平衡的節氣，簡直和林瑋書的作息一模一樣。

林瑋書總是在股匯市開盤前一小時起床，吃早餐的同時，一邊研究美股走勢和重要期貨指標，開始一天的寫稿與案主聯繫工作，通常在收盤時去電訪問金融機構的研究員，快速為單篇財經投資外稿做收尾。用過簡單的午餐後，便打開 YouTube，以重音嘶吼的樂團當背景音樂，進行出版社書約的寫作，全神貫注到晚餐時間，她才出門採買或是做個運動，晚上則在讀英文財金媒體，或是看無字幕影集，不只做筆記背單字，還找了檢定考題庫來寫，宵夜偶爾喝點小酒，便準時上床睡覺，比以前住分租公寓時還用功勤奮，讓宋良韻很懷疑自己是不是跟在衝刺大學聯考的考生同居。

對此林瑋書解釋，自己要一面存錢、一面準備什麼留學考試，進一步取得蝦米碗糕學位，來為履歷表燙金，這些專有名詞太複雜了，宋良韻總是左耳進右耳出，只知道林瑋書工作狂中毒，想把自己弄成一尊奧斯卡小金人，好給世界五百大企業下血本爭奪。

但林瑋書如此規律克己的起居模式，給人不小的壓迫感，這幾天下來，宋良韻在林瑋書的小套房裡賴不了床也待不住，索性跑去個人倉庫做整理和出貨，也多虧生活習慣大轉變，讓她體驗到什麼叫「早起的鳥兒有蟲吃」。

當宋良韻縮短回覆間距，在白天網友清醒時完成交涉，出清物品就更順利了。她經常提著大包小袋去郵局寄件，個人倉庫比當初租用時空了三分之一，小黑得知她的網拍生意做得這麼風風火火，語氣頗為認真地想請她為自己的工作室做倉儲整頓，並且另闢網路商城開源，只是要按件分潤還是算時薪一時間難以抉擇，宋良韻表示自己樂觀其成，在小黑拿定主意前，自己還是先專心處理家當和看房子。

不少網友詢問宋良韻能不能面交，有的甚至在私訊中大讚她好漂亮，希望能跟她見面喝點東西。這些甜言蜜語哄得她飄飄然，但她擔心被跟蹤狂勞點之流的怪胎纏上，除了調查清楚去寄貨的郵局沒有勞點的蹤影外，不認識的人要求面交，她一律推託「不方便」，防護得滴水不漏。

只是防得了爛桃花上身，防不了財庫漏水。宋良韻與媽媽用訊息吵了兩天架，「我養你也只是現在不得已才跟你拿，你有必要大逆不道，把親生母親講得這樣不堪入耳嗎？」媽媽連「大逆不道」四個字都搬出來了，氣得她立刻衝進便利商店用ＡＴＭ匯款，並附帶一則訊息：「我說的哪句話不是事實？錢已匯你，多保重。」

果不期然，錢一匯出媽媽就閉嘴了，宋良韻不禁羨慕，給人碎嘴幾句就能拿到一萬元，她把一件衣服形容得天花亂墜美不勝收才不過營收百來元，淨利幾十元就偷笑了，有時候甚至是賠本變現，連簡訊費用都算不過來。

在便利商店的書報架前，宋良韻喝著冰奶茶，隨手翻閱財金雜誌中的創業達人專題，做網拍真的能過活嗎？宋良韻爬了不少文章，主流媒體的報喜不報憂成功學和鄉民們的魯蛇失敗大抱怨拉鋸，兩個極端都言之成理到讓她好困惑，她站在海與岸的潮間帶張望，還是少了點勇氣毅然走回岸上。

一臺銀白色轎車的影子從眼皮下閃過，宋良韻一凜，連忙放下雜誌四處張望，卻發現整條街上到處都是銀白色的車款，每一臺都像是跟蹤狂勞點的車，但逐一比對過去，卻又都有點似是而非。

大白天想起這個變態真是晦氣，宋良韻用力搖了搖頭，不敢獨自一人折回個人倉庫，她決定先騎車回林瑋書的套房壓壓驚，下午的收納進度來日再補。

幸好一路上都沒什麼異樣，宋良韻繞路回到林瑋書的套房時，發現門口多擺了一雙男鞋，宋良韻正覺得這雙鞋頗為眼熟時，此時門一開，來應門的竟然是林道儒，她腦袋瞬間一片空白，兩人在玄關前對視了兩秒——

「是良韻吧？」林瑋書的聲音打破尷尬，「你今天好快回來，是因為郵局星期六只開到中午嗎？」

「呃、喔、對啊！個人倉庫附近的郵局星期六沒開，我早上就把照片拍完了，想說倉庫裡面也不方便寫文案，不如就回來弄。」

「這樣啊，今天多了人手，我本來想去附近的大賣場，除了買清潔用品，也可以買大盒的肉片回來做壽喜燒。」林瑋書手上拿著一張購物清單，有點困擾地咕噥：「可是我現在有一篇臨時接的短稿，今天晚上七點前就要截……」

「沒關係，我去。」「沒關係，我去！」

看到林道儒與宋良韻異口同聲搶著幫自己跑腿，林瑋書頗為詫異：「謝啦，所以你們要一起去？」

「可以啊。」林道儒面不改色地接過購物清單，看他這麼自然而然，宋良韻反而不好意思找理由推託不去了。

「剛好要買的東西真的滿多的，多點人一起去提也好。」林瑋書不知是在男女關係方面少根筋，還是心思完全放在工作上，把兩張整鈔塞給林道儒後，就秒速坐回電腦前：「錢不夠的話，回來再跟我拿喔。」

宋良韻忐忑不安地跟著林道儒下樓，出了公寓鐵門，林道儒才開口：「聽我姐說，因為Tiffany的男朋友偷東西被抓，讓房東太太氣得和你們解約？」

「嗯、啊，差不多。」

宋良韻額角冒出汗，覺得林瑋書實在講得太委婉了，但她也不曉得該跟林道儒深入到什麼程度的細節。報案之後，威廉沒有逍遙法外多久，警方追查當舖監視器與通訊軟體談話紀錄，在外縣市的汽車旅館內，找到威廉和一名狀況外的傻妹，傻妹不曉得威廉在跑路，還以為兩人正在度小蜜月。

威廉偷了Tiffany的名牌包與首飾，再銷贓變賣罪證確鑿，加上他有煙毒前科，被起訴之後無法緩刑，即使法官從輕量刑僅易科罰金，欠了一屁股債的他也不可能吐出錢來，百分之百要去吃牢飯了。

「雖然我理解房東都不想把房子租給有前科的，但她把你們倆一起趕出去，也真的很過分。」林道儒放慢腳步，與宋良韻並肩而行：「你是怎麼和Tiffany認識的？」

「啊……我們當過一個多月的同事，那時大家都在找房子，我急著要有人來分攤房租，想說既然是認識的人，也就沒有細問她男朋友是什麼來頭……」

雖然談的是Tiffany，宋良韻卻感到胃裡一陣翻騰，連室友的人際關係都不能坦承，真是快憋出病了。威廉的竊盜案佔了地方社會新聞版面一小方格，在〈銷贓百萬名牌！煙毒男蟲專騙酒店妹〉、〈吃穿全靠女友，渣男辯：她養鬼應做功德〉這些新聞標題下面，男主角「王信為（32）無業，有煙毒前科」和女主角「黃姓酒店小姐」這對反目的情侶，看起來像與宋良韻八竿子打不著的陌生人，記者以警世樣板戲的筆法，喟嘆男盜女娼不分家，總結一句歡場無真愛，市井良民交友戀愛請小心，切勿惹禍上身。

閒聊間，兩人已經抵達大賣場入口，林道儒用力拉出一臺購物車：「也是因為幫我姐搬家，我才見過Tiffany一次，那時覺得她冷冷的，講話又很嗆，不過她很大方地招呼我們，我姐說她對朋友很海派，感覺上不是壞人，但她看男人的眼光怎麼這麼糊塗？」

「一句話就是愛慕虛榮啦！Tiffany自己挖坑，還推大家一起跳，總之那傢伙很雷，根本是超級大雷包。」宋良韻看著購物清單，指示林道儒先去哪個商品區找東西：「光講她也不對，找她當室友的我也是大笨蛋一枚，弄得我現在得寄生在你姐這裡，瑋書雖然沒說什麼，但她一定也覺得我超雷的。」

「我姐沒說什麼的話，你就不要想太多。」

「不管怎樣，我還是麻煩到瑋書了。」宋良韻回想自己在分租公寓的最後三天，當時林瑋書已經搬走，Tiffany 忽然對她無比熱絡，甚至告訴她沒找到住處的話，就兩個人一起去住星級飯店，直到找到新房子為止，飯店住宿費自然由提議的人買單。但宋良韻可沒膽子和 Tiffany 以及她豢養的小鬼三人行，立馬推辭自己已經找到住處，這個邀請就心領了。

「我姐願意讓你來借住，應該也是覺得這樣心情上或精神上比較輕鬆。」林道儒無奈地笑著：「她完全不告訴家人，默默又搬家了，搬完才傳訊息給我。」

「哦喔……這樣啊。」

「雖然她把整個過程輕描淡寫帶過，但我覺得她有什麼重要的事沒講，可是去逼問她，只會讓她逃得更遠。」林道儒對比了兩種特價的洗衣粉，猶豫著要把哪一件放進推車內：「我爸媽沒什麼不好，就是嘴巴上老是咄咄逼人，弄得全家人壓力都很大，我也有樣學樣的話，不是很不上道嗎？所以還是做點實際能幫忙她的事情，譬如來賣場跑腿。」

「你還真是了解你姐呢。」宋良韻抿著嘴唇，心想這就能解釋自己獨自搭纜車下山時，林道儒打了電話又傳訊息來，卻沒有追上來。

「你不用去猜她怎麼想，她是個行動派，比起嘴巴說，她的行為更直接。」林道儒最後挑了無香味的濃縮洗衣粉，「這段時間你一定也很難熬，無論是工作還是其他事，都不要太心急，照你的步調來就好。」

「照我的步調？」宋良韻心中儲藏了關於去動物園那一天的千言萬語，但沒想到林道儒完全不追問，一句「照你的步調來就好」，讓她的煎熬都要潰堤了：「想不到你這麼會！這招是易嵐海教你的嗎？」

「咦？你也認識海姐？」林道儒有些驚訝，隨即笑道：「她是個很有風格的女生吧？眼神也很殺。」

「她不也是你的感情顧問？」

「感情顧問什麼的，是我姐亂講的吧？海姐才沒那麼無聊，她是個很直爽的大姐，跟她聊天滿有意思的。」

「不過她是拉子，哈她也沒用喔。」

「哪來的話？又不是小孩子了，怎麼會以為你喜歡對方，對方就該喜歡你？」林道儒從貨架上拿下一罐浴廁清潔劑，笑得有些愕然：「大家都是大人了，給的不是對方要的，得不到回應很正常。」

「所以大人對戀愛……就這樣？」宋良韻捏緊拳頭：「就這麼放得下？沒有一點執著？或許再靠近一點點——」

「再靠近一點點……你說 S.H.E. 的歌詞嗎？那首好像叫——」

「〈戀人未滿〉。」宋良韻心想，易嵐海沒說謊，林道儒的音樂偏好真的很中庸，讓他們可以不用再雞同鴨講下去了：「再靠近一點點，就讓你牽手。」

貨架後方傳來尖銳的一聲響，可能是某一臺沒有上油的購物車輪卡住了。

13 分歧點

有幾個男人曾向宋良韻求歡過？這是個以師團為單位的計算題，連宋良韻自己都無解，扣除打手槍的本業之外，如果每一次被客人索求口交顏射插入中出都得認真看待，她的大腦記憶體早就爆炸了。

求歡客的話術幾乎一成不變，總是「我最擅長給女人高潮」、「我也想讓你舒服」來騙小姐給更多免費殺必死，宋良韻身為一名資深槍手，從來不講眼緣不看情面，碰到出來玩不提錢的奧懶叫，她都覺得反高潮不舒服，然而即使客人提了錢，她也不會甩這筆交易。

不管是胖到令人不忍卒睹的中學時代，還是不懂打扮淪為系上邊緣人的科大時期，直到在八大行業討海的這幾年，宋良韻遇到的求歡者，都帶著要將她拆吃入腹的眼神，彷彿她是一件極易上手的玩物。

宋良韻自忖，沒談過戀愛、沒有奔向本壘的性經驗，是她最弱也最強悍的地方，她絕對不會被這些伎倆騙倒，卻也將她催化成徒具性感卻沒有情趣的女人。

宋良韻也惶恐過，自己如果到了某個無法容忍寂寞的歲數，卻仍感情空窗怎麼辦？「我乾脆花錢，找個顏值高又器大活好的男人來破處。」看到養生館休息室的姐妹們笑成一團，她急忙追加一句：「器還是不用太大好了，我怕痛。」

不曉得林道儒的器與活如何？宋良韻遇過太多 A 片成癮的客人，瘋狂蹂躪女人的胸部陰蒂，連痛和爽的叫聲都分不清楚，她拒絕他們，這種貨色不值得和她提性，更不配她的愛。早把這一切想得通透的宋良韻，現在整個人卻有點失重，她一手提著購物袋，另一手居然牽著林道儒的手，要一起回林瑋書的住處煮壽喜燒。

「那天你什麼都沒說，忽然就逃走了，我覺得到這種程度，也不敢推進了，先退回來把問題搞清楚再說。」

「你一定覺得我很機車又很難搞吧？」宋良韻盯著林道儒的側臉，心中暗罵自己在海裡待久了，腿都快變成魚尾，到岸上反而不會游了。

「在感情上遇到什麼自以為不公平的事，去理論通常不會有結果，而且別人很輕鬆就可以全盤否認，吵到最後什麼也得不到，那樣實在太蠢了。」林道儒微微一笑：「不過那天我的確有點小生氣，你要解釋清楚。」

「輕鬆全盤否認什麼的，是你前女友給你的震撼教育嗎？」

「提她幹嘛？前任不應該是ＮＧ話題嗎？」

「哈哈哈，我沒有前任，所以沒差～」宋良韻沒喝酒，腳步與笑容卻帶著微醺感，她竟然因為在大賣場中以歌詞表白，揮別了二十八年的單身歲月，怎麼想都覺得很奇幻，「講得這麼瀟灑，你真的這麼提得起、放得下？」

「我都已經承認我有點小生氣了，不夠嗎？」林道儒嘖嘖兩聲：「難道要直播我捲在被子裡哭的樣子？」

「你真的有這樣過？我是說，捲在被子裡哭？」

「別騙我你沒有過喔。」

「我不是說從以前到現在，我是說這次──唉呀！」

林瑋書的住處近在眼前，兩人止有默契地對視微笑，在姐姐面前應該先低調一點的當下，巷口忽然竄出一臺急轉彎的車，擦過林道儒右手提的購物袋，差點把他撞倒，林道儒猛地退後一步，側身護住宋良韻，駕駛隨即緊急煞車，整臺車就橫亙在兩人面前。

「搞什麼！好危險，怎麼有人這樣開車？」林道儒將購物袋放到一旁，伸手敲敲駕駛座車窗：「喂，小心點。」

「不會吧……」宋良韻神情呆滯，她從林道儒臂彎中望去，這臺衝進兩人世界的銀白色日系轎車，是她再眼熟不過的，在她喊出「快走」之前，駕駛座的車窗搖下來了——

「你是誰？」

「什麼?!」林道儒瞪大眼：「先生，我才要問你吧？你是怎麼開車的？」

「我才問你，你是涼圓小姐的誰?!」滿頭白髮、一臉怨毒的勞點，充滿皺紋的臉如醃漬物般糾結在一起，那雙小狗似的眼睛，像是在警戒侵犯主人的不速之客般，惡狠狠地瞪著林道儒。

「啥？你在說什麼?!」

「涼圓啊，這小白臉是誰？」不理狀況外的林道儒，勞點轉向宋良韻，焦急地分辯道：「千萬別被這種油頭粉面的小白臉騙了，涼圓哪，我才是真正愛你的人啊！」

「不！走開！」宋良韻六神無主地放聲尖叫：「我不認識你！」

「涼圓你……你怎麼可以這麼說？」勞點肅殺的表情整個垮了下來，他哭喪著臉打開車門，但礙於行動不便沒有下車，他顫抖著從懷中拿出一本記事本，遞到宋良韻面前：「我們從第一次見面到今天，總共有三年兩個月又十八天，還約會了五十次啊！你怎麼能說不認識我呢？」

「不！」看到那本記錄了勞點每次買春細節的記事本，宋良韻手上的購物袋啪地一聲掉在地上，她驚恐萬分地抱住林道儒的臂膀，尖叫著往他身後躲藏，「你不要過來！」

聽到這麼具體的數字，林道儒整個傻住了，「……五十次?!」

「對，你點檯過涼圓幾次？我跟涼圓約會過五十次，每次還都給她三千元，三千元的小費！」勞點氣勢洶洶地逼問林道儒：「你呢？你幫了涼圓多少？有什麼資格牽她的手？你根本只是仗著那張臉，花言巧語騙她上床吧?!」

「等一下，你說你是做餐廳外場……」林道儒沒搭理勞點，轉頭盯著緊抱自己臂膀、臉色煞白的宋良韻，不可置信地低聲道：「是那種『餐廳』……酒店嗎？」

「我跟你這種小白臉不同，涼圓說她沒配 S，我從來沒勉強過她，我是個紳士！」勞點以為林道儒被自己乾坤一擲的氣勢鎮住了，加碼從副駕駛座撈起一包東西：「涼圓最近在賣東西，你有捧她的場嗎?!你一定沒有吧？給我看清楚，這是我們第三十七次約會時，她穿的鞋子——」

「不——！」目睹勞點手上的水鑽高跟涼鞋，宋良韻完全崩潰了，她耳中嗡嗡作響，也無法量測自己的尖叫聲有多駭人。

兩年多前的跟蹤事件後，宋良韻搬家改車牌換手機號碼，勞點要預約她服務，全得透過養生館的行政小弟，勞點依舊厚著臉皮向宋良韻討新手機號碼，但用膝蓋想都知道她打死不會給。

然而宋良韻沒想到，勞點居然找到了她的臉書帳號，即使心知肚明她絕對不會加他好友，勞點卻還是默默潛水、不放過任何動態，不只申請了假帳號來搜購她的家當，甚至循著郵戳與宅配單上的寄件資訊逐漸收網，再次跟蹤她到寄住的套房樓下。

「涼圓，你千萬不要為了這種只想騙財騙色的小白臉，就不理我了～」看宋良韻拚命否認彼此的關係，勞點濕潤的狗眼睛盈滿淚水，他揮舞著那雙水鑽高跟涼鞋，急切地說道：「你需要錢，我給你、我都給你！我這麼做，都是為了你啊……」

「閉嘴！他是我男朋友——」都已經鬧到這種萬劫不復的境界了，作賤自己可以忍，羞辱林道儒不能忍，宋良韻衝上前，一雙粉拳不住往勞點身上捶打：「滾、你滾！不要再讓我看到你！」

「涼圓你怎麼……你以前對我這麼好——」

宋良韻與勞點爭吵的每一言每一語，一塊一塊補上林道儒心中所有的疑問：為何宋良韻談到她的工作時，總是支吾其詞？為何超過一季沒收入，她也沒有特別縮衣節食？為何犯罪的是 Tiffany 的男朋友，房東太太卻堅持將身為承租人的她一起趕出去？為何她會沒來由的委屈自卑，在雙方應該揭開真心的時候哭著逃走？所有細節交織起來，真相浮出檯面的這一瞬間，林道儒覺得自己也被粉碎了，一時間不知是要讓宋良韻揍勞點揍個痛快，還是要阻止她痛毆一名身心障礙者。

「你跟蹤我、騷擾我，害我要搬家，我都算了！」宋良韻出手一巴掌，將勞點的臉打轉了九十度：「今天你來撞我男朋友，我絕對不跟你罷休——」

林道儒驚覺勢頭不對，攔腰抱住宋良韻，用力將她往後拖，「夠了，不要打了！」

「噢，不會吧……」一個低微的女聲倒抽一口涼氣，高分貝的吵鬧中，反而聽得清清楚楚，三人扭頭看去，只見林瑋書握緊手機，出現在車頭燈的探照範圍內。

發現三人的目光都射向自己，林瑋書才回過神來，衝著勞點喊道：「喂！大哥，你應該還記得我吧？」

見到林瑋書，脖子歪了一邊的勞點，瞬間臉色慘白，像老鼠怕貓一般連連搖手嘶喊：「不、不、不，你、你認錯人了！」

「模範員工大哥，為了〈全民瘋國考鐵飯碗〉、〈國營事業模範員工〉專題，我們可是促膝長談過兩、三個小時呢！」林瑋書一步一步走近，朗聲說道：「您還回訊息，說這是您畢生難忘的好報導，怎麼現在失憶了？」

勞點抖著嘴唇，一雙小狗眼睛眨巴眨巴，不知在喃喃吶吶什麼，宋良韻腦袋當機地靠在林道儒懷裡，命理老師的話像夜風一般撫過耳際：「往後你還有事情仰仗人家，但也不要太過，把人家的家人捲進來。」

「模範員工大哥，錄音檔在我手上，你們公司公關的聯絡方式我也有。」林瑋書胸口劇烈起伏，看來也是強做鎮定，她在勞點面前舉起手機：「我已經將檔案備份到雲端了，你要不要答應我，現在立刻走，別再來騷擾我的朋友，我就當今天什麼都沒發生過？還是，你、很、想、上、社、會、新、聞？」

三秒的沉默後，勞點砰地一聲關上車門，發動引擎倒車出了小巷，催油門揚長而去。

目睹林瑋書脫力地按住胸口，宋良韻的耳鳴終於停了下來，這時才聽到左鄰右舍的竊竊私語，瞧見站在陽臺上窗戶邊看熱鬧的人影，林道儒默默放開了她，先將購物找的錢和收據塞進林瑋書手裡，並拾起兩個購物袋，一起交給林瑋書：「姐，很重，小心拿。」

「你們……」林瑋書的目光在林道儒與宋良韻兩人之間游移，言語和表情都卡住了。

「我沒辦法一起吃晚餐了，抱歉。」林道儒用手臂一抹臉，往巷子的另一頭快步走去，轉眼間消失在車水馬龍的暮色中。

宋良韻與林瑋書相對無語，夜風吹過來，宋良韻發現自己的耳鼻喉都堵塞了，眼裡也一片迷濛，只剩下命理老師的提示敲打著她的心，「有事瞞著別人，還想跟對方深交是……」她喃喃把後話接下去：「行不通的……」

林瑋書發現宋良韻與自己的弟弟發展出一段失速又連環追撞的戀情後，除了整理賣場購物袋時，失手打破了一瓶胡椒鹽，清掃的動作比平常笨拙外，沒有任何評論與異樣。宋良韻收拾行李的速度與林瑋書呈反比，她不知道這個晚上要寄身何處，或許是青年旅社、或許是廉價賓館，也可能是某位同行姊妹的房間，但無論如何，林瑋書這裡是待不下去了。

拖著行李箱離開時，宋良韻記得自己在哼唱〈戀人未滿〉的旋律，林瑋書在背後問：「良韻，你要去哪裡？」

宋良韻聳聳肩，都到了這步田地，她還會去哪裡？還能去哪裡？林瑋書看著她套上鞋子，半晌才想出最中性的餞別臺詞：「習慣會麻痺人，人一麻痺，就什麼都做不到了。良韻，你一定要勇敢。」

才走出林瑋書的套房，宋良韻就覺得胃繞道手術的創口在抽痛，但她無暇去管，糊里糊塗地攔了臺計程車到市中心，瞥見一間青年旅社招牌下「尚有空房」的跑馬燈，便走進去掛單癱平兩天。

雙層床位讓八個女生可以擠在一間斗室中，宋良韻耳畔繚繞著中英日韓語和廣東話，各國籍的一日室友進進出出，將床頭燈開開關關，她昏睡之餘，都在傳訊息給林道儒。從前無法說出口的祕密，至今全無保留的必要。

無論是宋良韻失能的原生家庭、被父母推出門與討債集團對罵、中學時動念想接色情電話賺錢、拚命打工窮忙的高職科大時期、老家被拍賣後家人四散、藉故性騷擾她的老闆與房東、不堪經濟壓力叩關酒店經紀、業績不佳被酒店掃地出門、改行到養生館當槍手、被鼠王剝削轉投大經紀人旗下、總算有錢去動胃繞道手術甩肉、終於能打發不斷索討孝親費的生母、物質生活改善但感情一直空窗，還有最重要的——即使可以倍速淘金，她始終堅守底限，不接吹也不接S。

自白像傾盆而下的暴雨，宋良韻努力伸手去接住那點點滴滴，全部訊息林道儒或遲或快已讀，回覆點通常在宋良韻將一個段子交代到轉折時，「嗯」、「了解」、「原來如此」、「為什麼你會選擇這麼做？」像一名溫柔的傾聽者。

最後，兩人談到了底限，林道儒的回覆變快也加長了，「是不是處女，其實無所謂。」

宋良韻瞬間屏息，約莫隔了一分鐘，林道儒的下一則訊息跳出螢幕：「我介意的是，這麼多這麼重要的事情，不是你親口告訴我，而是一個路人用如此不堪的方式讓我知道。」

「那你希望我什麼時候告訴你？怎麼告訴你？」宋良韻激動得拋出一連串問句，「去動物園時？去溜冰時？去看電影時？你約我時？你跟我交換聯絡方式的當下？還是你進公寓的那一刻？我就對你大喊『我是幫男人打手槍維生的』？」

「話不是這樣說……」

「看，你也不知道，對吧？說到底，你就是不能接受女朋友做八大？」

「我不希望你這樣解釋，我沒有這麼想。」

「那你是怎麼想的？」

「我很難過，我以為你是個沒有心機的人，也相信你告訴我的一切，結果你並沒有對我誠實。」

「對不起……我現在通通告訴你了啊！」

「抱歉，我已經不知道要相信什麼了。」

「我承認，我的問題很多，但我願意為你改變！」

這通用盡全身力量的訊息被讀取了，宋良韻揣摩，如果把這個爛故事po到PTT男女版、Dcard論壇、靠北男女友或是其他任何類似屬性的社群，鄉民網友一定會一面倒地論斷，這種奇行種女友還是快點切個乾淨，但她的心也是肉做的啊！

「我們難道不能勇敢一點嗎？」

「那天晚上的事與那個人，真的嚇到我了，我需要靜一靜，也希望你好好生活，請務必保重。」──林道儒的最後一通訊息，就到這邊為止。

「再靠近一點點，就讓你牽手……再勇敢一點點，我就跟你走……」

宋良韻重複著這段歌詞，直到她翻譯出林道儒的「保重」是分手的同義辭，隨即整個人被回憶的碎片掃射得千瘡百孔，昏暗的床鋪就像棺材，她蜷縮著身體，幻想生命隨著壁中齒輪的滴答聲響迅速流逝，這副軀體就此被失戀的悲苦風化、變成白色被褥上的一具遺骸。

然而，此時房間燈光像舞臺劇謝幕般大亮，接著一陣轟轟作響，青年旅社的櫃檯小妹拖曳著吸塵器，來進行客房清潔了。

「小姐不好意思，快要到我們的退房時間囉～」

在宋良韻萬念俱灰之際，櫃檯小妹活力充沛的嗓音格外扎耳，她翻身面向牆壁，沒好氣地說：「我要再加住一天，等一下會下去付錢，現在別吵我。」

「那個……小姐很不好意思，今天非常熱門，我們所有的床位都被預約了。」

漫無目的地鑽進一間冷氣很涼的便利商店，宋良韻在貨架間翻翻撿撿殺時間，好躲避台灣立秋後的秋老虎燥熱。時間是正午，距離夜晚還有個把小時，今天的住宿尚無著落，不過有錢就可以找新旅宿，偏偏換不得一個真心人，宋良韻哀愁地想著，但此時手機螢幕又跳出生母的借錢訊息，劈哩啪啦的訊息交鋒讓她很難繼續多愁善感，她晃到ＡＴＭ前塞進提款卡，而螢幕顯示的存款餘額，如一桶冰水兜頭淋下——

帳戶水位竟然跌破五位數大關，探底到四位數了。

「幹！怎麼可能?!」

宋良韻直接爆出粗口，她捏緊剛領出來的三千元，一連串問號像煮沸的開水泡泡，啪啪啪地從腦海中冒出，錢怎麼會不見？不是做網拍都有進帳？自己哪有花這麼多錢？明明沒申請信用卡，提款卡也一直在皮夾內，戶頭怎麼會被盜領？還是現在的網路駭客已經到防不勝防的地步了？

二十四小時銀行電話客服帶給宋良韻一個好消息、一個壞消息：好消息是她的帳戶並沒有被入侵或盜領，每一筆提領現款，或是交付給保險合約、電信公司、網路商店賣家、私人倉儲、房東或是她親生母親的錢，都是實支實付、有憑有據的，但在好消息背後，就是最恐怖的壞消息——她沒錢了。

即使銀行電話客服還在逐條核對這幾個月以來，每一筆消費與匯款是否出自宋良韻本人之手，但宋良韻已經靈魂出竅，她的思緒如急速向外海退卻的浪潮，在頃刻的空白後，恐懼的長浪已經排山倒海而來，她呆立在原地冒冷汗之際，就被絕望的大海嘯滅頂。

草草結束與銀行客服的通話，身為一名被排除在社會福利制度外，又與家庭無緣的女子，宋良韻的同性朋友全在海中載浮載沉，她的自尊心不允許自己回頭找林瑋書、小黑調頭寸，她們是她與岸上世界僅存的連結，但與林道儒談了場早夭的戀愛，已經踩到人際關係的紅線，倘若這群岸上的女性得知她閒賦四、五個月便山窮水盡，肯定從此謝謝不聯絡。

凡是碰到與錢有關的困境，宋良韻就會想起自己生命中的男人們：她那斷捨離妻小的父親、面目模糊的恩客們、侵占她皮肉錢的鼠王、彈指就能擺弄她前途的大經紀人、畸戀著她卻摧毀她幸福的勞點，以及沒有勇氣接納真正的她的林道儒……這群男人的身影被高速的意識流沖刷，最後停駐在宋良韻神經中樞的，竟是科大時期那位有窺浴癖好的房東——

「幹你娘，我就是人善給人欺，放你這種白賊精進了門，來給我乞丐趕廟公，沒錢沒錢，沒錢有衣服穿？沒錢有手機用？沒錢上得了那間學店啊?!」

某次偷窺狂房東被宋良韻逮個正著，但這老不修竟能自圓其說，硬扯他是來下最後通牒的，要宋良韻立刻結清積欠了兩個月的房租。

吵架打架宋良韻都沒在怕，偏偏貧窮就是她的罩門，沒錢便大聲不起來，偷窺狂房東小人得勢，連珠炮般噴了她滿口髒話．「幹你娘，白賊落翅仔學店畢業也沒路用啦，趁早去賣賣實際，幹你娘哩！」

這當兒回想起如此不堪的往事，宋良韻出奇地不恨偷窺狂房東，他只是用詞難聽地提醒她，這是個先笑貧、再笑娼的世界，貧窮是讓人避之唯恐不及的瘟疫，兩腿開開至少能在這個煉獄中打滾久一點。

念及此節，宋良韻忽然勇氣百倍，拿起手機撥打電話給大經紀人，宣告自己決心幹一票大的——

「把拔，你覺得初夜該賣多少錢呢？」

14 破底

「遇到好男人什麼的，就像中頭彩，人人有機會，個個沒把握嘛。至於要賺多少錢哪，倒是可以自己合計合計的。」

迷迷糊糊中，身旁的人講出「好男人」與「賺錢」兩組關鍵字，把宋良韻從極度漫長的惡夢中拉了出來。頭上是養生館剛粉刷過的天花板，身體躺的是簇新的沙發，旁邊是新面孔的姐妹同行，宋良韻發現自己的眼角帶著淚，身上裹著送洗過的大浴巾。

「實在很受不了剛剛那個奧懶叫，一直魯洨洨我說，如果我以後不幹這行了，去應徵新工作時，要是被問『你以前都在幹嘛？』你要怎麼回答？」在新一波花名錄上，照片被大修圖過，並冠上「小岑主播」稱號的新妹子，正邊嚼著便利商店買來的水果沙拉邊抱怨：「呿，少假好心了，關他什麼事？」

「什麼智障問題？」在新花名冊上被吹捧成 S 級麻豆、「暗黑版棠棠」的熟女槍手，一雙長腿高高擱在桌面上，一邊滑手機，一邊不屑地接腔：「曾經滄海難為水啊，我們一個月十幾萬都在賺的，哪會去幹那種兩三萬的爛差事？」

「這些智障奧懶叫，怎麼顧得了小頭、顧不了大頭啊？」妹子揮舞著沙拉叉，噘著嘴吐槽：「都不會想想，人不是該追求更高的層次嗎？」

「對啊，轉行要錢，還更要點機運呢。」熟女一副飽經世故的口氣，卻沒發現自己開始前言不接後語：「妹妹你以後有想幹嘛嗎？」

「我想買房，當包租婆，然後學著做點投資。」妹子的眼睛閃閃發亮，彷彿置身於一幢美輪美奐的夢幻屋中，「有了穩定收入，做什麼工作就隨便囉！」

「唉喲，現在的房子貴死啦～妹妹你加油。」熟女惋嘆道：「這一槍一槍要打到什麼時候？唉，真想找個有錢人嫁了。」

「我啊～可是外貌協會的！我男朋友一定要夠帥，不然怎麼帶得出去？」妹子將一塊水果丁塞進嘴裡，嬌嗔起來：「雖然這樣說，但我的標準其實沒有很高，長得像彭于晏或是孔劉歐巴就好！」

「哈啾、哈啾、哈啾！」宋良韻一陣冷顫，連打了三個大噴嚏，猛地坐起身。

「哇靠，涼圓你嚇死人啊?!」熟女誇張地拍著胸匍，隨即揶揄道：「看你又哭著醒來，是想到那個有錢老頭，還是那個無情的帥哥男友嗄？」

「去你的，狗嘴吐不出象牙喔？」

「真是好棒棒，涼圓姐有兩個備胎呢，我的好男人在哪啊？」妹子搗著剩下的水果沙拉，一邊開懷謬論：「這個世界就是顏值至上，明天都要死了，人是要帥死呢？還是醜死呢？再怎麼樣都是帥死好，我當然要選帥哥。」

「唉，妹妹你還年輕，帥有什麼用？錢才有用啊。我呢，當然是嫁有錢老頭哪！越老越好，他早點掛掉進棺材，我就能享受他的遺產囉。」

妹子熟女繼續聒噪不休，宋良韻翻了一個大白眼，整個人向後軟倒在沙發上，這間她新上工的養生館還在草創時期，小姐不多，靠她、妹子和熟女挑大梁，但客人們抱怨這樣玩選妃遊戲不過癮，因此生意便清淡得很，大夥兒經常待在休息室玩手機講幹話殺時間。

宋良韻撈起掉在沙發夾縫中的手機刷訊息，螢幕上的時間顯示是凌晨二點，日期則是她告別單身又隨即失戀的一個半月後。這些日子到底發生了什麼事？宋良韻不斷按下命運遙控器的退回鍵，倒帶回四十五天前的夜晚，依稀記得那時她也像現在一樣躺著，只是地點在台北城鬧區，一間暱稱為「黑道急救站」的醫院中。

向大經紀人宣告要賣掉自己的初夜後，宋良韻腎上腺素退去，忽然感覺腦血管灌進太多血漿，除了劇烈的偏頭痛，胃繞道手術縫合的肉芽組織，竟然也不給情面地抽痛起來。人在六神無主之際，肉體上的痛苦便益發難以承受，電話中大經紀人沒給宋良韻賣身的估價，倒問起她身在何方，她順著身體不舒服的勢，告訴大經紀人自己進了替道上兄弟動手術聞名的醫院。

×
×
×

在八大行業林立的修羅場上，開門做生意總會碰到一些口頭無法解決的紛爭，需要動拳頭來揚刀立威，這間被暱稱為「黑道急救站」的醫院便應運而生，數十年在此懸壺濟世，以治療刀傷、槍傷名聞遐邇。雖然數次治安掃蕩與法規修改，讓醫院幾經更迭，仍不減道上兄弟對其回春醫術的口碑。

動過胃繞道手術後，宋良韻掉體重的速度與傷口發炎程度成正比，她以為一點小病小痛不過是快速減肥的正常代價，照常排班賺錢，然而塗藥不見效，熬到高燒與冥府拔河三魂七魄之際，大經紀人旗下的小弟趕忙送她來此間急診，便一試成主顧了。

宋良韻這次回來掛號，沒發現手術縫合處有什麼異樣，多半是心浮氣躁導致血氣衰弱，但醫師似乎明瞭她鐵了心要稱病的苦衷，依舊替她安排了一張病床和點滴架。

看到大經紀人帶著當司機的小弟來到病床旁，宋良韻還是頗為詫異，闖蕩江湖到進醫院總是個晦氣，而且這裡一直是治安重點列管區域，門外時時有警察巡邏，大經紀人會支使手下來幫旗下小姐跑腿，但自己是從來不跨進來一步的。

「把拔你怎麼來了？」

小弟拉過一張椅子，讓大經紀人在宋良韻病床邊坐下：「唉，都多大的人了，還不懂得顧身體？」

「把拔不在，涼圓自己哪顧得了呢？」

「你有沒有吃東西？」

「都吊點滴了，沒胃口……」

「不吃有營養的，身體哪會好？」大經紀人扭頭交代小弟：「去買粥，叫老闆用雞湯煮，不要放油炒，蔥蒜五辛都別加。」

瞧小弟忙不迭往外跑，宋良韻噗哧笑了出來：「就說把拔不在，涼圓什麼都顧不了的。」

「馬屁精。」但千穿萬穿馬屁不穿，大經紀人嘴上平淡，眼角卻帶著魚尾笑紋，「丫頭鬧了個把月不吭聲，住院才一通電話，是當爸罩不住了？」

宋良韻心想，自己會閒賦個把月，還不是大經紀人故意把她晾在一邊，但現在是她有所求於他，先把姿態放低總不會錯，「想說把拔忙得很嘛！怕給你添麻煩呢。」

「小丫頭會臉皮薄，太陽打西邊出來囉。」大經紀人聽小弟踢踢躂躂地出了醫院大門，才提起這一趟的正幹，「幾個月沒聯絡爸，電話接起來就劈頭說要賣了，丫頭是遇上什麼大為難？不然怎麼捨得下面那層原裝？」

「一個字，窮！」宋良韻噘嘴道：「不然是胯下癢嗎？」

「窮，是有多窮？擔心爸這裡不夠你用？」大經紀人說罷，從外套內袋中拿出一個信封袋，壓在宋涼韻的靠枕下，看厚度起碼有一萬元。

誠如宋良韻預料，只要女人主動示弱，傳統大哥如大經紀人便不提前嫌，仍會對需要依靠的她展現一種霸道的溫柔，她也忽然瞭解 Tiffany 對大經紀人的諂媚，是從骨子裡渴望強勢又可靠的雄性，問題是——大經紀人是借她錢不是給她錢，他的還是他的。

拉保險的退役小姐露西說過一個故事，讓宋良韻印象深刻。一回露西去找一名大哥簽合約，有眼緣一窺大哥床頭的保險箱，裡頭塞滿一綑又一綑的十萬元現鈔，大哥清點款項時就像在玩鈔票疊疊樂，正當兩人核對合約時，大哥的愛人打著哈欠走進臥室，隨手從保險箱撈出一綑鈔票，撂話要去百貨公司周年慶血拼。

宋良韻沒有物慾深重到非去周年慶掃貨解癮不可，她只是從小窮怕了，無法再忍受一貧如洗。她相信，人經紀人是有那麼點寵著自己的，但要從寵到寵愛，再從寵愛昇華到愛，她要加的可不只一把勁。

「世上只有爸爸好～有爸的孩子像個寶～投進爸爸的懷抱，幸福享不了～」

宋良韻刻意五音不全地唱起兒歌，轉身抱住大經紀人，就算大經紀人的青春與純真已揚長而去，還是一名有妻有子、而且小孩與自己差不多歲數的老頭子，但這男人讓她在最窮愁潦倒的時刻還能保持人樣，如果他更在乎她一點，她就能超脫那些柴米油鹽醬醋茶的煩惱，勉強成為一個人了。

「別，別，這成什麼樣子？」

「離開爸爸的懷抱，幸福哪裡找～」宋良韻不放開大經紀人，反而使勁將一對乳房往他胸口上蹭。

「這樣不好說話。」大經紀人掙開宋良韻雙手，站起身說：「賣下去就沒有回頭路了，爸不希望你急著還錢，便跑去做傻事。」

「涼圓不缺錢，真說缺，也不是賣了就補得滿的。」即便沒有底氣，宋良韻總要面子，更要避免讓大經紀人疑心她在想他的錢，「只是每天替男人打手槍，還要保護自己的處女身，涼圓想不傻都難啊……」

大經紀人沉吟一會兒，開口提的卻是工作：「膩了的話，爸找個會帶人的，手把手拉你當行政。每個月有保底，多拉的都算獎金。」

宋良韻想起一次她當班閒著無聊，替養生館的行政回客兄訊息，一名客兄翻揀過花名錄，頻丟訊息問小姐的照片是不是修很大？上圍足 B 罩杯還 C 罩杯？有沒有灌水？奶子給不給吸？煩得她連字都懶得打了，改用語音訊息飆對方一頓：「吸什麼吸？你怎麼不去吸屁？老大不小了還吸奶，是多欠缺母愛啊?!」

替小姐們跑腿回來的行政急得跺腳，忙把宋良韻從電腦前推開，來不及罵她成事不足敗事有餘，就頻頻向客兄低聲下氣陪笑臉。宋良韻在旁邊幸災樂禍，直笑那名行政窮酸，拉成一個皮條不過百來元，世上精蟲衝腦的男人數以億萬計，這種魯洨屌有什麼稀罕？

「涼圓沒興趣，幹行政就是髒苦累，人家才不想和那些奧懶叫揮來揮去呢。」

「呵，什麼髒苦累，比得了你以前端盤子？」

「是嘛，端盤子髒苦累不用說，那個豬哥老闆還天天想汁我呢。」宋良韻嬌嗔著，再把話頭與眼光套回大經紀人身上：「我喜歡有格調的男人。」

大經紀人的用詞與年輕人有隔閡，不曉得「汁」還能當動詞用，自然更不明白這典故出自東洋ＡＶ，最低階的「汁男」演員連女優的身體都碰不得，只能自個兒耍光棍，來填滿影片中各種精關崩潰的鏡頭。但他估量宋良韻的水平，能扯淡的不外是意淫和性慾，也懶得逐字逐句去參透，「那你怎不找個有格調的男人嫁了？」

「上哪找？良家婦女都會被論及婚嫁的男友放生，更別說我們這些靠海維生的——把拔是捨得女兒去給人糟蹋嗎？」

「酒越陳越香，女兒倒是越養越酸啊。」

「把拔你是鼻塞了，舌頭沒嚐過，怎麼知道是酸的還是甜的？」見大經紀人不暈船，宋良韻只能幽幽微微地再接再厲：「我這種下海還守著底線的，現在也快要沒信心啦！是不是真命天子、結不結婚都無所謂了，我只要有個能夠彼此照應的男人，這要求很過分嗎？」

「涼圓自己身體都顧不好了，能照應男人什麼？」

「顧眼睛——呷幼齒顧眼睛囉。」

大經紀人的眼神飄開了，即使他沒有清心寡慾到八風吹不動，但到了現在的年歲位階，無法增值金錢和權力的性只是攝護腺排毒，稱不上其他，他留在這陪半大不小卻未經世事的女人窮抬槓，已經十足湊趣了。

「那把拔你倒是說說，你家太后——孩子的媽——是怎麼照應你呢？」

大經紀人不回話了，宋良韻忐忑起來，她不習慣沉默，一緊張就忍不住說出更多垃圾話來補白，直到小弟將熱騰騰的粥買了回來，也遞給大經紀人一碗。但大經紀人搖搖頭，抬腿走人前丟下兩句話：「回頭店裡見，爸再叫人替你物色物色。」

隔天宋良韻辦好出院手續時，小弟已經把車停在醫院門口，住處和工作在一天內有了著落，在全新裝潢的按摩店頂樓，有個閒置的鐵皮加蓋，另有個簡陋到極點的水泥牆隔間，其中有個正常人絕對不想讓屁股肉沾上的髒馬桶，陳舊的熱水器串聯小瓦斯桶，再把水管接上出水口，廁所就可權充浴室，只是屋頂風大，淋浴身體濕透之際，磚頭縫隙又灌入冷風，體魄強健的當三溫暖，體質虛寒的恐怕要打噴嚏流鼻水。

沒有採光可言的鐵皮屋內，堆棧了一堆風格混搭的家具：蒙上灰塵的巴洛克式躺椅、情趣椅、沙發椅。在龜裂的玻璃茶几上，堆放了好幾個外層塑膠袋已經發黃的枕頭，牆角有一張破損的按摩床，旁邊靠著一排生鏽的鐵皮折凳，裝上昏黃燈泡的大賣場廉價落地燈——還有一面沾著指印汙垢的大落地鏡，將這片廢墟的景象延展了一倍，看樣子這滿屋子破爛是前些日子警方大掃黃時，從各歇業店家集中過來存放的，只是搭不上現在按摩店的裝潢，便胡亂塞在這裡。

居住環境先讓宋良韻委頓一半，但初次見面的妹子才是消磨人的個中高手，只見她腳上勾著一雙散發出塑化劑氣味的廉價楔型涼鞋、倚在應該是給宋良韻睡覺的舊床墊上。

宋良韻還來不及開口叫妹子閃邊去，妹子的開場白就惹得她七竅生煙：「姐你這年紀還有處女可以賣啊？」

「關你屁事！」宋良韻額上爆出青筋：「你誰啊？在這裡幹嘛?!」

「這裡訊號強，不像下面休息室才一格，影片都跑不動。」妹子自顧自說著，同時對宋良韻按下手機快門。

「靠，是拍三小？」

「客人說他的朋友們聽到有小姐要賣初夜，在敲碗要圖呢，嘻嘻～」

「不勞你操這個心。」宋良韻一腳把行李箱踢到旁邊，她連新環境的東南西北都還沒搞清楚，別人就把她摸得透裡透，可見好事不出門、壞事傳千里，這個業界沒地方藏祕密。

「我來幫姐找買家。」妹子坐直了身體，貌似在廣發初夜特賣會資訊：「放心，我剛剛有開美肌，但圖修太多客人會機歪，拿臉書頭貼被說騙、拍仰角的也被說騙，要長輩圖那種的生活照，客人說看那種才準，很難伺候的。」

「拍照都不用問的喔？」就算嫖客愛看女人自然無防備的照片，宋良韻的自信心可沒有膨脹到認為她素顏彎腰凸肚子拖行李箱的照片，能夠刺激男人的性慾，「而且我是有拜託你喔？我有准你用那張照片嗎?!」

「姐在我這邊成交的話，公道價抽一成就好。」妹子毫不避諱自己這麼熱心拉皮條，全是看在傭金的份上，「我那客人的朋友們很凱喔，有個在深圳開工廠，另一個北京開公司，上回他們一起來店裡玩，前面已經喝過兩輪了——」

「是喔。」涉及金主，讓宋良韻按捺住火氣，沒再劈頭夾腦地罵下去，「有這種派頭，怎麼不留在酒店消費？大老遠跑來做按摩？」

「他們嫌那家酒店妹的技術不好，打不出來。」

「咗，你別給我拉那種不三不四的喔。」

宋良韻一邊翻白眼，一邊將行李箱推到屋角，雙手抱胸苦思在這個灰塵逾吋的鐵皮屋內，哪裡可以收納自己的家當。

而話說在奧懶叫排行榜上，酒客總是名列前茅，先不計較那渾身黃湯騷臭，酒客脫下褲子後九成九是一灘泥，沒幾個能亮出醉後大丈夫。睡成死人的還好應付，酒品更差的明明自己硬不起來，卻借酒裝瘋大吵大鬧，堅持要小姐把爛泥搓成神魔塔，被榨出汁才願意買單，宋良韻每回遇上酒客，大絕招就是在他們胯下抹一大把萬金油，大頭沒醒小頭也會被辣醒。

「客人說，你的話他不行。」妹子滑著手機咯咯笑：「只是他挺意外，姐你這年紀還沒破處呢。」

「他怎麼不先問我，他的話我行不行？」要不是妹子窩在房間的另一頭，距離自己有幾步遠，伸手搆不著，不然宋良韻早從她頭上巴下去了。

「也沒差，動個小手術、裝一下死魚，就可以再騙一次冤大頭啦～」妹子對識讀人類的情緒似乎有障礙，竟然從舊床墊上跳起身，興沖沖地貼近火山爆發邊緣的宋良韻：「嘻嘻，姐叫什麼？跟我換個 LINE 吧！放假時我們一起去逛街。」

「免了、免了，我忙得很。」

「你知道嗎？上次我跟朋友去逛街——」妹子低下頭，亮出頭上的緞帶髮箍，樂不可支地說道：「我好喜歡這個韓版髮箍，但是一個要四百九，我捨不得買，我朋友就把這個藏到袖子裡，拿到店外送給我，叫我千萬不要跟別人說！」

宋良韻好不容易擺脫妹子走出養生館，要載她去個人倉庫搬家當的小弟跨著三七步，一臉不耐地在騎樓下的汽車臨停區抽煙。宋良韻一肚子鳥氣無處發洩，便對著小弟耍任性：「今天不要去搬東西了，爸有沒有上去看過，那地方是給人住的喔？還有那個白目囝仔是有病嗎？到底跟我有多熟？我才不要跟那種白目囝仔搭班，有檔次都被搞到沒檔次了，叫爸幫我找其他地方！」

「大小姐，你是錢多到能嘴翹鼻翹啦？」

「欸，沒錢不是人？沒錢沒人權?!」宋良韻沒料到這嘴上無毛的小弟一句話就把自己擠兌住，即使她嘴巴不饒人，氣勢已經像消風的氣球般扁了下去，「你倒是去上面住一晚，看看會不會被灰塵嗆死？」

「頭家昨天暗時才說要找地方給你睏，你當我們郭台銘，名下有皇宮噢？夭飽吵、夭飽吵的，不住就散散去啦。」不用幫宋良韻跑腿，小弟自然是樂得省事也省心，但他可沒有涵養好到當受氣包不回嘴：「你碼知好歹，攏總二十七八，毋是十七八歲的菜鳥仔，當有多少客兄愛開老鮑？」

「哇靠，小聲點，嘴巴沒門把的呦?!」

宋良韻慌張地左顧右盼，午間的騎樓下雖然沒其他人，路上仍有別的閒人在走動，即使她替男人打手槍多年，也還是在乎社會觀感的，更令她駭異的是，才放話要販售初夜，不到二十四小時就已經搞得人盡皆知，「誰跟你說我要賣的？爸爸嗎？」

反正眼前沒別的正經事，小弟便和宋良韻閒扯起自己經手過的初夜交易。網路內容農場愛搞聳動，聲稱全球正妹都想讓大富豪來頂破處女膜，躺著一次賺進數以千萬計的鈔票，就此揮別灰姑娘人生變貴婦——小弟不屑地哼哼說，許多傻妹沒撒泡尿照照，那些初夜值千萬的女人，個個有五官深邃的臉蛋、超模的身材、頂尖的學歷或足夠的話題性，是鳳毛麟角中的鳳毛麟角，才夠格去滿足暴發戶的處女情節與馳騁的性幻想。

撇開那些中頭獎的，更多女人的初夜行情落在幾萬甚至幾千元之間，不提專上聊天室釣缺錢小女生做援助交際的窮酸嫖客，會透過掮客仲介的，多數是篤信「採陰補陽」房中術的老頭子。但不缺錢不等於樂意付錢，老頭子要看照片要指定服務還要先驗貨，甚至要小姐按劇本彩排春宮戲，靠爸靠媽的毛一樣不少。

「你這歲數開十萬盤口，不喇舌、不拍照、不多P、不肛屁眼又要戴套，哪嘸郎開錢來守這麼多規矩的？」

宋良韻越聽越覺得背脊發寒，最低成交價十萬原本是她對大經紀人隨口胡說的，不料旁人都比她更認真考究人肉市場的供需機制，敲著算盤秤斤論兩。她很清楚這筆錢對自己是救急有餘、脫貧不足，而與其說要一不作二不休，把自己的第一次標出高價，不如說是前途茫茫，又沒有良策讓大經紀人回頭關照自己，才亮出最後一張王牌，眼前卻搞得騎虎難下。

「算啦，我就一樣的尺度照舊，賺慢一點也沒差啦。」

「人是可以白賊喔？頭家支使咱們來給你找頭路，嘛嘸催你卡緊還錢，講情也講義了，你碼知好歹！」

「人家又不是不還錢，幹嘛這樣逼我？」

「誰逼你？樓碼是你起，咱沒日沒夜給你牽猴仔，你當講笑話喔？」

小弟的口氣並不凶惡，一樣是和宋良韻鬥嘴鼓的路術，但聽在宋良韻耳裡，卻像被一槌一槌打上穿心釘——從前她尺度小、擺架子、欠著些債務，大經紀人睜一隻眼閉一隻眼，這次她灰溜溜地回來求大經紀人，雙方權力的蹺蹺板更不平衡，大經紀人保護她，是在保護生財工具，但再稱手的工具終究只是工具，生不了財的工具會發生什麼事？被閒置？被轉手？被拋棄？宋良韻想都不敢想。

現實一吋一吋輾壓過來，宋良韻一步一步退讓，只是再退一步，就要從懸崖墜落萬丈深淵，這一瞬間，與鬼魅糾纏的 Tiffany、被剝削得骨頭不剩的天山童姥、生意慘淡遲早要站壁的八卦姬、貌似上岸仍靠海維生的露西、走入歧途中的歧途的薇薇……她們的人生從宋良韻腦中閃過，讓她狐疑起自己的命運遊戲，能否走出和她們不一樣的結局。

15 初夜

「男人插進來的時候……會很痛嗎？」

「嘎?!怎麼突然問這個？」

「我就不知道啊！瑋書，分享一下良家婦女的經驗嘛——」

這段對話發生在大半年之前，一個平靜不過的午後，Tiffany、威廉和天山童姥都不在家，宋良韻剛從與林道儒的互動中嘗到曖昧的酸甜，她斜躺在分租公寓客廳的沙發椅上，被穿透百葉窗的陽光曬得有點小鹿亂撞，剛好林瑋書爬格子到一段落，離開筆記型電腦走到廚房水槽旁，轉著手搖磨豆機打哈欠，窸窸窣窣的聲響混合咖啡香，宋良韻心想機不可失，一個箭步堵到廚房門口，問得林瑋書措手不及。

「你自己做過就知道了。」

「我要跟誰做？我沒交過男朋友，而且我也不想跟客人做，所以二十八歲了還是處女啊！」宋良韻繼續死纏爛打：「我去問同事，她們都笑我下海這麼久，居然還沒學會游泳——瑋書拜託啦～告訴我啦～」

拗不過宋良韻，林瑋書歪著腦袋，用力思考了半晌才擠出結論：「……不太會痛。」

「不會痛？小說上不都寫——」

「你是看哪本小說啊？小說都騙人的，尤其是言情小說。」

「哪本不重要啦，重點是那到底是什麼感覺？」

「這……好難形容啊……」

「你不是寫東西維生的嗎？怎麼會講不出來？」

林瑋書並不是極端保守派，但要她揭露自己最私密的性經驗，還是有些心理障礙，「就……都八百年前的事了，忽然要我講，我怎麼講得出來？」

「八百年前！你到底是多早啊？難不成——」

「欸欸，你聽不出來八百年是誇飾法嗎？」林瑋書尷尬地笑道：「我這年紀，好歹也交過幾個男朋友，關係到一定程度就會做那種事，有什麼好奇怪的？」

「你居然交過幾個——」宋良韻閱屌無數，卻無法和哪隻屌的主人產生想進一步的情感羈絆，忽然有一種看不到林瑋書車尾燈的挫敗感，「既然都交過幾個了，你覺得哪一任最厲害？做的時候真的會和ＡＶ一樣，欲仙欲死的嗎？」

「就算欲仙欲死過，還是有其他問題，讓我跟他們走不下去啊。」

「那……你不會捨不得?!」

「捨不得什麼？」林瑋書一怔，才領略宋良韻的意思，是指捨不得陰道被男人使用，

「噢，那倒不會。」

「為什麼不會？這樣不是什麼都沒得到，還給他們佔便宜？」宋良韻實在無法理解，頭腦聰明如林瑋書，居然能夠忍受和男人上床但什麼都沒換到，還一派沒有損失的樣子。

「因為……我壓根沒有想要跟他們換什麼。」

瞧宋良韻一臉難以置信，林瑋書搔著頭，極盡所能用最簡單的字句解釋自己的邏輯，「我會和誰做，是那個人付出感情讓我想跟他做，這是很公平的，既然是公平的，就沒有我跟誰上床是被佔便宜、他必須給我什麼做補償的道理。」

宋良韻盯著林瑋書將咖啡粉與熱水倒進法式濾壓壺，想起有一回大經紀人被太座用一籮筐家務事隔空轟炸，左邊是房子漏水害孩子沒有讀書的好環境，右邊是孩子成績不理想，考大學要請家教去補習，萬般問題不脫一帖藥，就是快往戶頭裡打錢。大經紀人掛上電話後，發現她在旁邊眨巴著水汪汪的笑眼，忍不住一句喟嘆：「海裡的女人賣陰道，岸上的女人賣

子宮，ㄚ頭你倒是悠哉得很，半點不急呢。」

「瑋書你都不會擔心，被發現不是處後，會嫁不出去嗎？」

「啥？不是處？現在是封建時代嗎?!」林瑋書瞪大眼睛：「人過青春期就會發情了，你上網查一下台灣人的平均結婚年齡，這中間有十幾年的落差，如果還要求大家婚前禁慾，大概要憋出社會問題囉。」

「如果你老公問你，你要怎麼辦？」

「唉，會讓你認為這個問題是問題，代表這個世界有很大的問題。」林瑋書像繞口令般嘀咕著，一邊把咖啡粉按到壺底，「人要是識相，就不要問自己不想知道答案的問題。既然敢問，那得到答案後也不要玻璃心碎裂。」

「嘖嘖嘖……瑋書你都不擔心，你老公會介意嗎？」

「難道被男人的精液噴到後，我身為一個人的價值就消失了？」林瑋書端起剛泡好的咖啡，看樣子是要回到電腦前繼續努力工作了，「而且沒上過床就結婚，心臟未免太大顆了吧？夫妻性生活不協調，以後可有架吵了。還有啊，我也不相信非處女不娶的傢伙，可以和我走到結婚那步。」

宋良韻經常覺得自己和林瑋書都有層人皮，卻是打從骨子裡不同的兩種生物，但就算她們的想法南轅北轍，也不曾發生口角，這樣輕鬆舒適的相處，是宋良韻從未感受的情誼。

同色羽毛的天鵝會聚在一起，林道儒與林瑋書是親姊弟，他們的腦袋是用類似的系統思考，這個想法讓宋良韻一則以喜一則以憂——喜的是在這套邏輯下，說出「是不是處女，其實無所謂」的林道儒，不該因為她替男人打手槍維生，就否定她的感情也是千金不換；憂的是，如果林道儒說的是一套場面話，骨子裡還是介意女朋友胯下的原裝，那在宋良韻的初夜賀成交後，恐怕雙方連渺如微塵的可能性都沒有了。

×　×　×

在宋良韻住進公司頂樓鐵皮屋一個星期左右，一位匿名買家透過大經紀人的系統，標下她的第一次。

探得宋良韻的成交價，妹子指天畫地嚷著這簡直天理難容：「哪個凱子有錢沒地方花，十萬塊就這樣開下去?!」

宋良韻連白眼都懶得施捨給妹子，這小賤貨想抽傭金想瘋了，這七天不斷遊說自己別再考慮，趕快跟她牽上的豬哥去開房間。然而妹子拉到的第一組客人，聽聞宋良韻的尺度與必需戴保險套的要求後，只願意三萬元打死。

「三萬元？未免太便宜了吧?!」

妹子平日一副屁孩樣，沒想到算數挺有一把手，扳著手指分析給宋良韻聽：「姐你想想，大家做一檯S，帳上都是三千塊，實際入袋兩千塊。姐你做一次三萬，我傭金絕對沒跟姐多拿，就三千塊而已，姐你實拿二萬七，抵過我們做十次不止，有什麼不划算的？」

瞧宋良韻嗤之以鼻，妹子說手上還有另一組客人競標，願意開價十萬元，只是買家人在香港出公差，這筆跨海交易必須由宋良韻獨自赴約，而且對方表明貨到付款，所有要求她都必須照單全收。

單是「獨自海外赴約」這條件，就顯得買家居心不良，「要求照單全收」更是讓她退避三舍，宋良韻心下暗罵，妹子年紀輕輕，居然已經是人肉市場的銷售高手，把一個屎缺搭配另一個超級屎的缺，兩相比較之下，屎缺就顯得不那麼屎，還讓人產生「這盤口尚可接受」的錯覺。但若稀里糊塗答應妹子牽成的生意，宋良韻損失的恐怕不是初夜，說不準整個人都要被牽去賣了。

瞧妹子言之鑿鑿，讓宋良韻更加不信自己的檔次只值這樣的行情，一度想用國外專門網站刊登拍賣資訊。處女身是個有許多潛在買家，公開競標卻容易惹麻煩的商品，這也是為何黑市與掮客永遠存在、過一關就要抽一手的理由，全世界都一樣，她一方面怕招惹警察，另一方面也擔心傭金給網站抽走後，大經紀人會作何感想。同時最致命的是，宋良韻一下子就被排山倒海的英文資料搞得眼花撩亂。這種程度絕對難不倒林瑋書，但她有自知之明，這份差事是求不得別人代勞的。

為區區三萬元賤賣初夜，宋良韻吞不下去，但她更焦慮的，是自己沒有在八大行業一路走到黑的決心，這一賣就再也上不了岸，她一輩子就是人魚公主，只能活在林道儒的對立面。宋良韻需要林道儒來阻止她，那她就會果斷地對初夜交易喊卡，到岸上努力適應她不習慣的生活，前提是他願意回頭和她廝守，她就願意為他改變。

於是宋良韻鼓起勇氣，傳訊息給林道儒：「我可能會賣掉初夜」

訊息已讀許久後，系統顯示林道儒正在輸入文字，宋良韻大概等了一世紀這麼久，看到螢幕上跳出四個字：「別做傻事」

「我不知道該怎麼辦」

這次林道儒回覆的速度變快了：「別做傻事」

「我媽又來要錢了，開口就是一萬塊」

「別做傻事」

「現在的我只剩下這個了」
「別做傻事」
「你只有一句『別做傻事』嗎？」
「難道需要我告訴你這樣犯法嗎」
「你關心的只有犯不犯法？」
「當然不是。我相信你明白怎樣的選擇對自己比較好」
「我就是弄不明白，所以希望你幫幫我啊」
「我不知道該怎麼幫你，只能請你三思，別做傻事」
「我想過一百萬次了，但你忘記我講過的話嗎？我願意為你改變啊！」
「請不要『因為我』改變，你需要為自己改變」

為什麼林道儒可以這麼溫柔地講出如此殘酷的話？宋良韻的眼淚奪眶而出，手上不停地打字追問，沒錢、沒技能又無家可歸的女子，除了愛情以外，有什麼動力去改變自己？

那一天，宋良韻一直等待林道儒的回音，等到太陽下山，等到她母親又來了數通訊息與電話催她匯款，等到小弟跑來頂樓敲門，通知她找到了匿名買家，願意出十萬元與她共度春宵，時間就在幾天之後。宋良韻凝視小弟那口被香煙燻得焦黃的牙齒，與林道儒的對話框依舊沒有新留言，讓她一時不知道該鬆一口氣，還是大失所望。

小弟說這匿名買家挺阿莎力，沒嫌貨不殺價，同意戴套也不要求什麼過激的花樣，唯一讓人納悶的條件，就是對方要宋良韻「跪求復合」。

「跪求復合」四字在宋良韻心尖彈起轟然巨響，隱藏在林道儒那份溫柔背面的，竟然是這麼虐心的性格？就算他無法將她拉出貧窮的泥淖，但仍為她慷慨解囊，霸道地要求她把姿態放到最低，展現全然的臣服，他曾在無上的權力感中佔有她的第一次，無論是性還是愛。

為了準備這場世紀大復合，宋良韻上網搜尋了一堆挽回資料，孜孜不倦之餘，也努力搜尋初夜最佳戰鬥服，在心上人面前寬衣，總不成穿廉價的情趣內衣，她在百貨公司內衣專櫃拚命試穿，對著鏡子揉捏自己的小腹，嘆氣籌畫時間太短，自己有太多事情要忙，來不及去醫院插鼻胃管——話說 Tiffany 去賺海外線之前，都會帶著同行姊妹一起去做，管線沿著鼻腔進咽喉，已經打消人吃東西的可能性，好在營養液讓人不會空腹，更妙不可言的是，可以控制每天攝取的熱量，號稱一星期可以掉六、七公斤。

場地很重要，雖然摩鐵的燈光氣氛和按摩浴缸的設計，就是為了激發人類的費洛蒙，完事後能毫無負擔地離開。但宋良韻總覺得那太制式了，她一度想邀請林道儒來自己的現居頂加，在她豁出半條命打掃乾淨的中古家具之間，他們可以像持星光票進入遊樂園一樣，在那些昏黃的燈光中，跳過折凳、滾過沙發椅、在巴洛克式躺椅上擁吻，然後他要把她推倒在情趣椅還是按摩床上，就等待那一天來驗證了。

這個幻想不知怎麼流傳出去，可能是宋良韻太飄飄然，以致說溜了嘴，充當馬伕的小弟載她前往摩鐵的路上，忍不住吐槽她不惜血本買高質感的品牌內衣，卻連開房間的花銷都要省，而且養生館為求隱密並將空間利用極大化，動線又窄又複雜，將人帶去頂樓麻煩不說，如果匿名買家是警察的臥底，確定這是筆性交易後再亮出警證，大家在老巢被抄家該怎麼辦？更何況那個簡陋到極點的廁所，連宋良韻都不願意進去，寧可在店裡蹲馬桶沖澡。

宋良韻滿腦子都是林道儒，以及等一下他們盡情嬉戲後，該怎麼言歸於好，這個美夢一直做到她走進摩鐵房間，在夜店風的情境燈之下，她的瞳孔劇烈收縮了一下，映在她視網膜上的，是一個十分熟悉的人影——

「涼圓啊～」

「你！」

在房中等候的，是宋良韻這輩子都不想再見到的勞點。

「他們說你分手了，是真的嗎？」

宋良韻用力揉眼睛，不敢相信現實與理想的落差。

「對吧？對吧？涼圓啊，那種小白臉是靠不住的吧?!」勞點咧著嘴，像在等著宋良韻讚美他預測精準：「只有我才真的為你著想啊。」

「閉嘴！」

宋良韻扭著臉，心想自己真是天字第一號大傻瓜，若林道儒想見她，就會直接約她了，何必鬼鬼祟祟地裝成什麼匿名買家？

「涼圓哪，你們公司打電話給我的時候，我就知道你被那個小白臉給騙了，需要我來救你啊。」

冷汗從宋良韻額頭滴下，大經紀人吩咐小弟去拉皮條，一定先鎖定了目標客群，在她的買春紀錄上拔得頭籌的勞點，肯定是一頭好肥羊；大經紀人對兩人的恩怨顯然是有一把尺的，為了不讓宋良韻反彈導致交易告吹，全公司從上到下都瞞她瞞得鐵桶似地，每次她打聽匿名買家的身分，都只回「是個捧鐵飯碗的」，而她被愛沖昏頭，自動將林道儒對號入座，就這樣喜孜孜地等到被出賣的這一天。

「所以，你看，我這不是來了嗎？」勞點像英雄人物登場般地宣告。

「閉嘴，沒有人拜託你！」

各種跡象閃過宋良韻腦海，都可以證明她妄想匿名買家是林道儒，有多麼可笑又漏洞百出，對一個配戴基本款星辰錶、穩定工作尚無著落、宣告「是不是處女，其實無所謂」的男人而言，十萬元是何等的大數目，何苦來哉來捧一只燙手山芋？

「涼圓就是傲嬌，但你忘了嗎？今晚是你要來求我啊。」勞點臉色一沉：「道歉要露出胸部，這是基本常識吧？」

勞點居然在這當兒迸出日本 A 片的經典臺詞，要不是宋良韻還無法接受幻想與現實的落差，她鐵定會笑到肝腸寸斷。

「道什麼歉?!誰該跟誰道歉啊？」

「涼圓你缺錢，我不是給你了嗎？十萬元、十萬元啊！那個小白臉有辦法嗎？」

「他才不是小白臉，他是個警察！」

「警察？警察又怎麼樣？警察不過就掛白牌的黑道啊！」得知林道儒是警察，勞點全身一顫，那雙濕潤的狗眼睛驚惶地亂飄：「他難道比我有擋頭？難道比我對你更好？不、不，涼圓，你不要被騙了！警察接近你肯定不安好心，他只是想要養案子升官，利用完你就會把你抓進牢裡去，跟小白臉有什麼差別？只有我對你是真心的——」

陷入被害妄想的勞點，口沫橫飛地編排出老套警匪片的劇情，一雙萎縮的腿在床沿胡踢亂蹬。宋良韻忽然有點同情他，這個老頭的自尊正被假想敵一吋吋碾碎，就算時光倒流讓勞點恢復青春，疾病迫使他無法離開輪椅與輔具、他一輩子都不可能像林道儒那樣帥氣又挺拔，當自卑感排山倒海擊來，能夠讓他挺住不崩潰的，恐怕只剩戶頭裡的鈔票了。

「真心的會跟蹤我、開車來撞我男朋友?!」

「涼圓被騙了啊——事實擺在眼前，涼圓最潦倒的時候，那個小白臉逃得比飛得還快，只有我可以保護你、照顧你啊！」

「保護我？照顧我？你根本害死我了！你為什麼、你為什麼——」

宋良韻原本想對勞點吼出「為什麼要拆散我們」，心底卻冒出一個細微的聲音，是她自己先對林道儒不誠實的——那晚勞點沒弄清林道儒是何許人也，多半當他是無用男威廉一類的混混，才敢這麼囂張地開車衝撞，還上前來討這筆桃花債。宋良韻手上打了他、嘴裡罵了他、心中咒絕了他，但她更恨自己沒有早點認清現實，為了多拿為勞點嚕管的三千元小費，讓這個災難的伏筆在她最幸福的時刻來兌現。

「你為什麼要這樣……」念及此節，宋良韻悲從中來，哇地一聲哭了出來：「他、他、他……他不理我了啦！嗚哇——」

「唉呀，涼圓別哭、別哭~」看宋良韻哭得梨花帶雨，勞點慌了手腳，原先設定的劇本也亂了套：「我不想要看到涼圓傷心，你只要對我說『對不起』，我們就能重新開始，好不好啊？」

「嗚……是、是能重新開始什麼啦……」

「我們……我們重新談戀愛！」脫口說出戀愛兩字，勞點竟然紅了臉，結結巴巴地說：「我、我每個月都去找你，不對，不要每個月，我每兩星期都去找你，好不好啊？」

「不要……我才不要……這什麼鬼……」

「我當然想多陪陪涼圓，但是那個、那個啊……」勞點誤以為宋良韻嫌他出手寒蠢，急忙辯解：「我太太她……她以前從來不管我錢怎麼花的，上個月忽然問我存款剩多少！公家機關的死薪水有多少，大家都知道的，我真的是不得已，只好告訴她，好多錢套牢在股市裡——涼圓你看看，我都為你做到這地步了，你要體諒我啊。」

「誰管你這個啦！」宋良韻沁著淚，她都自顧不暇了，而勞點在溫柔鄉暈船，散財消金到太太起了疑心，必須說謊搪塞的鳥事，她完全沒有興趣搭理。

「我跟她好不上，但相處這麼多年，攤開來說誰都受不了的。」勞點焦急地辯解，人也開始語無倫次：「都幾十年了，現在要離開她也太晚了。涼圓你知道，我跟你相見恨晚，我一心一意為你著想，但別人不會理解我們，他們會講得有多難聽就有多難聽，我不願意你背上壞名聲哪。」

「你騙誰，這算哪門子的愛?!」

「我怎麼會騙你？十萬元可不是小數目，難道不能證明我愛你嗎？那個小白臉做得到嗎？還有以前每次約會，我都給你三千元小費啊——」

勞點嘰哩哇啦地翻起陳年舊帳，宋良韻其實從很久以前就了解，這男人會對自己如此偏執，是他一輩子沒被女人正眼瞧過，即使他有了妻子，那樁婚事談了許多條件，唯獨不談戀愛，更不要奢求什麼初戀的悸動。於是勞點在歡場砸錢找到一件愛的贗品，便以為可以轟轟烈烈一番，而這份轟轟烈烈，現在也逼近了底線。

勞點為自己分辯到詞窮，忽然話鋒一轉，把話頭再套回宋良韻身上：「涼圓為什麼不能理解我？我是有包袱的，你怎麼不能體諒我？怎麼不能為我想想？」

宋良韻紅著眼死瞪著勞點，一邊苦澀地想，這男人口口聲聲愛她想她為她好，林瑋書一句「想上社會新聞嗎」，立刻讓他退避三舍。勞點的老婆是否開始查帳，外人不得而知，宋良韻也懶得考究，至於勞點每個月私房錢只夠上兩次窯子，這點大經紀人了然於胸，所以每次讓小弟叩客的時間點，都正好打在勞點口袋寬鬆、色心發癢的時刻。

說穿了，勞點自始至終都算得很精，吃定宋良韻區區一個按摩小姐，他只要為自己的事業與社會信譽設下防火牆，無論他對她多得寸進尺，都只是幾千幾萬元能打發的事。

「為你想什麼？我根本就不想再看到你。」

「涼圓你怎麼還說這種話？為什麼不願意給我機會？——不對，是你該向我道歉！」

「我要道什麼歉？憑什麼叫我道歉?!」

「涼圓你對不起我！我對你這麼好，你卻跟那個小白臉——」

「哈，我跟你是什麼關係？婊子和嫖客啊！你付錢、我辦事，其他時候我想幹什麼就幹什麼，連我老子都管不著，你管得著嗎？」

勞點勾勒的原始腳本是宋良韻低頭道歉，跪求與他恢復從前的花好月圓，兩人繼續談著模擬戀愛。但現實卻是他為了求宋良韻的一句抱歉，又回頭演自己習慣的低姿態角色，而兩人勾勾纏了半天，甚至還沒照表操課。羞窘交迫之下，勞點惡狠狠地說：「不管，我已經付錢了，你應該要來求我、跪下來求我，要把第一次給我！」

「我不要！」

「你不能不要，我花了十萬——」勞點抓起床邊的拐杖，焦急地撐起身。

「不要！你不要過來！」

宋良韻反射性地往門口退，但勞點不顧自身平衡，將拐杖伸向摩鐵的出入口。

「你幹什麼?!」

宋良韻吃了一驚，伸手去抓住那根拐杖，不料這一推一揮，失去平衡的勞點就撲在她身上，將她一起扯倒。

跌坐在摩鐵又厚又髒的地毯上，宋良韻驚惶地瞪視懷中乾枯的老人，不敢相信自己與他曾赤裸相交了五十次，也不敢相信他的手腕竟然這麼細瘦無力。

「你不能不要，我付了十萬，你要乖乖聽話！」

「我不要！」

宋良韻踢蹬掙扎起來，將拐杖踹得老遠，但勞點仍拽著她，嘶啞地喊道：「你不能不要，你怎麼可以現在才說不要?!」

「不要！放開我！」

「你不能不要，十萬可以叫不只十個小姐外賣了，為了你，我這十萬……」

勞點左一句十萬、右一句十萬，十萬十萬的連音在宋良韻腦中變成嗡嗡作響的風暴，她一直用世故的外表武裝著支離破碎的心，難道她拚命保護的那一點點光明和希望，就要在這片嗡嗡聲中被吞噬？

「不要——我去你的十萬！」

宋良韻用盡全身力量的暴吼讓勞點嚇得鬆了手，但他仍不放棄，雙手抖震著又抓住宋良韻的衣襟：「你不能拿錢不辦事。」

「錢退給你，我不做了。」

這句話一出口，宋良韻忽然感到異常的輕鬆，俗語說人為財死，人為了錢可以不要命，她連錢都不要了，在這瞬間就掌握到超越命運的力量，她不再無可奈何，而無論是勞點、大經紀人還是八大行業的潛規則，誰也不能再控制她——

「以前的事情，我們都活該，下一百次地獄都活該！」吼叫過的宋良韻，呼呼喘著粗氣，倚靠著摩鐵的房門站起身：「但我才不想在死之前，每天都做跟你上床的惡夢呢。」

「你怎麼可以……」趴在地上的勞點，傻傻地看著宋良韻反手打開摩鐵的房門，面對著自己往外退。

「我為什麼不可以？」

宋良韻顫抖著回嘴，勞點摧毀她的生活，她砸碎他的心，他們兩人扯平了。臨走前，她不忘丟下一句話：「不要再讓我看到你，你敢再來煩我的話，我就把那天的影像放上網。」

正式切斷和勞點的孽緣，宋良韻三不五時就會被其他小姐奚落一番，笑她笨到不懂閉上眼，幻想騎在身上的是張孝全郭富城金秀賢貝克漢基努李維的綜合體，白花花的銀子就能輕鬆入袋。大經紀人花了多大一番功夫擺平問題，宋良韻不敢多問，但她知道從現在起，她要認真還清欠債。

同事冷嘲熱諷也罷，必須一槍一槍地賺錢還大經紀人也罷，宋良韻只是覺得命運改變的速度實在太慢了。她滑著社群網站，並輕易從林瑋書的 po 文中看出她很忙，九成是轉貼外文財金報導的連結，剩下一成的是樂團歌曲 MV，一如既往的工作狂，宋良韻想問她近來可好，但每一次訊息送出前，她都不由自主按下刪除。

叮咚、叮咚，叮咚，在這閒得發荒的午夜，宋良韻的手機忽然跳出一串訊息，竟然是一個多月沒見的 Tiffany。Tiffany 不改闊綽本性，除了要請宋良韻吃大飯店自助式下午茶，還神祕兮兮地要介紹　位朋友給她認識。

人生真是太乏味了，乏味到宋良韻決定去瞧瞧 Tiffany 又在玩什麼花樣。

16 終結孤單

「我買房了。」Tiffany 亮出一串鑰匙與電梯門禁磁卡，以茲證明自己攀上了八大行業小姐生態系的頂點。

「噢，恭喜。」宋良韻一時間有點恍惚，在手槍店裡成天聽熟女妹子抱怨懶叫臭、錢難賺、房價高，立志買房當包租婆的宏願都被消磨光了。自從她和勞點最後一次交手、萌生上岸的想法後，都還在償還欠大經紀人的債，想不到跟她有瑜亮情節的 Tiffany，竟然在離開分租公寓的兩個多月後就辦到了。

「你都喊買 house 喊好幾年ㄏ，結果現在買的是 suite 小套房，怎麼不忍忍，等房價多跌一點再進場？」

「呿，說跌就跌啊？別聽那些電視名嘴扯淡，通通是放屁。」

Tiffany 要介紹的新朋友自稱 Eva，是一名陪政商名流用膳玩樂的伴遊飯局妹，話中總是穿插英文單字，有一張複刻韓國女子團體成員的鵝蛋臉、纖瘦的四肢、紙片骨感的軀體，以及一對不成比例的巨乳。在 Eva 精細的妝容和合身剪裁的名牌洋裝下，宋良韻估計，這個女人全身上下能夠動刀的地方都改造過了。

Eva 面前除了堆積如山的食物，手上還忙著把飯店自助吧主打的高級冰淇淋一匙一匙鏟進嘴裡，宋良韻打量著邊狂吃邊灌水的 Eva，心想這位飯局妹能夠這麼瘦，肯定不只是上健身房而已，除了必須服藥來維持身材，等一下多半會飛奔去廁所催吐。

宋良韻狠狠用叉子貫穿巧克力幕斯蛋糕，聽到 Tiffany 神祕兮兮地說要介紹朋友，大傻瓜如她還抱著萬分之一的希望，幻想那位神祕嘉賓是林道儒，在小寒節氣因為思念她心頭火熱，安排了這場大和解下午茶。為了這番想像，宋良韻特別盛裝打扮，來者卻是一個韓系複製人，她用力將蛋糕嚼個魂飛魄散，暗罵自己真是笨死了，林道儒一向是直接邀約她，就算要委託別人居中，林瑋書易嵐海乃至於小黑，千百輪迴也輪不到 Tiffany 出面。

「你沒有甩承銷最愛 bullshit 的那套買房送裝潢吧？現在裝潢看起來 beautiful，其實材質都很差，有的牆壁裡面還漏水呢！不用過兩年，就壞得不成樣子。」Eva 除了一口房地產經，還很關心 Tiffany 的財務狀況：「話說回來，你這間 suite 頭期款多少啊？銀行給 suite 的貸款成數不是很低嗎？這樣每個月要還多少錢？」

「照現在的生意，不用太久啦。」Tiffany擺擺手，彷彿買房子不過小菜一碟。

「你現在真的很lucky耶，第一紅牌。」問不出所以然來，Eva隨即魅笑道：「之前你說的那個搶你熟客的小bitch，現在應該囂張不起來了吧？」

「她喔，被卡到沒辦法進公司，賤人趁早滾回老家賣鴨蛋吧。」Tiffany帕地一聲剝開帝王蟹腳，哼哼冷笑道：「第一次聽到這麼大心的，覺得跟人睡和跟鬼睡沒差，一隻不夠，還養了三隻呢。」

Tiffany與Eva幹譙起一位在酒店出道不久、年輕氣盛的大膽小姐，宋良韻本來想要再去夾些菜餚，但這個爭寵宮鬥劇以靈異恐怖故事為骨幹，相當獵奇，她好奇心一起，屁股便生了根似地黏在椅子上。

話說這位大膽小姐剛進公司時，容貌談吐都是個十足十的下里巴人，她總向客人自介「我嗨咖耶」，卻老被抨擊「看你根本是D咖」而遭退貨吽檯，業績不意外是吊車尾。但大膽小姐很有賺錢的野心，不只戮力改善髮型化妝，動了好幾個微整形手術，更透過某個神祕宗廟的法師，請了一隻色鬼來為自己拉客。

大膽小姐發下豪語，既然在酒國都是以色事人，供養色鬼不過是睡夢中與鬼交歡，以求牽上人間好恩客，雙方各取所需，沒什麼可怕。養鬼後運來擋不住，大膽小姐的生意瞬間與旺起來，看到自己登上當月前五名，連長期用銀彈掃射 Tiffany 的大戶，都被她迷得偏靶了。大膽小姐心想，一隻色鬼已經如此靈驗，多養幾隻豈不是要發爐了？她又跑去找法師，再請了兩隻色鬼回家供養。

「那個小 bitch 竟敢挖牆腳挖到你這邊，是吃了熊心豹子膽喔？不曉得她晚上能不能 sleep well？」

「的確是睡不著了，每天醒著給人幹，夢裡還要給三個鬼肏，精氣都被吸乾囉。」

Tiffany 形容，大膽小姐一度生意興隆通四海、拿下兩次月排行冠軍後，因為酒喝太多爆肝過度，加上夢中被眾多色鬼糾纏，長期睡不安穩，即使客人前仆後繼地捧著白花花的銀子來框她點她檯，她的身體卻不堪負荷，終日寢食難安瀕臨崩潰邊緣，只好去廟裡拜託法師將色鬼們請走。

然而，法師居中斡旋，問三隻色鬼肯不肯自行離開，色鬼們頭搖得像波浪鼓，力主這個約是撞破南牆也不回頭的，法師轉述：「你求我們替你拉客兄、賺大錢，我們都替你辦到了，你怎麼能說話不算話?!」

「那……那要怎麼辦？」宋良韻聽得背脊冷汗直冒。

「天曉得，用談的不行，就鬥法啊。」

Tiffany從鼻孔哼了一聲，談起大膽小姐與色鬼們協商破裂，原本為她請鬼的法師收了一大筆錢做儀式，但大膽小姐的睡眠品質並無改善，法師推託這是前世冤孽，自己無能為力，便撒手不管了。

至此大膽小姐已經膽大不起來，遍尋不著法力足以與三鬼相抗衡的通靈人，整個人瘋狂地疑神疑鬼，精神不濟下還出了場車禍，近期她登出酒店系統，拖著殘破的身心揹著餘錢，踏上尋訪高人驅除鬼魅的征途，酒店的頭號紅牌寶座，自然該交還給手腕好、道行高的Tiffany。

三人坐在四人方桌，Tiffany的左邊是Eva，右側是餐具杯盤擺放整齊的空位，Tiffany特別交代服務生「還有一名朋友要來，別收」。面對嘴裡咀嚼著他人的不幸、志得意滿的Tiffany，宋良韻心中一陣發毛，正巧Eva起身，說要去上個廁所，宋良韻也表示要再去看看有什麼新菜色，跟著抽身離席，再繞去洗手間把胃裡的不適感排出。

在飯店洗手間的大鏡子中見到彼此，宋良韻與Eva交換了一個「我懂你在幹嘛」的眼神，剛催吐過的Eva，微紅的眼眸帶點潮濕，笑容中多了一分「你很瞭潛規則」的熱切，率先對宋良韻開口了——

「你怎麼認識 Tiffany 的？」

「以前的同事。」

「Okay，那你現在在哪家店？」

「店很新，新到叫什麼我都記不住。」宋良韻不想和素昧平生的 Eva 多說，但在 Eva 的連環猜測逼問下，她很不情願地說自己是做按摩的。

「Are you kidding me？你的姿色是禮服店的 level 啊！怎麼會這麼想不開呢？」Eva 從紫羅蘭色的 CHANEL 菱格紋羊皮迷你 COCO 包中撈出粉底盒，往臉與脖子上撲撲打打，「做 massage 那麼累，才賺一點點錢耶，很不 make sense。」

宋良韻吁一口氣，在酒店的型態中，由上而下的階級排序是便服店、禮服店、制服店，按摩店則是不入品級，被視為八大行業種姓制度的下層，她待酒店的時間雖短，但深知許多酒店小姐自居靠「個性手腕」賺錢，瞧不起「做手工」的按摩小姐，尤其所屬店家的消費水準越高，越是跩得二五八萬。

「我對酒精過敏。」

「So sad，太可惜了。」

宋良韻忿忿地搓洗著手，心想酒店各種苛扣不一而足，不光做名牌、租櫃子一星期要收五百元，質料粗劣的情趣服飾網拍三九九，酒店卻動輒賣小姐十倍價，還要每週收送洗費一千二，罰責禁令一大堆，檯錢稀哩呼嚕就被扣到剩銅板。相較之下，按摩店客人消費單價雖然比酒店低，但不必灌酒，只要做到基本尺度與服務，就能把錢穩穩當當放進口袋裡，人是面子重要？還是裡子重要？

「唉，我真是看不下去了，I can't take it。不如這樣吧……」補妝完畢的 Eva 大嘆一口氣，忽然把嘴唇靠近宋良韻耳際，低聲說：「我養你，你 quit，別做 massage 了。」

「嗄?!」

「噓，你太大聲了！但這裡也不是 girls' talk 的好地方。」

Eva 領著宋良韻步出廁所，前往飯店自助餐廳外的小花園吸煙區。玻璃門一開，宋良韻瞬間被室外的寒風吹得一陣哆嗦，Eva 卻像不怕冷一般，悠閒地掏出一根涼煙點燃，看四下無人，她笑著對宋良韻咬耳朵：「雖然我的 job 是陪男人吃飯，但我喜歡 girl。」

「噢。」宋良韻往餐廳裡望去，自己的外套掛在座位上，Tiffany 則是忙著滑手機，似乎沒留心兩人開自強活動去了，「你剛剛……認真的嗎？」

「Sure, you're my type，你是我的天菜。」

「嗄？是喔。」

「反應也太冷淡了吧？」Eva 用手指彈了一下煙灰，抬高下巴問：「沒被其他 girl 告白過？還是你有 boyfriend？但 Tiffany 說你沒有 boyfriend 或 sugar daddy 啊。」

「我們第一次見面耶，就講這個？」比起受寵若驚，宋良韻更覺得莫名其妙。

「我對我的 type 一向是這樣。」Eva 豪氣干雲地說：「從男人那裡挖來的錢，花在喜歡的 girl 身上，我一點也不心疼。」

「給我等等，你的 type 又是怎樣啊？」

完全忽略宋良韻語帶諷刺，Eva 耳朵只接收到「你的 type」這組關鍵字，自顧自說了下去：「我的 type 嗎？我喜歡眼睛大、皮膚白又美豔性感的，腦袋得夠聰明，講話也要夠 hot 才行。」

「你也對 Tiffany 這樣講過嗎？」原來自己在女人眼中也是性感尤物，宋良韻雖然暗爽在心，但這點小小口惠還沒讓她暈船，雙方不過是萍聚之緣，Eva 就想包養自己實在太詭異了，「你說的這些條件，Tiffany 也都符合啊。」

「Yeah，但 Tiffany 說她還愛那位人渣 ex，所以她說趁今天慶祝她買 suite 吃下午茶的機會，介紹其他 girl 給我認識。」Eva 呼出一道煙，眼中漾著不屑，「是我的話，我絕對要買有花園的大 house，不然就是 luxury apartment 那種豪宅，每天下午在陽臺看著花園喝手沖咖啡，窄窄小小的 suite 才不是我的 type——對了，我的提議，deal 嗎？」

「愛說笑，你是要出多少錢養我？」

「我每個月給你 fifteen thousand dollars，你把 room key 給我，我不 go aboard 時，就上你那裡陪你。」

「你的 dollar 是美金還是台幣啊？」

「New Taiwan Dollar 囉。」

「一萬五連基本工資都不到呢！又要我打鑰匙給你，又不要我去工作，是當我呼吸會飽、喝風會胖喔?!」Eva 的口頭與手頭落差太懸殊，讓宋良韻直接啐了她一口：「呸，一萬五是美金我還當回事，台幣連房租都算不過來呢！一萬五就給你想來就來、想走就走？」

「Girl，我又不會像男人那樣 get down 你，fuck all day。」

「不，免了，因為我——」

宋良韻本來想說「因為我還沒從上段感情走出來」，但這話一出口，她就曝光了心跡，而無論 Eva 還是 Tiffany，她都不信任；另一方面，宋良韻也不想「走出來」，她心底依舊對林道儒抱著期待，最近她拿著兩人的八字去算紫微命盤，用付費命理網站卜卦林道儒會不會後悔弄丟了她，而答案是「會」，讓她暫時耐住了寂寞。

「不會吧？你也跟爛男人牽扯不清？」Eva 沒等宋良韻把話講完，便逕自感嘆起來：「Unfortunately，我的 type 怎麼老喜歡人渣？」

「這天氣冷死了，我要進去了。」

宋良韻扭頭推開玻璃門，折回飯店自助餐廳，當她回到座位上時，Tiffany 仍頭也不抬地滑著手機，直到宋良韻臭著一張臉，把吃剩的餐盤乒乒匡噹地堆疊到一旁，Tiffany 才慵懶地問道：「Eva 看上你了吧？她出多少錢包你？」

「呿，不勞你拉這皮條。」

「你白痴啊！Eva 那傢伙有錢沒地方花，你還不宰了這頭肥羊？」

「她那麼好棒棒的話，你幹嘛不自己留著？要推給我？」

宋良韻狠狠瞪了 Tiffany 一眼，心想 Tiffany 養著無用男威廉不放生，無非就是要有個會花言巧語的男寵解悶，不爽還可以喝斥一頓、捶打幾下，說 Tiffany 愛到卡慘死放不下他，宋良韻是決計不信的。

撇開 Eva 那副趾高氣揚的嘴臉，光是多金貌美又肯為女人花錢，便足以迷倒眾生了，但剛才短兵相接，宋良韻就知道這女人口惠不實居多。只是她也納悶，無論 Tiffany 欉錢小費賺到多少，買房依舊是筆大數目，手頭正緊之際，Eva 那一萬五包養費也是錢，Tiffany 卻把這肥缺拱手推給自己，其中必定有什麼古怪。

「我聽說你最近新店生意不好，連賣初夜都流標，我沒想到你能這麼堅持不給男人插，就給你一塊不破處的肥肉，添點財運囉。」Tiffany 用憐憫的口吻說道：「賺不到男人錢，賺女人錢也可以啊。」

「去你的，你惹夠我囉。」宋良韻站起身來，迅速拾起自己的大衣與包包。

「唉呀，你急什麼？」見宋良韻動怒要走，拉不下臉道歉的 Tiffany，改以懷柔策略，「你不想去我家看看嗎？等一下我們可以一起搭計程車，晚上我還會辦轟趴喔。」

「我要上班。」宋良韻撂下話，頭也不回地離開飯店。

× × ×

這幾天，養生館開始排舊曆年期間的班表。

像宋良韻一般家人四散，連過年也聚不起來的小姐不多。從前多數小姐要回家圍爐，除夕值班這種屎缺人人推，只有無家可歸的宋良韻會想撿，但近年大環境不景氣，舊曆年間各項服務都會加價，按慣例全領現金，讓小姐們開始積極爭取過年值班。

反倒是客人要躲漲價，忍著癩叫癢也要撐過年。而初五開工後恢復原價，此時過年值班的小姐們要放假排休，忍到精關快崩潰的客人們卻傾巢而出，客人上門小姐度假去，又是個人力飢荒。

多年經驗讓宋良韻體悟出最撈錢的奧義，就是從初一排班到十五，既賺到加價現領的時段，也沒放掉忍過年來「開工」的大批客人，元宵節過後，出去玩住宿交通便宜，更不需要與人肉擠肉，扳起手指算算，她平均月入四到五萬元，從前她都要求實拿現金，但從賣初夜不果的去年十月中旬，直到今年二月中旬，她的人工都拿去還欠大經紀人的債，四個月下來總共還了十二、三萬，仍有七八萬的缺口，舊曆年期間若拚一點，說不定她還能讓戶頭多一筆餘錢。

但每次宋良韻連續上班半個月，最後的下場都是過勞去醫院掛病號，玩樂行程只能殘念取消，屢試不爽。而在敲定新年班表前，她得先應付眼前的幹話王客人，這支奧懶叫從她進包廂浴室陪同洗澡開始，就囉哩囉唆個不停——

「陪洗你都做了，怎麼不乾脆做 S？」

「就是涼圓不接 S，所以接陪洗啊。」宋良韻騎在幹話王背後做肩頸按摩，心中連連吐槽，如果她有接 S，還屑做兩百元的陪洗服務？

「我就不懂了，你們接客做S，早就被一堆人插爛了，怎麼說你們是公車香爐，你們還要生氣？」

「大哥，公車人人上、香爐人人插，但插我們的錢，不是人人付得起的。」

「你嘴巴很賤欸。」

「大哥，這就換涼圓不懂了。」宋良韻手上不停，嘴巴也沒閒著：「你來我們的地盤，命根子握在我們手裡，說我們是公車香爐，涼圓講個兩句，你怎麼就森七七？」

幹話王被這一擠兌，訕訕地說不出話，索性拿起手機，開始課金玩遊戲。宋良韻正樂得清閒時，幹話王又來煩她了，「你怎麼都不阻止我玩手遊哩？其他小姐都會叫我要專心，可是我不玩，也不覺得她們的功夫多厲害。」

「沒錯，涼圓完全不懂她們阻止你玩的道理在哪裡。」宋良韻心想，自己嗆客人嗆成這樣，都沒被投訴過，大概是這些奧懶叫以為她在開玩笑，「涼圓巴不得你玩，遊戲這麼好玩，最好玩到都別跟涼圓說話。」

「好啦，你算還好的了，肯讓我脫內褲。」幹話王放下手機後，一閒就犯賤犯焦慮，又繼續碎嘴個不停：「我去別間，別的小姐都不讓我脫。」

「這很正常好吧？」宋良韻連裝可愛都懶了：「我被脫也能保護自己，她們沒我這樣，不給脫也是保護自己啊。」

「這也不行那也不行，那怎麼乾脆不要做，不是最保護自己？」嚐不夠甜頭的幹話王，悶悶地吐出一句話：「真好笑，婊子還立貞潔牌坊呢。」

幹話王拿錢來找婊子浪，卻要婊子只對自己浪，不就是想找個立貞潔牌坊的婊子？回到休息室喝珍珠奶茶時，宋良韻都忘記自己是怎麼把幹話王嗆到閉嘴又繳械的，聽著身旁的姐妹們在吵吵嚷嚷，期待新年要和家人男友出去玩，她暗自嘆了口氣，拿起手機刷臉書。

第一個熱門動態，是 Eva 與另一個韓系複製人姐妹在法國巴黎名牌旗艦店外頭，提著大包小袋貼臉自拍打卡。宋良韻忽然有點怨嘆，自己怎麼沒跟 Eva 討價還價，敲到一筆還過得去的包養費，就不用受幹話王之流的鳥氣了。

宋良韻將臉書繼續往下滑，小黑哀嚎訂單不能欠過年，這幾個星期全在地獄修羅；林瑋書用十幾年前爆紅的新金屬樂團 MV 替自己嘶吼，不知是快填滿書約的舊坑，還是即將掉進外稿的新坑；林道儒的動態像斷代史，從前都是學生作品與校園活動，現在打卡地點變成警察專科學校，近期則被團體照洗版，畢業季到了。

在警察特考受訓結業影片的某個橋段，林道儒身穿筆挺的警察制服，以撲克臉和精準的舉手禮，告別了在訓練基地裡一年多的學員生涯——「余誓以至誠」為起手式的警察誓詞在耳際回蕩，從前這種官樣短片宋良韻連看一眼都沒勁，但今天她不只二刷、三刷，連影片下一串警界臉友狂讚林道儒好帥的推文都細讀了。

這支影片由警政署長粉絲專頁釋出，並且有一段引言，恭賀大家將揮別學員的身分，以警察之名各自耀眼於南北東西，「歡迎大家在留言處，為自己的警察初衷打個卡，不只是新年新希望，還要為自己立一個夢想，能夠認真去實踐的夢想。」

林道儒的警察初衷是什麼？心思細密又膽小的他根本不是警專形象廣告那種無畏鐵漢，宋良韻很想幫他留言「捧好鐵飯碗，並且絕不對娼妓動粗」，但用不著多此一舉，因為沒有人笨到在這裡說真心話。

幸虧林道儒的好友限定相簿沒這麼制式，「雖然胸花臭到一個夭壽，但還是很高興走過了受訓的這一年，謝謝特別來參加結訓典禮的家人和朋友們！」這系列照片除了與同梯、與家人合影，竟然還有林瑋書與易嵐海一起玩他的警帽，假裝上銬抓人、被媒體堵麥克風等搞笑情境照。

宋良韻忽然有些鼻酸，如果那天晚上勞點沒有出現、如果她早點說出實情、如果林道儒能對愛義無反顧——她就會參與他人生中的重要時刻，成為這些照片中的一分子，而不是孤單一個人在養生館休息室的角落滑手機。

繼續滑下去，臉書上其他寂寞難耐的靈魂，竟然還有 Tiffany。即使前面幾個月，她的套房裡轟趴酒會不斷，累積了無數嘻笑打鬧和狂吃豪飲的照片，她的最新動態卻是「覺得一個人」。

「我的人生怎麼會走到這一步？就算再靠近，也只剩下利益，如果我做了什麼事，可以不要再救我了嗎？」

「我不要愛也不要同情，我要的是陪伴！」

「繼續吃藥，頭痛藥抗憂鬱藥以及安眠藥混酒一起灌下去，就不會痛了……」

讀到這裡，宋良韻驚恐地跳起身，與其留言「秀秀拍拍」或「Tiffany 寶貝安安你還好嗎」，她直覺應該報警，問題是職業陰影深到讓她無法與警察溝通，恍恍惚惚中，旁邊的小姐們頻問她「沒事吧」、「怎麼了」，但宋良韻直覺這件事不能假手他人，滑著通訊錄，她鼓起勇氣按下林道儒的通話鍵——

嘟嘟嘟……嘟嘟嘟……嘟嘟嘟……

17 賦別

醫院挑高的川堂裝飾了印象派風格的藝術壁畫，Tiffany 入手的酒店式管理精品小豪宅，則是在大廳放置了達達主義複製雕塑，兩者風格南轅北轍，卻有一種微妙的既視感，在藝術品的後方都是電梯廳，精品小豪宅的格局不用多說，而醫院電梯向上是病房，向下除了賣場、美食街，更向下，就是往生室了。

初五開工後的醫院門庭若市，病人們忍耐了一個年假，終於可以將所有身心疑難雜症再次傾倒給醫護，平時就座無虛席的掛號等候處，現在連倚靠牆邊的地方都站滿了人，宋良韻站在大廳的一隅，空茫的等待，彷彿回到渴望林道儒接起手機的那一夜。

× × ×

「喂，您好？」

應答林道儒手機的是一個女聲，嚇得宋良韻差點掛斷電話，怔怔不知如何是好之際，反而是話筒另一頭的女聲急切起來：「良韻嗎？你是良韻吧?!」

「瑋書，你怎麼……」

「怎麼會接我弟的電話嗎？他在開車。」林瑋書沉吟了一會兒，幸好社交辭令從來難不倒她：「現在說新年快樂有點早，不過還是預祝你新年快樂！我跟我弟一起去送自家做的佛跳牆，給親戚換年菜拜早年，我根本是箭靶啊。」

去年除夕養生館的年夜飯，行政買了滷蹄膀、佛跳牆、紹興醉蝦等大魚大肉，給值班的小姐們加菜，但等宋良韻做完客人時，飯菜全部冷了，湯汁上漂浮著結塊的豬油，宋良韻索性夾了一大片帶皮肥豬肉再配上減肥藥一起吃，靠噁心感止住飢餓。

「那些混蛋親戚一直問我結婚的事情怎麼樣了？我真想告訴他們，在別人傷口上灑鹽，會衰一整年——」

聽林瑋書這口吻，車上除了她與林道儒，應該是沒有別人了。宋良韻這才鼓起勇氣問道：「那個……瑋書，你有跟 Tiffany 聯繫嗎？」

「沒有耶，她怎麼了？」

「她……」

宋良韻轉述 Tiffany 的個人動態時，聽到林瑋書意示林道儒將車停到路肩，並把通話開成擴音功能，好共同討論危機應變與處理。

「良韻，你聯絡得上她嗎？」

「打手機關機了，訊息也未讀未回，你有沒有她其他號碼？」

「知道她住哪裡嗎？報案後，轄區派出所會到府查訪。」聽到林道儒的聲音從話筒的一端傳來，宋良韻不由得心頭一顫。

「她最近買了房子，但我沒去過，不知道地址。」

「基本上我們有網路巡查群組，會一直網巡，只要知道大概範圍就可以了。」林道儒表示：「知道 Tiffany 的姓名和出生年月日嗎？這樣就能查出她住哪裡。」

如此基本的問題竟讓宋良韻瞬間語塞，明明住在同一個屋簷下兩年，Tiffany 的生日她卻不知道。畢竟酒店小姐的經典攬客話術之首，就是「下星期我生日」、「過幾天幫我慶生」，以慶生會的名目，撒嬌要客人再度光臨並買大單。因此小姐們不會在社交網站上標註自己的生日，即使有也是糊弄居多，不乏酒店常客吐槽：「今天過國曆，明天過農曆，每天都是你生日！」

「Tiffany本名叫黃婉婷，草頭黃、溫柔婉約的婉、女部婷，生日是——」

「哇靠！瑋書你怎麼都知道?!」

「你也不想想，以前住分租公寓時，都是誰去拿掛號信？誰在整理公共空間的？」林瑋書嘖嘖兩聲：「Tiffany的國民年金、全民健保繳費單還有信用卡帳單，拆封後就隨便亂丟，我打掃時看到都背起來了。」

「那……我們現在要怎麼辦？去警局嗎？」

「對啊！總不能跟無頭蒼蠅一樣找她吧？」察覺宋良韻沉默得比之前更久，林瑋書直接開始人力配置，「我們這邊還有一盅佛跳牆要送，但那就交給我——弟你把我在大舅家門口放下來後，就開車去接良韻，帶她去派出所報案，我送完東西後，再搭計程車過去。良韻你要在哪裡等？等的時候，聯絡一下可能知道Tiffany狀況的朋友。」

通話結束後，宋良韻邊回應姐妹們七嘴八舌的詢問，邊套上外出服，飛奔到養生館櫃檯請假，行政聽到「朋友可能會做傻事」的理由，識相地完全不廢話，聯絡了大經紀人後便即放行。

在路口便利商店，宋良韻著急地一直撥打她所知的Tiffany手機，卻不斷聽到「你所撥打的門號未開機」，最後她死馬當活馬醫打給Eva，心想這位Tiffany近期的好閨蜜，應該多少知道一些消息，但電話接通後，Eva 卻一副不知所謂的樣子，「你說 Tiffany 要 kill herself？開玩笑的吧？她已經這樣喊 for a long time 囉。」

「欸，她之前沒——」

「Girl 你又不是不知道，做這行的不是很想死，就是很敢死，人生 hopeless 嘛。」Eva 慵懶地說道：「但你看看，哪個真把自己玩死了？而且大家要過 new year 時講這個，好晦氣呀，Tiffany 都活到這年紀了，又不是 little baby，這種事交給她的 family 啦。」

「我會的英文沒你多，但我要說——」宋良韻深深吸一口氣，揑緊手機對通話孔暴吼：「Fuck you！我這句還是很標準啦！聽清楚沒？Fuck you——！」

「小姐……」

「小韻……」

宋良韻一扭頭，赫然發現便利商店店員和林道儒都目瞪口呆地盯著她，羞窘到她把後續跑警局的各種手續都看成人生的走馬燈，迷糊間聽到執班員警說，案件已經受理，如果 Tiffany 沒有應門又狀況緊急，需要有檢座許可才能破門，不然就變成擅闖民宅了。

坐在警局會客室，林道儒對魂不守舍的宋良韻說：「別擔心，地檢署二十四小時都有人輪值，打給檢察官，得到口頭許可就可以進去，事後再補件就行了。」

林道儒才剛解釋完合法的破門流程，一名巡佐便向他招了招手，「學弟，過來一下。」林道儒忙不迭地跑去稱「學長好」，兩人交頭接耳一陣後，巡佐一邊打量宋良韻，忽然科科笑起來，啪地一掌拍在林道儒肩膀上，「學弟，你很會嘛！」

報以巡佐一個恭謙的笑，林道儒轉向宋良韻，「來，我們走。」

「去哪？」

「學長告訴我，剛才已經查到 Tiffany 的住處，門房說超過一天沒有她的門禁紀錄，呼叫也沒有回應，轄區派出所已經去訪視了。」

「呃……我們也要一起去？」

「對啊，她不是你的朋友嗎？」

警局外撲面而來的凜冽夜風，讓宋良韻一坐進車廂內，就得不斷搓手來活絡末梢神經，林道儒單手扶著副駕駛的頭枕，轉頭看著後方倒車離開付費停車格，駛進燈火淒迷的都會水泥叢林。

「朋友……我和 Tiffany 算朋友嗎？我連她的生日都不知道呢。」宋良韻沒料到自己會涉入到這種程度，比起去看條子撬開 Tiffany 的家門，她更希望和林道儒乘著車，奔馳在沒有盡頭的公路上，這念頭令她荒謬地笑了起來：「Tiffany 留言說，不管她做了什麼，拜託都不要救她……我是不是太多管閒事了？她會想要我去找她嗎？這樣講不對，她會希望去找她的人是我嗎？」

「你會因為關心她而付諸行動，就已經盡到朋友的義氣了。」林道儒雙眼直視前方，車速不減，有一股「既然上了賊船，就要當成功的海盜」的氣勢，「其他的，就先不用想太多。」

這當兒應該要擔心 Tiffany，但宋良韻滿腦子都是網路內容農場〈男人最帥的 N 個瞬間〉、〈什麼動作最有男人味〉之類的兩性文章，「單手倒車」被譽為無法抵擋的帥氣，瞬間的小動作卻有一種永恆感，「第一次坐你的車……你以前沒開車的。」

「這是我爸媽的車，平常都是他們兩老在用，今天是因為當快遞才換我開。」

「你這樣一說，都幻滅了啦！」

「現在是計較帥不帥的時候嗎？」

林道儒的手機在震動，是林瑋書來訊息，除此之外還有兩通來自家裡的未接來電，但他無暇回覆，宋良韻接了過去，一邊告知林瑋書等一下的會合點，一邊向林道儒搭話：「對了，我看到你轉貼的影片，恭喜你畢業。」

「終於結訓了，接下來要在單位實習，往後的日子還長得很呢。」

「……真好奇你會變成怎樣的警察？」

「已經確認分發到交通隊了。」前方黃燈，林道儒隨即減速，在停車線停下，「實習半年後，就要去路上開單，替官癌末期的長官拚業績。」

「感覺很顧人怨哩。」

「除了這種專門得罪民眾，隨時做好心理準備吃檢舉的，交通隊的勤務也是五花八門，而你懂工作就是這麼一回事，有時候笑就對了。」

「那……當老師會比較開心嗎？」

「被你這麼一說，上一次上臺講課，根本八百年前的事了。」林道儒吁了一口氣，無奈地笑道：「可能吧，但人生無法重來啊。」

宋良韻咀嚼著林道儒的話，捉摸著與她近在咫尺間的他，究竟是只能對望的平行線，還是有那麼一點交集的希望？此時綠燈亮了，林道儒換檔踩油門，將話題套到林瑋書身上，「我姐也會來吧？她說 Tiffany 出事的話，她會過意不去。」

「咦？關瑋書什麼事？」

「之前 Tiffany 諮詢我姐買房子的事，那時我姐很忙，就隨口說既然覺得自己賺得快、還貸款很簡單，那就買吧——沒想到 Tiffany 真的撩落去，我姐才去精算這筆投資，結論是 Tiffany 會還不起貸款，她滿後悔這麼草率地給建議。」

「嗄？就這樣？瑋書也太濫好人了吧?!」

「我姐有看過 Tiffany 的信用卡帳單，她雖然賺很多錢，但花得更凶，有一堆長達十八個月的零利率分期付款，手頭其實非常緊。」

「Tiffany 又不是把腦子留在她媽肚子裡，今天瑋書有騙她嗎？有拿槍指著她，逼她去簽約嗎？」想到 Tiffany 將 Eva 那自大狂踢給自己，宋良韻心頭就熊熊一把火，「如果沒有，問題就出在 Tiffany 身上啊！瑋書隨口附和她就得意忘形，也不懂得掂掂自己的斤兩。」

「你是這樣想啊……」

「不管怎樣，明知自己口袋破洞，還打腫臉充胖子，硬要買什麼房子，現在被房貸壓垮，也是 Tiffany 自己的選擇，怨得了別人嗎——」

「怨得了別人嗎」這句話一出口，宋良韻忽然驚覺，相同的邏輯套在自己與林道儒的關係上，換句話說成「明知道自己一堆難言之隱，還以為能瞞男友瞞到天長地久，最後紙包不住火被『放捨』，怨得了別人嗎」，也毫無違和感。

正當宋良韻冷汗直冒之際，林道儒淡淡地笑了：「你真為我姐著想，她聽到這些話，心裡應該會輕鬆一點吧。」

「所以……你也鬆一口氣了嗎？」

看林道儒的神情，宋良韻知道他懂她的意思了，但他沒有正面回答，而是反問她：「你有心理準備，等一下會看到什麼嗎？」

「這個……我不能進去現場吧？」

「是不行，不過我們是報案人哪！一定會接到訪視結果回報。」林道儒打下方向燈，在路口待轉上高架橋：「而且我們到 Tiffany 家附近等，跟親眼看到也差不多了。」

「不要講這種嚇人的話啦！Tiffany 那傢伙八成只是喝醉睡死了——」看到林道儒嚴肅的表情，宋良韻忽然覺得鴕鳥心態的自己很窩囊，「好吧，在大家開開心心要過年的時候，把你拖來蹚這灘渾水，去找一個連朋友都不知道算不算得上的前室友，其實是我不知道該怎麼辦——對不起，我就是這麼沒用，完全沒有什麼心理準備！」

沉默了讀秒如年的一個燈號切換後，林道儒再度開口了：「以前就覺得小韻有一種特質，會把別人心裡想但不能講的話直接說出來。」

「欸，你是在稱讚我，還是在諷刺我啊？」雖說在心上人目前形象重要，但裝淑女不是宋良韻的本色，「等你服侍那些吃人不吐骨頭的高大尚久了，就會發現我講的幹話，根本是靜思語好吧？」

「靜思語啊……」林道儒切入高架橋匝道，彷彿觸景傷情地說：「不少資深班導會叫值日生抄在黑板兩邊呢。」

「今天起換抄我的吧！小朋友最好早點知道，這個社會是很殘酷的。」

林道儒忍俊不禁，笑了出來，「最近我發現，當老師和當警察有微妙的共通點。」

「嗯？」

「以前我帶班時都會想像，上課時在講話、抄筆記、打瞌睡、偷玩手機或一臉呆滯的學生，未來會變成什麼樣的大人？」川流不息的車燈映照著林道儒的側臉，「現在不管是在站交管、臨檢還是執其他勤務的時候，每當我面對一個人，都會忍不住去揣摩他學生時代是什麼樣子，然後把曾經教過的孩子的臉，跟眼前的人疊在一起，感覺就像與長大了的學生重逢一樣。」

「天哪，像你這樣的老師，到底為什麼會考不上教甄？」宋良韻也笑了，「依你的直覺，Tiffany 以前是怎樣的孩子？」

「她嗎——怕寂寞、很在意別人的眼光，所以總是想找機會出風頭，希望被大家注目的小女王蜂吧。」

宋良韻心想，其實 Tiffany 很清楚，無論是威廉、Eva 還是那些來她家狂歡開趴的朋友們，都只著眼她的錢，但比起向其他人炫耀自己玩得起愛情遊戲，是女王蜂中的女王蜂，她更害怕獨處的煎熬，只要有人能拉她離遠孤單幾步，她就會想盡辦法抓住那個人，即使砸錢養小白臉餵食酒肉朋友都沒關係，但不安全感與孤單無法終結，所以她只能終結她自己。

據破門的員警轉述，小套房中到處都是空酒瓶和藥瓶，Tiffany 仰躺在酒瓶形成的盆地中央，死因據說是服用大量安眠藥並灌下多種混酒，被嘔吐物卡住鼻咽喉窒息。由於唯物論者林瑋書及時搭計程車趕到，宋良韻分了神，便忘記去打探 Tiffany 是否還豢養著小鬼？小鬼在失去供養後，究竟要何去何從？而這個大婁子旁人無從處理，只能留待 Tiffany 姍姍來遲的家人收拾了。

Tiffany 的靈位安置在醫院往生室，頭七與出殯也在醫院簡單舉辦，她的家人在臉書上公布了儀式的時間地點，「想來看婉婷的朋友，可以自行前往，非常感謝這些日子來對她的關照，敬祝大家萬事平安。」

舊曆年期間，小姐們的群組被「恭喜發財」、「新年快樂」貼圖以及出國玩樂的照片淹沒，Tiffany 的死訊為這片洗版潮劃下休止符，一堆崩潰哭臉之後，有人宣稱自己在國外無心玩下去，有人表示得讓 Tiffany 走得風光，要組團去告別式送最後一程。

嘴巴上講得金石盟約，出席狀況則是照妖鏡。小姐們一會兒訂不到提早回來的機票，一會兒頭髮痛指甲痛不克出席，紛紛詢問起有沒有什麼方式可以普渡 Tiffany？宋良韻翻了個大白眼，心道 Tiffany 又不是孤魂野鬼，裝模作樣前也拜託先想個三秒。

至於那一晚可以講出「人生 hopeless，但哪個真把自己玩死了」這種冷血發言的 Eva，竟然上傳了自己化全妝擠乳溝又哭腫眼的照片，還附帶一篇中英夾雜落落長的思念故友文，底下一面倒的按讚留言，各個都誇 Eva 人美心美。

醫院中瀰漫的消毒水氣味不斷刺激宋良韻的鼻腔，她現在的容忍度很低，令人不舒服的事物就這麼一樣足矣，她痛幹 Eva 賤人就是矯情的留言，瞬間就被刪除了，所以她也按下封鎖鍵，把 Eva 踢出自己的人生。

一陣荔枝、香柚和爪哇檸檬的幽微果香，讓宋良韻從手機螢幕上抽離，身穿黑色套裝、披掛了 BURBERRY 經典駝色格紋絲巾的林瑋書來到她身邊。除了絲巾，林瑋書特別噴了 Tiffany 送她的 ANNA SUI 逐夢翎雀香水，宋良韻聞到木蘭、玫瑰和紫雨蒼蘭的溫柔中調，最後是沉穩的琥珀、麝香與白木氣息，雖然她私心覺得，樸素的林瑋書用這麼華麗恣情的香水有點太跳了，但她們現在都需要突破自我，才能放膽面對現實。

「感覺好久不見了。」

「哈，那天晚上才見過啊。」林瑋書撩了一下頭髮，將瀏海撥到耳際，「我們家過年比較麻煩，不少親戚會來拜年，今早輪我弟去面對，所以就我一個來送 Tiffany。」

「有來就屌打一票人了，而且他跟 Tiffany 又不熟，那天來幫忙，已經很夠意思了。」兩人往醫院外頭走，宋良韻說參加完喪事後，應該要找個店家停留，免得把晦氣帶進家門，林瑋書用力點頭，直說自己好不容易獨自出來散心，犯不著現在回家給親戚盤問，兩人來到一家販賣輕食的咖啡廳，點了沙拉、鬆餅、烤吐司和熱飲坐下。

「終於吃到現做的東西了！這個過年，我不是吃便利商店的四九、五九組合，就是去吃麥當勞。」

「老天，也太不健康了吧。」

「應該說，出來混後，我每年過年都是這樣吃。」宋良韻用手機鏡頭瞄準精緻的咖啡拉花，歪著頭說：「每次看新年節目，都會有年節健康專題，講什麼哪樣年菜熱量高啦、哪樣膽固醇超標啦、哪樣吃一口要爬幾層樓啦——拜託，真是命太好，有得吃還來嫌？」

「你們公司沒準備東西給你吃嗎？」

「這個嘛……我不幹了。」拍照完畢，宋良韻啜了一口拿鐵，「Tiffany 走的隔天，我就跟大經紀人說，我幫他賺了這些年，欠債還清後，於情於理也夠了。」

「哇！不得了，重大決定啊！」

「對啊。」宋良韻嘴唇上帶著奶泡，吁了一口長氣：「可是，沒錢真的好痛苦、好痛苦、好痛苦啊……」

「欸，你才剛說下定決心，就別盡說些喪氣的話啊。」

「我知道、我知道，你別擔心。」宋良韻擺擺手，拿紙巾把唇上的奶泡擦掉，「要是再指望這群奧懶叫，我這輩子就完蛋囉。」

「那你之後──」

「小黑不是一直喊工作室欠人手？我會跟她合夥，除了訂做制服，我們會挑戰新模式，特別是弄網路拍賣那塊，還會去文創市集擺攤，試試看偽文青路線，瑋書記得揪朋友來光顧喔。」

「什麼時候？我要去！」林瑋書立刻點開手機行事曆，「希望是在我出國之前……」

「欸，你確定要出國了?!是去……」

「當然是去進修和工作囉。」

談到工作，林瑋書的臉熠熠生輝，她抬起頭，望向咖啡廳落地窗外的藍天，在高空航行的飛機，視覺尺寸和麻雀差不了多少。

宋良韻心想，把夢想寄託在鋼鐵的翅膀上，不曉得有沒有比在家鄉從零開始打拚靠譜，

「我會暫時先住小黑那邊，然後再去找便宜的房子。」

「你還要搬家嗎？」

「現在住的地方完全就是個倉庫，我沒帶多少家當進去，收一收叫計程車一趟微搬家就夠了。」

即使是個倉庫，也是大經紀人的產業，宋良韻自忖不搬走，依舊是欠了他，也就交割不完這些年的人情和債，要和過去道別，就必須把總帳算清楚。

18 甜美的夢

「ㄚ頭你好自為之吧。」

面對來辭別的宋良韻，大經紀人沒有多說什麼，也沒有像半年前聽到她表明要結清欠債時，那樣嘲諷意味十足地捧腹大笑。

宋良韻抿著嘴唇，竟然有點依依不捨，眼前這名老男人把她人生寶貴的數年青春拿去兜售，遺留下大大小小無數的傷痕，她理應要怨恨他。但大經紀人讓她不用受鱉三鼠王的剝削，資助她動胃繞道手術獲得美貌，在她生母窮追猛打死要錢時、在她差點流落街頭時，屢次幫她度過燃眉之急，給予了她某種意義的新生，但在她想要一個確認的關係，甚至不奢望要任何的名分時，大經紀人卻又圓滑地躲了開去，還想拿黃金的枷鎖套在她身上，不讓她逃出自己的手掌心，宋良韻明知他們之間沒有愛，到了分別的時候，卻還是又失落又迷茫。

「ㄚ頭還在磨蹭什麼？」大經紀人高深莫測地說：「『再見』在我們這裡可不是什麼好

話啊。」

宋良韻有些失重地走出養生館所在的大樓，暮色中的台北市車水馬龍，她回望在城市燈火中顯得幽暗的舊東家，也發現自己除了手機錢包外，什麼東西都沒帶出來，畢竟在幾個星期前，她就把頂樓倉庫的家當都移到小黑的工作室了。

宋良韻開啟手機，刪除了一個記帳軟體 App，那裡面記載了這半年以來，她做過所有客人的消費紀錄，如此算是與所有交手過的客兄們別過了。

在認真償還欠大經紀人的債務前，宋良韻從來不記帳，當天賺到多少檯錢就直接領現，每天口袋裡都有現金，人彷彿就無憂無慮，便今朝有酒今朝醉起來，但小黑開出的第一個合夥條件，就是宋良韻必須學會記帳、看懂會計報表，宋良韻也只有打鴨子上架，努力記住那些她想要遺忘的事。

刪除記帳軟體 App 後，宋良韻從皮包裡取出小插針，想把舊 SIM 卡抽出來換成新的。

五月的夜晚，不該有太冷的夜風，但宋良韻發現自己的手在發抖，小插針怎麼也塞不進手機的 SIM 卡槽開關，畢竟換掉舊 SIM 卡，就代表著與過去斷捨離，這幾年在八大行業就會像一場夢一樣終結，無論是好夢還是惡夢，誰都很難在中途覺醒，宋良韻完全理解 Tiffany 為什麼選擇做一場不用醒來的夢，這個念頭讓她手一抖，不小心讓小插針滾落水溝。

宋良韻嘆了一口氣，或許憑自己要跨出這一步，依舊太勉強了。即使走進大街上的通訊行，就可以解決更換 SIM 卡問題，但她還是決定前往小黑的服裝工作室，借用朋友的力量，來完成這個象徵性動作——

或許，自由的總結，就是一句好自為之。

× × ×

轉眼之間，又是炙熱的夏季，宋良韻換了無袖小洋裝，與一掛朋友站在機場出關口前，為林瑋書送行。

只見易嵐海指著林瑋書，咬牙切齒地對其他人抱怨道：「這個無情無義沒心沒肝的死傢伙，居然拋下我，自己去美國追樂團——」

「怪我囉？那你來啊。」林瑋書不客氣地回嗆：「我把演唱會的票都搶好了，就等你作夥啦。你來，我宿舍就借你打地舖，怎麼樣？」

「好，我假期機票全梭了，你沒幫我弄到舞臺最前排的位置，我就每天 po 雞排珍奶和啤酒的宵夜文，饞死你。」

「又來了又來了……」小黑嘆口氣，低頭滑著工作室業務用平板，瀏覽著ＱＡ資料庫的答覆公式，思考要挑哪一句話來回應網路買家的疑難雜症。

看易嵐海與林瑋書吵吵嚷嚷，不知情的人，大概會以為她是出國追星的。宋良韻回憶起那天在咖啡廳，林瑋書努力解釋了她的生涯規劃——想打入美國的財金新聞界與生活圈，還是得拿一張當地碩士文憑，她除了申請學校與獎學金，也靠朋友牽線與毛遂自薦，向好幾家媒體與出版社洽談特約供稿，同時兼顧進修與工作。

貫徹始終的工作狂揮別家人朋友，出關踏上她的下一程。看到易嵐海哭得比人家爹娘抓狂，朋友們紛紛提議去酒吧喝一杯，好排遣她的滿懷憂傷，不喝酒的宋良韻正躊躇要不要同行時，林道儒走近她身旁——

「最近還好嗎？」

「除了依舊很窮之外，馬馬虎虎。」

「上次擺攤不是生意不錯？」

「那都是靠親友團捧場啦！」宋良韻扳著手指，細數工作室的生意經，「賣成衣，就是薄利多銷；弄訂做，要客人肯花錢好溝通，兩個業務都很難賺，幸好小黑有固定熟客頂著，還餓不死。」

「不錯嘛，感覺你的新生活很充實。」

「累死了，那你哩？」

「寫完第一本舉發違反道路交通管理事件通知單，也是人生血淚。」

「那是什麼玩意？罰單嗎？」

「嗯，可以這樣理解。」

「說到這個，我們工作室隔壁的小哥，一直把他的落地看板推來擋到我們門口，我上次氣到找他吵架，他被我罵到最後，居然跟我要 LINE！你可不可以來開他罰單啊？」

「哪有人是靠警察開單來趕跑追求者的？」林道儒一個大爆笑。

「那你倒是幫我想想辦法。」宋良韻嘟嘴道：「不理他？每次看到他都結屎臉？還是告訴他我有喜歡的人？」

「這個嘛——」

宋良韻想起那一天，在 Tiffany 家樓下停車時，林道儒總結了他的職涯轉換心得，「有些人會讓我很感嘆，如果在他們犯錯被抓之前的任何時刻，有被其他人真正關心過，或許就不會走到這一步，人生際遇也完全不同了。」

易嵐海正在向林家父母致意，其他朋友們也已有共識哪間酒吧的調酒最解憂，眼前是最後的機會了，宋良韻深吸一口氣，低聲問：「所以我們的新生活，還會有對方嗎？」

林道儒驚詫地看著宋良韻。

盛夏蔚藍的天際線，巨大的噴射機飛掠而過。

【全文完】

專文評述／「上班小姐」的日常：真誠面對社會中的慾望男女

陳美華／中山大學社會學系教授

「上班小姐」始終是個不會退燒的創作題材，因為它一直是這個社會的一部份，但因為道德汙名、遊走法律邊緣的關係，「上班小姐」的生活世界又和人們的日常生活產生斷裂。這類創作與書寫的價值之一，就在於它多少具有填補人們試圖瞭解性產業及其工作者，但又始終無法窺其堂奧的空隙。尤其本書作者在台北市中山區酒店、按摩店以田野調查方式，接觸性工作者、基層員警與酒店經紀人來收集資料，對於性工作勞動現場有生動的描繪。

《性感槍手》以一位在養生館從事色情按摩的年輕女人宋良韻來展開都會性工作者的日常生活與情感關係。同時透過一個因為誤打誤撞，而與宋良韻成為室友的記者林瑋書來呈現主流社會與性產業從業者之間，在家庭、工作、職涯發展、生活風格上的差異，以及她們彼此面對國家、社會時的權力落差。

林瑋書以及她當警察的弟弟即便也在求職、情感的道路上飽受挫折，但他們兩姐弟分別和宋良韻同住一個屋簷下、談戀愛的日子只是人生相對短暫的過渡時期，時候到了，他們終將回歸本已鋪設好的人生「正」途。但宋良韻和她那些在性產業打滾謀生多年的姐妹們，故事結尾，若不是慘遭剝削、被放逐到更遠的地方繼續重操舊業、自殺，就是像宋良韻一樣在各種崩潰、恐懼之後，因為有所堅持，拒絕為了十萬元出賣初夜，最終得以處女之身從慾海中全身而退、從良，然後逐步修復和林道儒的關係。

整個故事最引人注目的，莫過於將《性感槍手》故事發展的軸線從按摩店內小姐與客人赤裸裸的性互動前臺，轉移到一般讀者相對較不熟悉的日常居家生活，以及涉及私人情誼、金錢糾葛與各種利益交換的後臺生活。只是全書關於性工作者後臺生活的描繪，有時是一般人們極為熟悉的故事情節，甚至掉入一種想當然耳的性產業刻板印象之中。例如，每個小姐都有個總是需要金援的原生家庭，而且總是同為女人的母親，扮演對她們進行情緒與物質勒索的角色。環繞在小姐周邊的各種男人，從幻想著跟小姐談戀愛，甚至跟蹤小姐的「勞點」、專門吃軟飯的小白臉，到經常對小姐恩威並施的大經紀人都是等著剝削性工作者的壓迫者。但為了開展出性工作者多元的生活面貌，故事中的小姐們，即便是同居共食的室友，也會因為個別外在身材條件、勞動場域的差異，以及個人對娼良價值的分歧，而分別抱持非常不同的從業心態，並過著相當不一樣的物質生活。

整個故事的發展比較可惜的地方在於，書中所呈現的性工作者樣貌仍趨於扁平、單一，同時對於不同性工作者的生存經驗之發展欠缺一個比較結構性的討論。例如，在青年貧窮、人力資本低的女性就業困難之外，主流社會「笑貧不笑娼」、制度上處罰性交易以致於性工作者的勞動環境至今無法改善的問題都是整個故事比較沒有處理到的部份。雖然，林瑋書姐弟不僅很幫忙故事中的幾個小姐，但是當宋良韻身為槍手，每天幫男人打手槍為生的身份曝光時，她和林道儒的關係就只能嘎然而止，甚至是不帶一絲牽掛的瞬間中止。林道儒，人如其名，他雖說不在乎宋是不是處女，在乎的是宋欺騙他；但如果今天宋的職業不是妓業，這種隱匿工作身份的事情還構得上是「欺騙」嗎？事實上，越到宋良韻真的要賣身的關頭，林道儒越是扮演正道、主流價值的角色，不斷地勸她「不要做傻事」，彷彿沒有什麼比保持處女還更重要的事。整個故事多少暗示著，「不做S」、保持處女之身才可能持續保有純淨的心靈、良善的價值觀，並得以全身而退；反之則是一再向下沉淪，永遠上不了岸。性工作者應該充分享有決定從事哪些服務的自由，但這和標榜「不做S」才是高尚、才能自我保全完全是兩回事。

相對於林道儒才是值得愛的對象，書中的「客人」都顯得相當不堪。事實上，隨著「戀愛客」越來越多，小姐和客人的情感關係也是晚近學術研究很關注的課題。但在這個故事中，不論是宋良韻或是 Tiffany 和客人的關係都未能超脫既有的窠臼。前者被身障者跟縱、糾纏，後者則海削凱子爹，全然沒有情感外溢的可能性。這和現實生活中，小姐和客人總是發展出更為複雜的情感關係的現象並不一致。

此外，書中花了相當的篇幅描繪大經紀人如何棍子與蘿蔔齊下來達到控制旗下小姐的目標。從宋良韻和大經紀人「爸爸」的互動來看，兩人一方面是工作伙伴，但也存在著若有似無的曖昧關係，只是故事中並沒有深入的經營這條線。比較令人驚訝的是，「涼圓」經常和奧客互嗆，但在「爸爸」面前卻更像是隻柔順、卻又不時散發性感，主動挑逗「爸爸」的小野貓。一個程度而言，「涼圓」在客人面前提供情緒勞動的成份相對較少，但在「爸爸」面前反而是使盡全力在展演性感與情緒勞動。

討好「爸爸」無疑是必要的。因為在性交易被入罪化的社會脈絡下，唯有罩得住的「公司」、「經紀人」可以確保小姐安心無虞的工作。換言之，女性性工作者經常是透過依賴這些「有辦法」的第三人來為她們安排工作的方式，以換取安全的工作環境，而代價往往是犧牲自己安排工作、選擇客人的自由，甚或淪為第三人的性禁臠。

其實性工作者不必然只能這樣子屈從於第三人，或者性交易的運作必然包含第三人對從業女性的控制與剝削。每個國家治理性交易的方式不同，性工作者日常的勞動條件與社會地位都有所差別。台灣在二〇一一年修訂《社會秩序維護法》，將罰娼不罰嫖改為娼嫖皆罰，該法第九〇—一條並賦予地方政府得設立性專區。但是因為性專區的設立總是觸及整體社會性道德的評價，迄今沒有任何縣市成立性專區。從而，買賣性的雙方都仍是公權力懲罰的對象。雖然，現行法對性交易雙方的處罰都改採行政罰（直接罰款），而不再處以自由刑，但它並未能真的達成消除性交易、減少剝削的效果，反而淪為性道德的遮羞布。真誠地面對社會中形形色色的慾望男女，恐怕才是性交易治理最重要的課題。

後記

在周刊擔任小記者、終日追逐政治新聞的日子裡，一個偶然的機緣，我遇見了《性感槍手》的女主角原型，這位槍手女孩得知我的職業後，第一句話是：「我才不要和記者講話呢。」

由於議題分線與媒體屬性的定位，我總是著眼於權力的交媾，守備範圍沒有涵蓋人體的交媾。然而，在槍手女孩的防線前，辯解這些沒有意義，能夠為尷尬破冰的，唯有八卦。

於是我閒聊起二〇一五年底，與馬習會同時席捲台灣社會的大新聞——字母女星花名冊與買春名單曝光。一則情色醜聞的點閱率，擊敗五十則政治要聞加總，現實就是這麼把政治線小記者打臉得無地自容。對此，我下了個自嘲的結論：「如果說性是私我的政治，政治宛如公開性行為，未必是大家不關心政治，而是窺視他人的私我政治顯然更有趣。」

槍手女孩感覺到我不是來獵奇或獵巫的，表情漸漸舒展開來，她向我解釋為什麼不可以跟記者講話——

曾有媒體同業進入養生館探祕，在外套口袋內藏了針孔攝影機，然後將外套吊在包廂牆壁的掛鉤上，清晰收錄了記者與小姐的對話內容和活春宮，報導見刊後，警方迫於輿論壓力，不得不展開掃黃行動。因為這場無妄之災，大夥兒喝了個把月的西北風，自此凡是提到狗仔隊，小姐、行政、經紀人與老闆們無一不嚇得跳上天花板。

「後來為了防偷拍，我們把掛鉤全拆了，客人的衣服就扔到籃子裡，然後整箱踢到按摩床底下。」

八卦換八卦，槍手女孩和我分享她在八大行業的奇聞軼事，例如長期加班爆肝滿眼血絲的工程師上門光顧，脫掉衣服就癱倒在按摩床上不省人事，她基於敬業精神，按摩完畢開始手工，但工程師只有在射精的瞬間發出呻吟，隨即頭一歪，便失去了意識，槍手女孩還以為自己遇到傳說中的馬上風，不曉得這算不算業務過失致死？當然，工程師並沒死，只是整個人被掏空般雖生猶死，「做了幾年後我才了解，不管再累都要交功課，對男人而言是一種藝術。」

如果將八大行業比喻成海，槍手女孩並不是一開始就潛入深水區，她提到自己的老師、一位想自立門戶的大姊，瞧她願意苦幹但欠缺客源，便邀她一道組隊神槍手打天下。大姊伸出橄欖枝的同時，話也講得直白，在新店家沒有做純按摩的客人，尺度起碼是半套。

「大姊總是說：『輕功做得好，男人不會跑。』」槍手女孩的用詞讓我長了不少知識，例如「輕功」指性交前戲的愛撫手法，「殘廢澡」服務意味讓客人待在浴室或泡在浴缸中，四體不動地享受小姐的搓揉擦洗。

其實只要會 Google 或上 PTT，理解八大行業的術語不難。槍手女孩更讓我長見識的敘述，是比起猛力貫穿女體，客人們最渴望的是在性事中被關懷和疼惜，享受少女漫畫女主角那種被愛無饜足的感覺，因此在網路論壇中，被評為有「女友感」的小姐甚至比臉蛋美、身材好的更生意興隆。

偏偏殘酷的現實是，再有女友感的小姐，也不是真的女友，嫖客經常是油水能撈則撈、付款能混則混。

槍手女孩手一攤，直指雄性動物性慾暴漲時，血液總不夠大頭小頭共用。客人們經常神來一筆：「你跟某某小姐是好朋友吧？上次她免費幫我吹，你是不是也該免費幫我吹？」「我現在沒帶錢，但很有誠意要和你做，你把銀行帳號給我，我明天匯款。」各種邏輯狗屁不通的騙砲台詞，胡謅起來一點也不臉紅。

最後有付錢辦事銀貨兩訖的便罷，不乏客兄只顧自己排掉精蟲，不提錢甚至壓根不想付錢，鬧上新聞版面的白嫖與暴力事件，只是冰山一角。但性工作者在台灣社會中，仍是見不得光的存在，如果不能趁客人離開前討回來，一切損傷都要由小姐們概括承受。

「我拿青春換明天，小費不給算強姦。」槍手女孩講故事時，眉宇間沒有浮現受傷或委屈的神情，反而帶著世故大人的通透笑容：「不管怎麼樣，我希望有人記得我，把我們的故事記錄下來。」

這句話彷彿有魔法，開啟了我的田野調查與小說創作之旅。

除了訪問按摩店、酒店和個人工作室的性工作者，向負責照顧小姐的經紀人旁敲側擊。我也參加了資深媽媽桑帶隊的林森北路導覽，與曾插股應召站的保險業務員喝酒瞎聊，還有幾位警界朋友不藏私地提供了他們的職場軼聞錄，我甚至凹作家林立青在《做工的人》簽書會後，分享更多藍領階級的八大行業觀察，讓《性感槍手》小說的內容更豐富、切入角度更多元細膩。

一名警界友人回憶，在他還是年輕菜鴿時，因為支援臨檢初次踏入豆干厝，姊姊阿姨們反過來調戲他，他不知道該把眼睛擺哪裡時，注意到其中一位阿姨主動向學長打招呼，離開豆干厝後，他好奇問起雙方關係，學長淡漠地回應：「那是我親姊。」

為什麼同一家人，會走到社會制度的對立面？他們有怎樣的歷程？怎樣的苦衷？在田調中，我發現性工作者幾乎無一例外是為錢所困，但在經濟困境的背後，無法想像一個更好的「未來」，才是最令他們恐慌與苦惱的。

一位無法從恩客海量手機訊息分神的小姐，為自己的職涯選擇下了註解：「原本只想暫時討海維生，有了錢就收山，偏偏下海一久，腳都變成魚尾了，人也變成上不了岸的人魚公主囉。」

靠慾望最近的地方，離愛與溫暖卻最遙遠。

或許不該這麼悲觀——另一名警界朋友分享，他同僚的同僚在執行臨檢勤務時，與攝護腺排毒芳療師交上眼緣，自此天雷勾動地火，兩人發現對方就是自己人生失落的另一半，毅然交往步入禮堂攜手下半生，歡場無真愛的鐵律，偶爾也會網開一面。

我以為跑新聞的那些日子，已經鬆動了我被理性中立教育體系建構的正義魔人價值觀；《性感槍手》的創作過程，讓我真正見識了世界的另外一面，一個猶如天堂與地獄狹間的所在，讓我驚覺自己原來是如此的無知。

因此，我要深深感謝所有的受訪者，你們拓展了我的知識邊界，讓我有勇氣與毅力克服創作過程中的各種波折。我也誠摯邀請所有翻開《性感槍手》小說的讀者們，一同品味這些平凡與不平凡的人生故事。

曉嫚，二〇一八年十一月

鏡小說 010

性感槍手

作者：陶曉嫚
責任編輯：劉璞
責任企劃：劉凱瑛
美術設計：徐睿紳

主編：李佩璇
副總編輯：鄭建宗
總編輯：董成瑜
發行人：裴偉

出版：鏡文學股份有限公司
114066 台北市內湖區堤頂大道一段 365 號七樓
電話：02-6633-3500
傳真：02-6633-3544
讀者服務信箱： MF.Publication@mirrorfiction.com

總經銷：大和書報圖書股份有限公司
242 新北市新莊區五工五路 2 號
電話：02-8990-2588
傳真：02-2299-7900

內頁排版：宸遠彩藝有限公司
印刷：漾格科技股份有限公司
出版日期：2018 年 12 月初版一刷
2021 年 06 月初版四刷
ISBN：978-986-96950-2-2
定價：340元

國家圖書館出版品預行編目 (CIP) 資料

性感槍手 / 陶曉嫚著. -- 初版. -- 臺北市
: 鏡文學, 2018.12
面； 公分 . -- (鏡小說 ; 10)
ISBN 978-986-96950-2-2 (平裝)

857.7 107021129

鏡文學

官網
www.mirrorfiction.com

臉書專頁
www.facebook.com/mirrorfiction